犬の末裔

INU
NO
MATSUEI

関沢 紀
Sekizawa Kaname

文芸社

（一）

霜月の、まだ寒くも暑くもないある朝、犬丸義人は朝五時に目覚めた。コンクリートとガラス、そして、鉄の格子に囲まれた三畳足らずの部屋の中で毛布にくるまって目覚めた時は、夢からも覚めた時だった。しかし、ここの朝は六時半に始まるから、まだ夜の繋がりのような静けさがあたりを支配していた。

犬丸は、まだ半分くらい夢の中にいた。彼は明け方に見た夢を反芻していたが、その朝、今日殺されるということを夢にも思っていなかっただけでなく、全く別の夢を見ていたのである。が、犬丸は目覚めた時、ふと、眼の前を何か黒い影のようなものがよぎったような気がして、一瞬ぎくりとしたが、それが半分、自分の気のせいかなと思って、ゆっくり顔を上げ、足元の上方にある窓を見た。窓といっても、開け閉めして外の景色を見たり、新鮮な風を取り入れたりすることのできる窓ではなく、そこに入れられた人の如く「はめ殺し」になっている、単なる明かりとりか、ほんのお印のような小さな窓だった。

犬丸は目覚めと同時に、眼に見えない風のようなものがさっと通り過ぎたような気がして思わず顔を上げたが、その眼にはこれまで何も映ることがなかったのである。しかし今日は、その小さい窓の外で何かが動いたような気がした。

鳥か、鳥とすれば雀か四十雀、いやもう少し大きな鳥、ひよどり、百舌、いや、そうだ鳩だろう、それも伝書鳩や土鳩でなく山鳩だろう、と犬丸は思った。

しかし犬丸は以前、朝起きた時、同じように黒い一つの影が気になったことがあった。もう数年前のある日、犬丸は布団の中で、眼の前で何か動いたような気がして、枕元に落としていた眼を上げた。朝の八時頃だった。一瞬間、幸代ではと思ったが、彼女との約束は今日でも、午後の三時だった。幸代の住んでいるところは、電車を乗り継いで二時間も離れているところなので、朝、それも午前八時に訪ねてくるということなどありえなかったが、朝目覚めて犬丸がまず考えたことは、彼女のことだった。

が、次の瞬間、彼は眼の前で動いた黒い影を、まるで不吉な知らせであるかのように眼をひらいて追おうとしたのだ。犬丸は少し緊張して、眼を窓の外に移した。この春、芽を出すのが一番遅かった合歓木の葉が、小刻みに震えるように動いている。しかし、その眼をじっと自分の身体の方に引くと、合歓の葉陰が斜めに走っている左の方に移した。

そこには、一畝に二十数個のキャベツが並んでいる畑があった。畑といっても、アパートの東側の数十坪の空き地に、元農家である大家がアパートをもう一棟建てようかと迷いながら、とりあえず畑にし、葱とキャベツを植えていたのだ。苗が根付くと、大家はほとんど姿を見せなかったが、時にはA県の農家出身の犬丸が土を寄せたり、草を取ったりしていた。ガラス戸と雨戸があったけれど、キャベツは彼の手の届きそうなところにその葉を広げていた。

ある初夏の朝、犬丸は、ひらいた大きな葉の上に、今にもこぼれ落ちそうに座っている水玉をじっと見つめていた。透き通っていると思ったが、下側の葉と接しているところは白っぽかった。

犬丸は、その水玉が動いているのを見つけた。初め、風が吹いているとは思わなかったが、どうかすると、建物の南側を回ってきた微かな風が、合歓の小枝だけでなく、キャベツの葉も動かした。しかし、合歓の葉は震えるようにしばらく動いているが、キャベツの葉は一瞬間だけ、息を吹きかけられたように動いた。外側の葉が、一枚、二枚、時には四枚、五枚と動いた。そのたび、葉の上に乗っている水玉も動いた。

水玉を落とす緑色の大きな葉を見ながら、犬丸は自問自答していた。この葉を見ろ、よく見るんだ。じっと見てみろ、この葉はどうやって大きくなるんだ、どうやってあんなにきれいに巻いてまとまるんだ。あのすばらしく大きな、そしてかたいきっちりした葉になるんだ。晴れた凪のない静かな日ばかりではないのだ。風が吹き付け、土埃が上がり、赤土がかかっても、泥水がかかっても、そんなものはものともしないのだ。いや、寄せつけないだけでなく、見事に大きくなっていくのだ。

同時に犬丸は、少し嘆いてもいたのだ。それに引き比べ、俺はなんてだらしないんだろう、しっかりしろ、しっかりしろと、自分自身に言い聞かせていた。

泥水がかかり、土埃の風が吹き付けたからといって、心配することは何もないのだ。幸代も言っていたではないか、なんかあったら私がやっつけてやるから、と。

今、眼の前にあるものは、育って大きくなっているのは外側のように見えるが、そうではないのだ。外側でなく内側、外部でなく内部が、少しずつ、少しずつ育っていくから、外側に泥がつこうが、土埃が吹き付けようが、ものともしないのだ。

犬丸はキャベツをじっと見つめた過去を思いながら、明け方夢を見てうなされて、看守に揺り起こされた小一時間前のことを頭の中で反芻していた。


犬丸義人が見た夢は、二十年前の少年時代、故郷の田園地帯の中にいた十歳頃のことだった。彼には兄が一人いたが、中学校からまだ帰っていなかった。暑い夏の昼下がりだった。彼は誰かの悲鳴を聞いたような気がして、叔母の家に歩いて近づいていた。

眼の前に水神様と呼んでいる小山があり、南に面して小さな鳥居が立っていた。この小山を挟んで彼の家と彼の叔母の家は隣り合っていたが、水神様があるために、ほどよい距離を保っていた。鳥居の前には「えんま」と呼んでいた小川がのびていた。えんまを遡れば、長い大きな太い流れのある大川に続いていたが、川下は無数のえんまが生き物の血管のように広がり、川沿いにいくつもの小さな村を作っていた。犬丸の故郷もその中の一つの小さな村だった。

水神様の鳥居とえんまの間の浅瀬に、一つの大きな石があった。石は五十貫とも七十貫ともいわれ、その村里で持ち上げた者はいないといわれ、石は「俺はここを動きたくない」というようにそこにあった。その大きな重い石がなぜそこにあるのか知る者はいなかったが、風が吹き、えんまにさざ波が立つと、その石の裾を洗っていた。大石には時には子どもたちが飛び乗り、大人たちが膝を休め、時には犬や猫がその上で昼寝をし、時にはむくどりやひよどり、烏なども羽根を休め、糞をした。

鳥居の反対側、彼が歩を進める右手には、木製の古い電柱が一本立っていた。電柱の彼の手の届かない高さのところで、つくつく法師が逆さまに留まって力一杯鳴いていた。他の蝉と比べて目が覚めるような透き通ったその羽根の輪郭さえ見えず、鳴き声が聞こえなければ螻蛄か太鼓虫のようにも思えた。夜、よく明かりに来る虫だが、畑の作物を食べる螻蛄。田んぼや沼やえんまでひっそりと虫を捕まえて食べるやご。しかし、その虫は蝉であり、法師であった。

電柱と鳥居の間には、水神様の小山に連なる雑草の生えた広場があり、広場を挟んで彼の家、彼の叔母の家などの十数軒の農家が建ち、一つの集落を作っていて、広場の中央を横切る道は、その家々を繋ぐ生活道路の役目を果たしていた。その黒い土の道は、彼のはっきりした記憶と同じようにしっかり踏み固められていた。何もかもが、彼が見た風景であり、知っているものだった。

広場の道を叔母の家の方に歩を進めていると、ちょうど彼と同じ年くらいの女の子が一人歩いてきた。髪は短くおかっぱで、ゆかたのような一重の着物を着けていたが、その丈は短く、膝の少し下ぐらいしかなく、膝下から裸足の足が丸出しになっていた。彼は、この女の子は知っている人だと思うが、すぐ名前は思い出せなかった。女の子は下を向いて彼とぶっかりそうに歩いてきたが、彼より遅れて相手に気づいて顔を上げた。その途端、三歳年下のとしこちゃんの名前を思い出したが、彼は顔を見てびっくりしたのだった。

としこちゃんの右頬は熟れた石榴のようにぱっかりと口をひらいていて、今にも血をふき出しそうに真っ赤だった。どうしたの、どうしたのとしこちゃん、と彼は声を出そうとしたが出なかった。としこちゃんは立ち止まったまま、彼を見つめて黙っていた。

その時だった。「いたち！　いたち！」と言うかん高い声が、彼の耳に聞こえた。声のした方を彼が見ると、同級生の勝利が、とのさまがえるを捕まえていた。勝利は手にしたかえるを、地面に叩きつけていた。「きょうそう、きょうそう」と言いながら、数匹のとのさまがえるを叩きつけた。それから勝利は、体をかたくさせながら小刻みに震えているかえるを再び手にすると、後ろ足の指と指の間の水かきを引き裂いた。足から頭に向けて一気に皮をむいてしまうと、勝利はかえるをまた地面に放った。さっきと正反対に、誰かに球でも手渡すように、ゆっくり投げた。するとかえるは、勢いよくぴょんぴょんと草むらにはねていった。

彼の耳に今度は「かま！　かま！」と言う声が聞こえた。どこかで聞いたことのある声だなあと、勝利の後ろを見ると、先輩の栄一が、手にしたおんぶばったの脚をもいでいる。何匹も何匹もばったの脚をもいで「がんばれ、がんばれ」とえんまの中に投げ込んでいた。

彼が眼を奪われていると、「いたちでもねえ、かまでもねえ」と言う声が聞こえてきた。声のする方を見ると、四歳年上の秀男がとんぼを取っていた。大きなとんぼだった。真っ黒な体に、金色の横縞の入ったとんぼだった。とんぼは秀男の掌の中で、透き通った羽を動かしていた。秀男はそのとんぼの小指くらい太いしっぽの先をちぎり、雑草の茎をさすと「かて！　かて！　かて！」と三回叫んでとんぼを飛ばした。

するとまた、大きな声が彼の耳に聞こえてきた。「かまいたち、かまいたち」と言う声が聞こえてきた。彼は、顔を見るまでもなく、その声は餓鬼大将の実であることがすぐわかった。

さらに彼は、夢の中で思い出していた。

それは、今日と同じような午後だった。勝利も栄一も秀男もいた。ビー玉遊びの「星」をしていた時だった。普段は地面に八手大の星を一筆書きして、さらに三メートルほど離れたところに一本の横線を引くのだが、地面の星は星形でなく心臓の形をしているし、線は目の前の五十センチ足らずのところに、蛇のような曲線になっていた。

数人の仲間は、星の上に大きなビー玉を一個ずつ置くと、じゃんけんをしてビー玉を投げる順番を決めた。星の横から一人ずつ曲線に向かって別のビー玉を投げ転がしていたが、そのビー玉は「親ビー」といわれる大きなビー玉ではなく、小さな魚の目玉のようなビー玉だった。彼はそこで初めて、心臓の形をした星に置いたビー玉と手持ちのビー玉が逆になっていることに気づいたが、みんな平気な顔をしてビー玉を転がしていた。いや、仲間たちは、手を伸ばせば届くような線に向かって、真剣な顔つきをして投げ転がしていた。

彼は笑いを堪えていたが、投げ転がし方は仲間と同じだった。みんなが投げ転がして、線に一番近かった人が、今度は反対に線のところから心臓の形をした星に向けて「親ビー」を投げ転がすことができた。だが、その日、小さな親ビーを一番先に投げ転がしたのは、線から一番遠いところに転がした秀男だった。

ビー玉の遊び方は、親ビーが星のビー玉に当たって両方とも星から出れば、その「星ビー」は親ビーのものになった。しかし、秀男の投げ転がした親ビーが星のビー玉に当たっても、親ビーが小さいので、大きな星ビーはびくともしなかった。

星ビーを心臓形の星から出しても、親ビーがその星の中に入ってしまったら万事休すであるが、秀男の次に投げ転がした栄一の親ビーは、星ビーに当たらず星の中に止まってしまった。その次に栄一が斜めに狙いをつけて、星と勝利の投げ転がした星を外れた親ビーに向けて投げた。星ビーに当たらなくても、先に投げ転がした勝利の親ビーに当たれば、勝利の親ビーを奪うことができるからだった。だが、栄一の転がした親ビーは、勝利の親ビーの横に転がって止まった。勝利は喜んだ。

「あわてるな、あわてるな、あわてる乞食はもらいが少ねえ」と、呪文のように言って、彼が今度は自分の番だと左手を後ろに振って、小さな親ビーを投げ転がそうとした時だった。「俺にもやらせろ」と、どこからともなく男が現れたのだった。実だった。実には「おじょう」という渾名がついていた。しかし、それは「お嬢」なのか「お条」なのか「お情」なのか「お丈」なのか「お擾」なのか、犬丸には分からなかった。しかし、彼の行いを見ていると、どれにも当てはまるように思えた。

中学生でも高校生でもない実は、犬丸より五つ年上だった。職にもつかず家でぶらぶらしていたが、鶯を手掴みで捕まえたことのある、すごいなあと思われている先輩だった。実は一本の竹の棒を持っていた。実の背丈ほどの長さの棒には糞がべっとりついていた。あっという間もなかった。にっこり現れた実は、糞のついた棒で、星ビーも親ビーもぺたぺたと一つ残らず取ってしまったのだった。しかし犬丸は一人安心し、うれしくなっていた。鯰の目玉のような小さな親ビーを握っていたからだったが、彼にとって実は、遊びの仲間であり、遊びの「先生」だった。犬丸よ、お前は実にあこがれていたのか。

べーごま、ぱっつけ、くぎ、ねんがら、そして目白捕り、頬白捕り、えびがにすくい、うなぎ捕り、食用かえる突き、どじょう突きなどあらゆる遊びを教えてくれた先輩だった。

べーごまを回す紐の巻き方にも「まんこ巻」と「ちんぽ巻」があって、その違っている結び玉の作り方を教えてくれたのも実だった。

実はビー玉のくっ付いている糞棒をえんまに投げ捨てた。それから実は「かまいたち！かまいたち！　かまいたち！」と三回叫ぶと、草むらにしゃがんで雑草を掴んだ。その草は村里のどこにでもある、誰でも見ている草だつた。実は青草を縄のように綯って罠を作り出していた。広場を横切る人が少しでも草むらに足を踏み入れたら、引っ掛かって転んでしまう罠だった。

よく見ると、実は雀の帷子の中に金蛇を入れ込み綯っていた。綯いながら実は「負けるな、負けるな」と言っていた。犬丸は実のすることをじっと見つめていたが、実の声を聞いて、としこちゃんのことをはたと思い出した。

彼が眼を戻すと、彼女は同じ場所に立っていた。赤い鼻緒の下駄を履いていた。また顔を見ると、割れた石榴のような真っ赤な割れ目はさらに大きくなり、大人のひらいた唇が縦についたみたいになっている。彼は思い切って言葉をかけた。

「としこちゃん、大丈夫、痛くないの」と言うと、としこちゃんはにっこりした。と同時に、彼女は着ている着物の裾を持ち上げたのだった。それは意外なことだったが、さらに彼が予想もしてなかったことは、としこちゃんが下着をつけていないことだった。彼は二つのしるしを見比べようとしたが、としこちゃんは頭を振って向きを変え、歩きだした。草むらを飛び越え、清吉さんの豚小屋の横の畑の細道を歩いていってしまった。そうだ、としこちゃんは、えびがにやどじょうを捕ろうと泥田の畦道を歩いていた時もあの下駄を履いていた。麦畑の横で凧揚げをしていた時も、としこちゃんは赤い鼻緒の下駄を履いて細道を歩いてきた。

そのすぐあとだった。彼は「きゃーっ」という声を聞いた。叔母さんの悲鳴だった。彼が叔母さんの家に眼を向けると同時だった。「坂」という屋号の家の「不死男さん」が、自分の手首ほどの太さの蛇を両手で掴み、叔母の家の玄関から出てきた。不死男さんは不気味な笑みを浮かべていた。そして、水神様の前に歩いていき、蛇を大石に投げつけたのだった。

蛇は髪の毛一筋ほどの差で石に叩きつけられそうだったが、辛うじて災難を免れた。大きな波紋の中心に、蛇は沈みも浮きもせず、水面にあった。が蛇は、その青緑色の体を巧みにくねらせ、泳ぎだした。対岸、といっても数メートルほど離れた川岸に向かって泳いでいった。

その川岸は彼の家の西側に、細い生活道路を隔ててあった。家を出て、道路をちょっと横切って、えんまに係留されている農作業用の「さっぱ」といわれる小舟に乗りやすいように、家の軒先から、道路、舟乗り場とだんだんに低くなっていた。そこに立って手を伸ばせば、川面に届くくらい低くなっていた。

彼の家の前に清吉さんの家があった。清吉さんの家は槇の生垣に囲まれている。その植え込みの中に、泥棒避けに細い銅線をめぐらしているということも犬丸は聞き知っていた。傾いた茅葺屋根は、ひらけた田んぼの広がる南に向いていたが、出入り口は西側のえんまに面していた。

戦争に行ってきた清吉さんは、背が高くて、大きな体に長い太い腕が目立つ父ちゃんだった。二軒裏手に畑があって、畑の隅に小屋を作り、数頭の豚を飼っていた。朝早く、大きなバケツの餌を両手に提げて、顔をしかめて大股で歩いていく清吉さんの姿を、犬丸は何度も見ていた。

清吉さんは褌一つで裸足だったが、それでも頭には白い手拭いをかぶって、後ろで結んでいた。蛇に気づくと清吉さんは、川岸に突き刺してあった「ぼくたんぎ」（棒杭）を両手で抱えるように引き抜いた。それは多分、えんまから田んぼへ水を汲み入れる水車を踏む人の掴まる丸太だった。

清吉さんは丸太を振り上げた。青大将はあと一尺ほどで川岸に泳ぎ着くところだったが、清吉さんの眼の前だった。清吉さんは青大将目掛けて、丸太を振り下ろした。丸太は青大将に命中した。清吉さんはそれを見定め確認したのか、二回、三回、四回、五回、六回、七回、八回、九回、十回と無我夢中で、数えきれないくらい力の続く限り川面の青大将を叩いた。その勢いには、決して生殺しにしないぞという渾身の力がこもっていた。清吉さんの大きな身体は、まるで丸太のついた一台の機械のようになっていた。身体は真っ赤に充血し、頭の手拭いはどこかに吹っ飛び、髪の毛は逆立っていた。川面は大地震でもきたように揺れ動き、波立ち、清吉さんの背丈以上に水が上がっていた。

犬丸は水神様の小高いところからそれを見ていた。清吉さんが十何回目の丸太を打ち下ろした時だった。水面を叩いた丸太の先から、何か黒いどじょうか細いうなぎのようなものが、波立つ水面に泳ぎだした。と彼は思ったが、揺れる水の中に動いているものは、青大将をそのまま小さくした蛇の子どものように見えた。よく見ると、実が雑草に入れ込み縛っていた金蛇のようにも見えた。凄惨な最期だった「不死男さん」の飛び散った血と肉のようにも思えたが、不死男さんはさっき青大将を投げ入れたばかりなのでそんなことはないと思いながらも、彼の脳裡には、眼をそむけたいような惨たらしい光景が焼き付いている。

清吉さんは叩くのをやめなかった。小さな蛇は川面から無数に、水神様の丘まで飛び散り、さらに四方八方に飛び散り、空中でうじゃうじゃ動いているのであった。小さな蛇が無数に飛び散り広がると同時に、清吉さんの姿は消えたのだった。彼の眼には、一匹の大きな青大将が叩かれて砕け散り、数限りない子蛇になったように見えたが、清吉さんの身体が無数の蛇になったように思えたのだった。

犬丸は両手を上げ、何かを振り払うように目をつぶりながら振っていた。

「怖いよう」と幼い子どものように声をふりしぼったが、言葉は出なかった。目を開けると、数限りない蛇は、彼の視界いっぱいに広がり、彼を包み込もうとしていた。

「怖いよう、怖いよう」

彼は声を限りに叫んだが、言葉は出なかった。叫びながら逃げようと水神様の丘を下りようとしたが、足も動かなかった。彼は恐怖に震えていたが、思い切って眼を開けてみた。川面に眼を注ぐと波はおさまっていた。青大将はいなかったが、それよりも大きな白っぽいものが浮かんでいた。眼を凝らして見ると、仰向けになった清吉さんだった。清吉さんは真っ裸だった。が、すでに死んでいて微動だもしなかった。浮かんだ裸体は両の眼を見ひらき、なぜか陰部の一物は勃起していた。

彼がますます怖くなりながらも清吉さんの裸体を見ていると、一瞬、蠟燭の消える前の火のように、ぼーっと明るくなったが、間をおかず、ゆっくりとすーっと暗くなり、真っ暗になり、何も見えなくなってしまったのだった。

「どうした、犬丸」

看守の声だった。犬丸は長い夢から目を覚ました。彼は夢にうなされ、ぐっしょり汗をかいていたのだった。

だが、彼は看守に身体を揺すられながらも、最後の夢の残滓を貪っていた。

犬丸義人よ、蛇も清吉さんも木端微塵になって飛び散りはしなかったよ。蛇はしばらくの間、川岸に浮き沈みし、終いには沈んで溶けてなくなったが、それまで村人は誰一人そこに近づかなかったし、清吉さんはその後九週間寝込んだのだったよ犬丸。実際に起こることというのは、いつも夢とは少しばかり違うのかどうか、よく考えてみるがいい。そう思うよ義人。

（二）

犬丸は、三人の男に急き立てられるように、うながされて外に出た。明るい光が背後から射し、今日のいい天気を予期しているようだった。犬丸義人はちらっと振り返って空を見上げた。日差しはあるが雲は出ているのか、ちぎれ雲は浮かんでいるか。太陽を一時覆い隠すちぎれ雲は浮かんでいるのか、と。

犬丸がB署を出たのは朝の九時半頃だった。順調に走れば十一時頃には県庁所在地のM市に着くだろうと、犬丸は思いながら歩を進めた。すでに白っぽい色のライトバンのエンジンはかかっていて、エンジン音が耳に入り、マフラーから出ている白い煙が眼に入った。そして運転席には、自分より若い男が座ってハンドルに手を添えているのも彼は見た。

両脇から挟み込むように付き添ってくる二人の男も、運転席の男ほどは若く見えないが、ひょっとしたら俺と同年代ぐらいではないかなあ、と犬丸は咄嗟に思いめぐらした。

「早く乗れ」

外勤課の藤田巡査部長が、少し乱暴な口調で犬丸を急かした。言われなくてもわかっているると犬丸は思ったが、口には出さず、藤田の四角い顔を一瞥した。

犬丸はライトバンの後部座席の中央に、両手錠、腰縄付で乗せられた。左隣には大柄な藤田が座った。右側には藤田より年上だが、捜査係の高橋巡査が座った。犬丸は二人の警官に挟まれてしまった。

車の席に着いた時、犬丸は、手錠の手と、腰縄を結び付けられた身体に力を入れて、少し抵抗する真似をしてみようかなと思いながら、ふと眼を上げた。その時、藤田の腰に拳銃があるのを見た。大柄で肉付きのいい身体、大きい腰、太い太腿、どう見ても身体ではかなわねえなあ、と思いながら犬丸は、藤田の腰の拳銃に、じっと眼を注いだ。それから少し眼を上げて藤田の顔を見ようとした時、その首筋に眼が留まった。あまり見たことのないほどの大きな黒子が、首の真ん中にくっきりとあったからだった。犬丸は特徴のある黒子を眼に納めた。

高橋は、犬丸の腰に結ばれた捕縄を右手で握っていたが、左手で必要以上の力をこめてドアをロックした。それに倣うように藤田も左側のドアをロックした。ライトバンはツードアなので、普通なら車を運転する山倉のやることなのだが、彼が動くより早く、後部座席の二人が手を出したのだった。運転手の山倉は三人の警察官の中で一番若く、平の巡査だった。

車が動き出すと、犬丸はゆっくり眼を上げて、右の高橋越しに外を見た。車はガソリンスタンドと金物店に挟まれた丁字路を左に曲がり、病院が向かい合って建つ片側一車線の道路を走りだした。犬丸は右手の三階建ての産科病院の向こうを見つめるように眼を留めると、今頃、中村はどうしているだろうか、と思った。そして、ゆっくり車内に眼を戻した時、犬丸は、自分が窮屈なくらい身を寄せて座る藤田の首筋をまた見つめることになったが、今度は犬丸の頭の中に、中村の姿とともに、一か月ほど前、北浦で見た男の姿が浮かび上がったのだった。

犬丸が中村と知り合ったのは、製鉄所の構内だった。犬丸が素手で電気溶接をしている時、中村の同僚の泉川が見るに見かねて、ゴム手袋を渡したのがきっかけだが、犬丸と中村の住んでいる場所が近くだったので、釣りをしたり凧を揚げたりするような仲になっていた。

北浦で釣り糸を垂らしながら、犬丸と中村はいろいろと話をした。こんなことも犬丸は中村に話した。

犬丸は五人兄弟の末っ子で、中学を卒業すると上京した。兄の勇も三年前に東京に出て行ったが、一度も故郷には帰らず、音信不通になっていた。犬丸が小さな職場を転々としていた時、故郷の「坂の不死男さん」がのこぎりを使って自殺したということを彼は母から聞いたことがあるが、兄の情報はなかった。母は詳しいことは分からないと言いながら、そのことに強い関心を示していて、どのように自殺したのか知りたいと手紙に書いてきた。

その頃、犬丸は小さな運送会社の二階の寮に住んでいた。大阪で知り合った中川栄美子の衣装を預かっていたが、梨の礫だった。

犬丸は、外で喧嘩をして追いかけられて靴のまま部屋に飛び込んできた同僚を助けてやったことがあった。

彼に一番初めに名前を聞いた時「きゃん」と一言言った。それから彼は「俺のくにはとかげのような形をしている」と言って鉛筆を舐め「恋人はこのへんにいる」と言って印をつけ、「喜屋武《きやん》」と書いたのだった。犬丸はつられて、

「俺の県は座っている犬のかたちをしている、わんこけんだが、見ようによってはがまに見えるんだ。四百年以上も前から『斑点だらけの毒のあるけがらわしい蝦蟇』といわれてきた蝦蟇がえるに」

と言って微笑んだのだった。

二階の出窓から下を見ると、二人の男がこちらを見上げて怒鳴っていた。一人は手に何か柄のついた薄っぺらなものを握り、振り上げていた。

「この野郎、下りて来い」と言う言葉が聞こえた。

「ばかやろう、こっちに来い」と喜屋武が声を出した。

「どうしたんだ」と犬丸は喜屋武に聞いた。

「うん、水溜りの横を歩いていたら、車で通って水をはねとばしやがった。悔しかったから追いかけて車を蹴飛ばす真似をしてやった」と早口に言った。

「蹴飛ばす真似、そうか、それだけか」と犬丸は言った。

「うん」と喜屋武は頷いた。

「どれ、その手鏡を貸してくれ」と犬丸は言うなり、二階の出窓から身を乗りだしたかと思うと、手摺りを跨ぎざま飛び降りたのだった。犬丸の降りたところは男たちの眼の前だった。

犬丸も男たちも言葉を発することはなかったが、二本足ですくっと立ち、手鏡を持った犬丸と眼が合うなり、男たちは血相を変えて逃げていったのだった。と同時に、乾いた尾を引く金属音が響いたのだった。

犬丸が二階に上がってくると、喜屋武が言った。

「なんで手鏡を持って飛び降りた？」

「天狗の団扇」と犬丸は冗談半分で答えた。

「天狗飛び切りの術ならぬ、天狗飛び降りの術か」と言ったあと、喜屋武は言葉の調子を変えていった。

「犬丸さん知ってた、あの音、のこぎり。奴らの投げていった物知ってる、横引きのでかいのこぎり」

「あんまりうるさく怒鳴っていたから、ただ脅かしただけだ」と犬丸は平静を装っていったが、裸電球の下で妙に光っているのこぎりを眼にして内心肝を冷やしたのだった。

「それにしても、どうして彼奴らは逃げたと思う？」と喜屋武は犬丸にきいた。

「そうだな、のこぎりを振り回す奴なら逃げないはずだが」と、犬丸は言いよどんだのだった。しかし喜屋武の答えは、三線を弾きこなす男らしく明快だった。

「演奏家、のこぎりの演奏家だよ」と言ったあと、喜屋武はさらに一言付け加えたのだった。

「のこぎりで身体を切られたら相当痛いらしい」

その喜屋武が言ったことは犬丸の心に残っている。彼は言った。ギターは弾かなければ音が出ない。ピアノも弾かなければ音が出ない。琉球の三線は全然違うんだよ、と言った。南のくにの言葉を知らなければだめだよ。弾いても声を出さなければ琉球三線にならないんだよ、と言った。弾きながらうたう、うたいながら弾くのが琉球三線なんだ、と言ったのだった。喜屋武は「白雲節」と「かいさーれ」という歌を教えてくれた。犬丸よ「かいさーれ」の意味はわかったのかな。

犬丸には、故郷の母が強い関心を寄せた近所の「坂」の出来事、自らの身にのこぎりの刃を当てて果てた光景が思い出された。しかし、犬丸があとで知ったことだが、正確には不死男さんが、スターターを引いたチェンソーを自らの首にあてがったのだった。小さな村での凄惨な死に方故、当局と関係者によってその真相は長らく伏せられてきたのだが、犬丸が漏れ聞いたのは、中村と知り合った頃である。すでに犬丸の母は他界していたが、本当のことを知れば納得しただろう。

そして、中川栄美子とは電話や手紙での連絡もままならず、最後は彼女の新しい彼が出て来て、あっさり何もかもがなくなってしまったので、彼には運送会社でのいい思い出はなかった。否、唯一、喜屋武と親しくなり、互いの故郷の話を交わしたりした思い出は残っていた。犬丸が、彼女のことを打ち明けた唯一の友でもあったのだった。そうだったなあ犬丸、金もないのになんとかして喜屋武のくにの南方の島に行こうとしたり、関連する図書を漁ったり、三線のレコードを聞いたりしていたなあ。

また犬丸には、都会生活をしていたその頃の思い出があった。仕事の休みの日だった。外出して幸代に会いに行った帰りの昼下がり、ある一人のおばさんに出会った。自分の母親より年配に見え、七十代になったばかりに思えたおばさんだった。

バスを降りて交差点を渡ると、アーケードのある小さな商店街が南北に伸びていた。入り口にたばこ屋があり、食料品の店、総菜屋、魚屋、酒屋、食堂、本屋、雑貨店、喫茶店と様々な店があった。大きな店はなかったが、人々の生活必需品はすべて揃っているように見えた。

犬丸が、この五十メートル足らずの商店街を歩き抜けるまで、必ず出会う光景があった。歩道のないコンクリートの道路の端に座っている人たちがいた。五十代以降の男性であったが、その姿、風貌を見れば彼らの境遇が想像できた。間口二間足らずの店の中で、動く人の気配とともに、他の商店街ではあまり見ないその眺めも、ここでは許容しているあたたかい空気があった。

一歩裏通りに回ると、同じように間口の狭い、せいぜい二階建の古ぼけた家々が軒を連ねて向かい合っていたが、商店はなかった。事務所風の建物と住宅が混在し、そこここに生活の匂いが漂っていた。

軒先に植木鉢を出している家が多かった。玄関以外の家の周りに、植木のプランターを並べている家もたくさんあった。すでに軒よりも高くなった松の木のために、塀も軒下も切り取っている家もあった。

すべてコンクリートで固めてしまった路地という路地のあちこちで、住む人たちが様々な創意工夫を凝らして、木々や草花と付き合っている光景があった。

そんな風景の中を歩いている時、その一人の女性に出会ったのだった。きっかけは猫だった。黒い小さい虎猫が、犬丸の眼の前にふらふらと出て来て、一声鳴いたのだ。犬丸は、その姿、毛並から、この猫は野良猫でなく飼猫だとすぐ判断し、ひょいと首筋をつまみ上げたのだった。

犬丸が子猫を抱き寄せ、顔を上げると、すぐ眼の前の張りだした出窓のところに、和服姿の年配のおばさんが微笑んでいた。

「どうもありがとう」とおばさんは笑顔を大きくして言った。

「家の中に閉じ込めているもんだから、外に出たくて出たくてしようがないの。ちょっと戸を開けたすきに飛び出して」

子猫は主人の心配をよそに、犬丸の腕の中で足踏みしていた。犬丸はおばさんに微笑み返すと、出窓に近づき、黒虎を渡した。その時、おばさんが子猫の名をちゃん付けで呼んで「いけません」と強く言うと、猫は小さくまた鳴いた。それで二人の間は和んだ雰囲気になり、すぐ歩きだそうとした犬丸の足が止まった。

「ちょっと待ってね」

おばさんは機を逃さずに言って、また笑顔で犬丸を見つめると、くるっと身体を回して、彼の前に菓子折りほどのブリキの箱らしき物を、大事そうに持ってきた。それは紙の箱ではなく、何かきれいに印刷されていた金属製の箱だった。

「なんですか、これ」

おばさんがさも大切そうに眼前に差し出したので、犬丸は思わず尋ねてしまった。

「みかんよ」

おばさんは笑みをたたえて言った。

そこには確かにみかんの種らしきものが三十粒くらい、水を含んだ綿の上にきれいに並んで、黄緑色の透き通るような芽を出していた。

「どうするんですか」

犬丸は素朴な疑問を頭の隅に持ちながら聞いてみた。

「どうもしないわよ、こうして」とおばさんは、水気をたっぷり含んだ床の上の、みずみずしい芽に指先を触れんばかりに近づけて言った。

「こうして、芽が出るのがたのしいのよ」

犬丸は、おばさんとこの日の光景を時々思い出すことがあった。おばさんは、あなたは若いね、何にも知らないのね、という代わりにみかんの芽を見せたように思えてならなかった。

種を蒔いて、芽が出て、根もぐんぐん伸びて、芽が葉になり、幹が育ち、やがて花が咲き、実が生ることを、おばさんは「たのしい」の一言で言っているように思えてならなかった。

あの日あの時、あのおばさんがどんな着物をつけていたのか、どんな髪型をしていたのか、彼にはさっぱり思い出せなかった。まして腕時計をしていたのか、指輪をしていたのかどうかなどは、これっぽっちも浮かんでこなかった。それなのにおばさんの差し出した箱の中のみかんの種の芽と笑顔は、鮮明に浮かんでくるのだった。

その時、彼は幸せ感を味わった。この幸せな気持ちは、おばさんの顔と、あの日の光景とともに犬丸は忘れることがなかった。そうだよ犬丸。母の笑顔を、そのおばさんの笑顔にだぶらせていたのではないのか。そうだなあ義人。しかし犬丸義人は、同時に幸代の「涙」も忘れることはなかった。

（三）

犬丸は浮きの動きをじっと見つめていた。さざ波がやむことなく押し寄せ、浮きは小刻みに上下の動きを繰り返している。四色に塗り分けられた浮きを見ていると、一瞬間、動いているのか止まっているのか、いや、浮きが消えてしまう錯覚にとらえられる。犬丸は浮きをじっと見つめていた眼を上げて、遠くの方を見る。浮きの彼方の山の方を見た。山の緑はくすんでいたが、その鈍角な山肌のところどころには、建物や塔や煙突が見え、緑の木々とせめぎ合っているように見える。

犬丸は首を少しずつ回していって、馬の背の山が切れたあたりに、数本の赤白だんだら模様の煙突と、鉄の塊のような工場群が、山の緑よりも濃く、くすんでいるのを見つめた。その一群の中心では、白い太い煙が立ち昇っていた。犬丸はそこからまた湖面に眼を戻して、いったん浮きを見つめてから、岸の、さざ波に洗われているまこもや葦に眼をやった。ほんのお印のごとく残されて、頼りなく風に震えるように動いている水の中の植物。この湖から魚が減ってしまったのは、その周囲を水瓶の如くコンクリートで固めてしまったうえ、大きな川と合流した河口に水門をつくり湖を閉ざし、水の流れを止めてしまったからだと犬丸は中村から聞いたことがある。たった数年で、湖畔に豊富に生えていた葦やまこもや藻がなくなってしまった。

その昔は湖の中心が深く、「みよ」というところがあり、きれいな水の流れがあった。わざわざ舟に乗って、飲み水をそこまで汲みに行っていたとも中村は言った。魚もたくさんいたよ、その頃は湖に繋がる「えんま」という細い川が無数にあり、その川面が真っ黒になるほど魚が泳いでいたんだよ、とも中村は言った。が、その中村は今日はまだ北浦に来ていなかった。他に、二人、三人と離れたところで釣り糸を垂らしている人がいたが、やがて中村も現れるだろう。すーっと、どこからともなく現れて、にっこりするだろう。

犬丸は、また浮きに眼を戻した。が、瞬間、浮きが見当たらない。次々と打ち寄せているさざ波に眼が慣れると、四色の浮きがぽっかり波間に浮かんでいる。確か今、浮きは消えていた、潜っていたはずだ、きたのかな、上げてみようと思っている時、浮きは軽く眼の前に浮かんだ。次の瞬間犬丸は、はやる気持ちを抑え、今のは勘違いかな、様子を見てみようと思い直した。そうして気持ちを落ち着けて、手の竿を持ち替え、座り直した時だった。いきなり、頭越しに何かが飛んだ。犬丸が気づいてあっと思った時から、眼の前の水の中に落ちた音を聞き、それが浮きと釣り針、釣り糸であるということが分かるまで一秒か二秒だったのに、彼の中では長い一時だったような気がした。

まるで豚か秋田犬の陰茎のような赤い少し太さのある浮きが、犬丸の細い四色に塗り分けられた浮きから一メートルと離れていないところに落ちて、さざ波の中に波紋を広げ、にょっきり突っ立ち揺れている。

「何してんだ」

犬丸はその波紋がさざ波にのみ込まれるように消えるのと同時に声を出し、身体を起こした。振り向くと、サングラスをかけ、黒い野球帽をかぶった身体のがっちりした男が、リール竿を両手で握って立っていた。犬丸が睨むように見つめると、

「どうも」と平静な顔をしている。

「どうも？」

犬丸は、鯉がかかっても折れそうもない太いリール竿に眼を留めて言った。

「ひとが釣っているのに、ひとの先に浮きを入れるのは外道釣りって言うんだ」と言いながら睨みつけ、「どこだ、お前は」と言った。

「K町です」と男は短く言った。男の眼は、薄く色のついた度のある眼鏡のために犬丸にははっきり見えず、その細い眼は、遠くを見るようなそぶりだが、浮きを見ていないのは犬丸にもすぐわかった。男は紺色のウィンドブレーカーを着ているものの、上着に合わせずに着けてきたのか、黒いズボンとサンダルは全く釣りに似合わない。

「K、K町のどこ、K町って広いからなぁ、K町は馬の背のように細長いからなぁ。この橋の向こう岸の左の山から、右の外れの煙突の立っているところまでK町だかんな」

と犬丸は挑むように言って相手を見た。と同時に犬丸は、友だちの中村ならどうするだろうかと、さざ波に洗われている浮きに眼を移した。あの夢の中の清吉さんのように短気な中村は、力の続く限りこの木偶の坊を叩き続けるだろうか。いや、頭の切れる中村のことだ、こんな馬鹿は歯牙にもかけないのかも知れない。

「三笠です」

相手は間をおいて、犬丸の思いを切るように同じ姿勢を保ったまま言った。三笠なら中村の住所と同じだ。中村なら隅から隅まで知っていると思いながら犬丸は、

「三笠のどこ」

と聞いた。相手はしばらく黙っていて、「電話局の横です」と言った。相手の言葉を聞いて犬丸は、電話局の横には住宅はないと思いつつ、住所を聞いているのにこの勘違い野郎と思いながら、からかい半分にわざと聞いた。

「電話局の横、喫茶店か」

「違います、反対側です」と相手は答えた。

犬丸は、喫茶店の反対側には一つの建物しかないと思いながら相手を睨むように見たが、相変わらず、こちらに挑んでくるような高飛車な言葉つきになっている。犬丸は電話局の周りの地図を頭に描いた。電話局は十字路の角にあるけれど、その敷地はコの字に三方が道路に面している。唯一南側の道のない隣に建物があり、公共の事務所になっている。電

話局の道一つ隔てた反対側に喫茶店があり、隣は運送会社、その隣はＢ警察署、とまで思いをめぐらしたが、すぐぴーんときた。

犬丸は座ったままの恰好で相手を見た。浮きを見つめていた姿勢を変えないで、首だけひねって見た。それはなんという不安定な、不恰好な姿だっただろう。相手の男が左手でも右手でもちょいと出して、その身体に触れただけで、犬丸の身は間違いなく水の中に落ちてしまうだろう。

「反対側？」

犬丸はぱっとひらめいたが、もっとからかってやろうと思った。首をひねったまままさらに相手をじっと見つめた。犬丸は、相手の眼というより首筋を見ていたのである。少し日に焼けた肌の真ん中に、一円玉大の黒子があった。大きいなあ、珍しいなあと、犬丸はその黒子に眼を留めると言葉を選んで言った。

「食堂か」と、わざと反対側の店を言って聞いた。

「違います。もうちょっと電話局のそばです」と相手は、相変わらず大股をひらいて自信ありげに、眼鏡の奥の眼をゆるめた。それで犬丸は、分かったぞと心の中で呟いたあと聞いた。

「じゃあ、どこだ」

犬丸はもう確証を得たように腹を決め、普段のうっぷんを晴らしてやろうと考えだしていた。が、相手は犬丸の思いに関係なく答えた。

「警察です」

犬丸はまた首をひねり、相手をじっと見つめたが、男の眼の色は見えず、例の黒子をしみじみ睨む恰好になってしまった。

「警察、おまわりか。回りくどいな、おまわりならおまわりって、なんですぐ言わねえんだ。後ろめたいことでもあるのか」

「いいえ、別にありません」

犬丸はその言葉を聞くと、ふんと鼻先で相手をあしらうそぶりをみせた。

馬鹿でなれず、利口でなれず、中途半端ではなおなれず、か。いや、警察官は、馬鹿か賢いか、どっちかでなかったら、絶対出世できないのだろう。正真正銘の馬鹿か、他人とは違った頭の切れる人間でなかったら、出世は無理だ。せいぜい警部補、課長代理か、課長止まりだ。いつまで経ってもうだつの上がらない警部補で定年まで暮らさなければなんねえだろう、と思いながら犬丸は聞いた。

「警察の何課だ」

が、男は黙っている。やはり、初め言葉をかけた時と同じように、大股をひらいて、顎を突きだしたまま黙っている。犬丸は少し顔を動かして言った。

「そうだと思ったよ。いつ聞いてもお前らは、自分の名前も、どこに所属してるかも言わねえかんな」と、わざと皮肉っぽく言って、浮きにいったん眼を戻し、また男を見据えると、男は顎を引いて竿の手を持ち替えるように動かしたが、竿を元の手に戻した。その仕草を見て犬丸は、こいつは左利きかなと独りごちている間をさえぎるように男は言った。

「あなたの名前は」

「何なに、あなたの名前は？　ちょっと待ってろよ、あとで教えっから、今、俺の方でおまわりさんのことを聞いてんだから。俺がどこだと聞いたのは、どこに住んでいるかということだったんだ。だけど『警察です』なんてとんちんかんなことを言うから笑っちゃうけど、考えてみればこの俺だって税金ぐれえは払っている。いや取られていると言った方が正しいかな。ものはついで、というより俺はおまわりさんにいろいろと聞く権利はあると思うんだ。俺はお前さんに住所を聞いたのに警察というから、所属を聞いた。しかし名前まではまだ聞いていねえが、お前さんの方で名前ぐらい先に名乗ったって罰は当たりはしねえよ。他人に名前を聞く時は、聞く方が先に名乗るのがすじだっぺえ。それとも本当はそうなんだと思いながら正反対のことをしているのか、お前さんらは。『外道な奴』にはそれも通じねえかも知んねえけど、警察は公務員だからなあ。まあいいや。そこでついでだから聞くけど、よく道路端で車を止めて『免許証拝見』ということやってっぺえ。あれはなんだ。あれは免許証をよこせということなのか、見せろということなのか」

と言って犬丸は、長い話をきった。

「提示です」

男はぶっきらぼうに言った。

「提示。あれは見せなくてもいいんだろう、見せなくても」

「見せてください」

「見せてください？　烏の勝手だろ。しかしお前らは、こっちが手に持っているものを平気でひったくるよな」

「ひったくったりはしません」

「いや、ひったくってる奴がいるんだよ。参考までに話してやろうか」と言って、犬丸は一息ついた。

「はっきり言うと、ちょうど一か月前の十月十三日の午後五時過ぎ、場所はK町のS交差点。神宮の方から行くと左側におもちゃ屋、右側に洋服屋、信号の向こうの角にはスーパーと薬局があるところ。その日、仕事の帰り、俺は軽トラックで反対の方から来た。信号が青から黄色になる時、交差点に入り、通過しようとしながらバックミラーを見たら、二人乗りのパトカーが映っていた。身体の長い男とずんぐりした男だなと思いつつ、交差点を通り越すと、パトカーのスピーカーが鳴った。停止せよ、というのだ。しかし止められる覚えがないので、スピードは少し落としたが、そのまま走ると今度はサイレンを鳴らし、赤いランプを回した。そして俺の車のナンバーを連呼した。俺は仕方なく、左側の路地に曲がって車を止めた。すると後ろについてきたパトカーは、大袈裟に俺の進路をふさぐように軽トラックの前に斜めに突っ込んで止まった。そして俺がサイドブレーキを引くか引かないうちに、二人のおまわりはドアの前に立ちはだかったのだ」

と犬丸は、あの時はああだったのに、同じおまわりでありながら、一人の今はどうすることもできねえのだな、と頭の隅で考えながら、さらに言葉を続けた。

「思った通り〈のっぽ〉と〈ずんぐり〉だったよ。俺はおまわりの声が聞きたかったので、ドアは開けないで、四分の一ほど右側の窓ガラスを下げた。すると〈のっぽ〉が、ガラス越しに『免許証』と言った。それで俺は逆に『免許証?』と聞いた。ドアはロックしていた。すると今度は〈ずんぐり〉が『信号無視だ、免許証見せろ』と言った。『信号は無視してねえ』と言うと、また〈のっぽ〉が強く言った。『免許証、信号無視だ』。『交差点を通った時は、信号は青から黄色になるところだった。証拠はあるのか』と俺は言った。信号無視といったって、信号が赤の時に通ったんじゃねえ。確かに俺は、青が黄色になる時に交差点を通ったのだ。俺を違反にするためには、赤なのに通った、信号無視だというほかねえのか。他の方法はねえのか、おまわりには。反対に俺は、交差点を出る時、信号は青ではなかったので、青から黄色に変わるところだったと言ったのだ。その時、俺は、狭い軽トラックの中に、二人の男に壁に押しつけられたようになってしまったのだ。後ずさりしたくても後がねえ。窓の外を見ても、二人の他に近くには人影がない。俺は開けていた軽トラックのガラス窓を閉めようと考えた。ドアはロックしている。素早く窓を閉めて車の中に閉じこもっていれば、しばらく相手は手も足も出せないだろう、と一瞬間考えた。しかし、しかしその後どうする……が、敵もさるものだった」

と犬丸は「外道」の男に眼をやって、にこっと笑うと話を続けた。

「俺の様子を瞬時に悟った〈のっぽ〉は、軽トラックの窓ガラスに手をかけた。それを見て俺は逆に決心した。すぐ車の外に出ることを決めたのだ」

（四）

「俺は、窓ガラスに手をかけた〈のっぽ〉の手を振り払うように右手を素早く伸ばすと、相手の手を叩く代わりにドアのロックを外した。それからドアのハンドルに手をかけ、さらに肘を使ってドアを開けた。ドアを開けるやいなや、俺は〈のっぽ〉と向き合って立った。しかし、もう一人の〈ずんぐり〉は、前に突っ込んだパトカーの後方と俺の軽トラックの間に、壁の如く仁王立ちになっていた。一対一ではない。やっぱり二対一なのだ。俺はそれでも大声を出すこともできたのだ。いや、軽トラックの中に閉じこもっていてもよかったのにあえて外に出たのは、少なくとも、俺を押さえ込み、俺の自由を奪おうとしている野郎と向き合ってやるという気持ちがあったからだ。だが、外に出た俺に〈のっぽ〉がはっきり言ったのだ。また『免許証をみせろ』と。だが俺はそれでも一言聞いてみたんだ、『どんな理由だ』と。すると〈のっぽ〉は言ったのだ。『免許証見せなければ逮捕する』と」

犬丸はいったん話を止めた。一人では何もできねえくせに、一対一では何もできねえくせにと相手を見つめた。犬丸の言葉はだんだん高ぶってきたが、しかし声の調子は変わらず、相手にはっきり聞こえる声だった。それは、相手の身体を見て、体力ではかなわないかなという印象から計算しての言い草だった。

犬丸は、言っているうちに相手の頬がいくぶん紅潮してきて、動きだそうとする手や足を、その顔面で辛うじて堪えているのが手に取るようにわかった。ここでさらに一発、この木偶の坊を突き崩す一撃を加えるべきか、堪忍袋の緒が切れる挑発的な一言を発すべきか、それとも……犬丸は考えた。

「どうだ、一人では何もできねえだろう、女の尻を追いかけているだけで」

「いや、そんなことはありません」

「女の尻を追いかけた話はあとでするけど、そんなことはねえ、というならなんだよ。丸裸、素手の一人にチャカ（拳銃）を持った男が二人がかりで」と犬丸は言った。「チャカ」

と言った時、相手が反応したのが分かったが、構わず続けた。

「おまわりなんか誰が信用するかな。まず名札をつけてみろ。それさえできねえんだろ。聞くけど、誰のために警察はあるんだ。答えられるか。それから、初めから聞いているけど、普通『どこだ』と聞いたら、住んでいるところをいうんじゃないか。それなのに、働いているところを、それも電話局のそばだ、反対側だ、横だって、寄らば大樹の陰でかっくらってんのか、お前らは。どうだ、お前らは卑怯なことを平気でしてるだろ。だからかっくらってんのか、と言ってんだよ」

と一息ついて、「だから見せなくていいんだろ、免許証は」と犬丸はたたみかけた。

「いや、お願いした時は提示してください」

「なにー、お願いした時は提示？　しかしお前らは、こっちが手に持って見せても平気でひったくって」

「それは誤解です。無理に取ったりしません。なんかの誤解です」

「誤解？　わかんねえなあ、現にあったことを今言ったばかりだろ。自分の耳で聞いただろ。逮捕するといわれて免許証を見せない人がいるだろうか。俺だって、お前らのやり方があまりにも汚ねえから、裁判に持ち込んでもいいと思ってんだが、金がねえ、暇もねえ、いや、そうこうするうちに会社の仕事がなくなるかも知んねえんだ。早い話が泣き寝入りだよ。お前らのやっていることは脅しだよ。明日、電話局の反対側だか横に戻ったら聞いてみろ、中田という人に」

と犬丸は言葉を切った。犬丸はあのどさくさの中で〈のっぽ〉が〈ずんぐり〉を、小声で呼び捨てにした名前を覚えていたのだ。

「免許証はあくまで見せていただくだけです」

「だから、違反をしたという証拠もねえんだから。免許証の提示は任意なんだろ。さっきも言ったけど、名前も名乗らねえ、所属係もいわねえような人に、自分の名前のある大事なものを見せろって言われて見せるかな」と犬丸。

「われわれもいい加減なことをしているわけじゃありません。ちゃんと手帳を持って勤務しているわけで」とおまわり。

「何、手帳？　お前らは何かというとすぐ手帳をちらりと見せて、すぐポケットに入れちゃうけど、それが警察手帳らしきことは分かっても、その手帳が本物かどうか確かめることもできねえ。仮に手帳が本物だとしても、それを持っている者が、果たして書いて載せてある警官と同一人物かどうか、その場では証明できねえだろ。手帳をよく見せてくれとこっちが強く言えば、公務執行妨害で逮捕するというんだろ。どうやって証明する。信用こそ人間の一番の宝物といわれているが、手帳も人間も、どっちも信用できねえんだよ」

「信用してくださいよ」

「お前らは、ハジキを持って制服を着ていれば警官だ、警察手帳を見せる必要もねえと思ってるかも知んねえけど、信用できねえからしようがねえ。信用してもらいたいなら信用してもらえるような仕事をするしかねえだろ。現に、手帳を投げ捨てて、スナックでパンツもはかねえで踊っていた警官がB署にいるという話を聞いたことがあるよ」

と犬丸は、さらにたたみかけて黙った。

犬丸の話し方はむしろ穏やかになっていた。先月のことがあって以来、警官に対して過剰に反応する固まった習性もなくはなかったが、今眼の前にいる相手の身体を見て、その言葉を聞いて、なかなか手ごわいなあ、体力ではかなわねえなあと思いながら、犬丸なりに考えながらの言だった。こちらが何か言うたびに、相手の頬が少しずつ赤るんできて、その手足も何かに突き動かされるように、今にも動かそうとしているのをやっと堪えているなということが手に取るように分かった。が、犬丸は一息ついて口をひらいた。

「この間の交差点のことではねえが、お前らは一人では何もできねえよな。ハジキをぶら下げて、半分脅かして暴力的なことを平気でする。若い者や女の子はただ怖いと言って、仕方なく免許証を見せたりしてんじゃねえの」

と言ってから犬丸は、相手の腰のあたりに眼を注いだ。が、相手はそれには何も答えないので、犬丸は今度は少し強い調子で言った。

「免許証は、そうしてもいいと何かに書いてあるのか」

「書いてあるのかといいますと」と相手は平静を装って逆に聞いてきた。

「にぶいな、免許証を見せろという法、法的な根拠があるのかよ」

「あります」

「ある、じゃあ、言ってみろ何条だ」

「道交法第六十七条です」

「その中身は」

「ですから、免許証の提示がドライバーに義務づけられていますから」

「そんなこと、どこに書いてある。提示、提示と言うけれど、免許証を提示させることができるのは、それなりのはっきりした理由がある時だけだろう」と犬丸は言った。相手はそれに答えることができなかった。

「すいません、申し訳ありません、と女の子に頭を下げさせていい気になっているんじゃねえよ。お前らは勘違いしてるよ。〈ねずみ取り〉や検問で他に迷惑をかけているから、お前らに代わって謝っているんじゃねえかな。もっとも、おまわりにすいませんて謝ればいいと思っているなら、どっちも勘違いしてるのかも知んねえけどよ」

と犬丸は言葉を切った。が彼は、それではおさめなかった。

「いや、お前らのやっていることは脅しであり、卑怯なことだよ。それを一度でも考えたことがあるのか、それともそうすることが当たり前とでも思っているのか」

相手の顔が紅潮し、少し膨らんできたように犬丸には見えた。だらしなくつっかけていたサンダルの足さえ、深く履き直したように見えた。

犬丸は相手と睨み合う恰好になっていたが、さらに中村から聞いたことを受け売りに近い形で口に出した。

「馬鹿の馬鹿、大馬鹿三太郎よりもっと馬鹿とは言わないけれど、B警察の交通に三太郎がいるらしいよ。心当たりがあるかなあ」と遠回しに言った。

その言葉を聞いて藤田は、風に吹かれているはずの耳が、みるみる赤くなるのを抑えることができなかった。心当たりどころか、当人だったのだ。

ちきしょうと藤田は、ぎりぎりのところでその思いを我慢しつつも、あの日のことを思い出さずにはいられなかった。全く、この男と同じことをあいつは言ったのだ。藤田は犬丸をサングラス越しに睨みながら、まるっきりこの野郎とあの野郎は同じだと、先月の検問でのことを思い出していた。

（五）

神宮橋の袂で、同僚たちと〈検問〉でポンコツ車を止めて「拝見」とやった時だった。俎板の鯉。いつもならそう言っただけでこちらの思うままになるのだが、と藤田は苦汁を飲まされた日のことを振り返っていた。

あの野郎はこの野郎と同じで顔色を変えず、挑戦的で、その身のこなしも堂に入っていた。そして、最後っ屁を食らったたっけ……。

ポンコツを止めてから、井口警部補の目配せに頷き、相手の体臭を嗅ぐような恰好をして、三分の一ほど開いていた窓ガラスに顔を近づけた。というより、鼻を突きだすように近寄ったのだった。それはいつもの習慣だった。もちろん、相手が缶ビール一本、コップ一杯の酒でも引っかけていれば、すぐ見破る方法だったが、自分が効かしたのは嗅覚と同時に視覚だった。運転席から助手席から、車の中の隅々まで見た。野郎の足元は特に集中して見たのだった。

ポンコツ野郎は、窓ガラスをさらに半分くらいまで下げて、素直に免許証を見せた。が、こちらに渡さず掌の上にのせていた。ちょっと見づらかったが、顔写真も生年も本人と合い、免許の住所も期限も条件も問題なかった。ちらと井口警部補を見るとまた目配せをしていた。さっきより厳しい顔をしていた。そして、相手に向き直った時、思ってもいなかった言葉が、ぽろっとこの口から出てしまったのだった。

ああ、つまんねえことを言ってしまったなあと一瞬思ったが、後の祭りだった。免許証だけ見ておけばよかったのに、余計なものを見て、言わなくていいことを言ってしまったのだった。悲しい、いや貧しい性といわれればそれまでだが、黒い合成革の免許証入れの内側に、小さく四角にたたんである一万円札を見たからだった。

「別にした方がいいですよ」と自分は言い、さらに言った。

「もし免許証を落としても、お金を入れていたら返ってきませんよ」と断定してしまったのだった。それは一人で考えたのではなく、何度も付き合って見聞している先輩の受け売りにすぎなかったのだが、こっちが一息つく間もなく、野郎は言ったのだった。

「余計なお世話ですよ」

そして、自分は丁寧に応対したつもりだったのに、野郎はさらに挑戦的になったのだった。

「お前らは、勝手にこうして車を止めて『免許証拝見、拝見』ってやってるけど、そうしていいと何かに書いてあるのか」と奴。

「といいますと」と自分。

「法だよ、法律でそういうことをしてもいいと書いてあるのかよ」と奴。

「あります」と自分はまた先輩の方を見たが、腐れブケホ（警部補）はそっぽを向いていた。

「ある？　じゃあ、言ってみろ、何条だ」と奴。

「道交法第六十七条です」と自分。

「その中身は」と奴。

「ですから、免許証の提示がドライバーに義務づけられていますから」と自分。

「そんなことどこに書いてある。俺は今さっき免許証を見せてしまったけれど、免許証の提示は任意じゃねえの」と奴。

「いや、自分たちはドライバーに免許証を提示させることができます。みなさんこちらの言葉に応じて、免許証を提示されています。そんなことを言っているのはあなた一人だけです」と自分は言った。

「そうか、だから若い人や女らが、すいません、すいませんって謝りながらお前らに免許証を見せているのか。だけどそれは彼女らが勉強不足で、無知で、そう誤解しているとしたらどうする。本当に彼女らが謝らなければならないのはお前らおまわりではなく、別の人だったらどうする。責任を取る気はあんのかな。もう一度聞くけど、道交法六十七条の中身を言ってみろ。なんて書いてある。分かっているなら言ってみろ」

と言われ、またしても黙ってしまったのだった。

そしてまた振り向いて上司を見た時だった。神宮橋を渡って来たあんちゃんの竹槍・出っ歯（改造車）が、車体を上下に揺らしながら排気音を響かせて近づいてきたのだった。もちろん、腐れ井口は赤い大旗を振らせ、車を止めた。それに釣られるように、新しい獲物を求めて、自分のそばにいた先輩たちも、ぱらぱとその改造車に近づいていったのだった。

その雰囲気を見透かすように、あの野郎は屁をぶっ放ったんだ。

「お前らが、免許証を提示させることができるのは、六十七条の一項だけだろ。よく読んでから仕事しろ。おまわりの服を着けているロボットじゃねえの」と奴は言った。自分は耳元を赤くし、歯ぎしりしそうになっていたが、野郎はさらに一発ぶっ放したんだった。

「どけ、馬鹿！　進路妨害だ！」

アクセルを踏み込むと同時にクラクションを鳴らしやがった。排気音とクラクションと、タイヤがアスファルト面を擦る異様な三重奏に、先輩らは一斉にこちらを振り向いたが、こっちを見て何になる。ポンコツはあっという間もなく眼の前から消え去った。それと同時に、野郎の名前も住所も生年も頭から吹っ飛ばしてしまった。辛うじてナンバーの上一桁を頭の隅に留めていたが、それは何の役にも立たないことだった。第一、野郎は何一つ違反してはいなかったのだった。

半ば呆然としていると、泣き面に蜂、上司の腐れ井口の罵声が飛んできたのだった。

「ばかやろう、でれ助野郎！」

あの時は本当に警察を辞めようと思った。派出所勤務時代、夜中に一人で死体の番をさせられた時も仕事を辞めようと思ったが、この時の方が最低だと思った。あの頃は独身だったが、今は妻の美津枝がいるし、考一はまだ一歳だ。今回の話は妻に話せる話ではねえ。それとも、辞めたいと美津枝に話したら、彼女は何と言うだろうか。前に美津枝に言われた言葉が頭をよぎった。

正直に言えば、それを思い留まったのは、矛盾するが井口の顔が浮かんできたからだった。腐れブケホは、飴と鞭を上手に使い分ける野郎だ。

「不祥事」といわれたあのことも、眼の前にいる奴のいう三笠でだった。一番の原因は俺が酒を一人飲みすぎて、調子に乗ってしまったのがいけなかったが、あのことといい、思い出した検問のことといい、この眼の前の野郎といい、みんな繋がりのあることではないのか。何かの罠ではないのか……。

藤田にははっきり分からないながらも、職業柄、なんとなく臭うものを感じていた。用心しなければと、サンダルの足に余計に力をこめて、釣竿を両手で握り、犬丸の出方をうかがっていたのだった。

藤田は今朝、一番に神宮の森に出かけた。榊の木を取ってきて神棚に上げた。それを見た妻が一言言った。

「もう、そういうことやめない、来年は二人目の子どもも生まれるし、下を見て、茸でも取ってきた方が家族は喜ぶんだけれど」

かちん、ときたものの心の底の方で同感していたので、妻には言い返せなかった。日曜日も妻から、半日かけて洗車をして車内も掃除をして帰ってきたら、「車だけでなく、家の方もきれいにしてね」とやんわり言われた。

いや、美津枝は何でも遠慮なく言う女性だった。結婚して間もなく、芦ノ湖へ遊びに行って、ボートの上で二人きりになると、美津枝は言ったのだった。

「首輪を嵌められ、鎖に繋がれた犬のような人にならないで」

あまり突然のことで言葉を返すこともできないでいると、彼女はさらに言ったのだった。

「このお腹の子のためにも、よく考えてね。もし、元気な子が生まれたら、この子が五歳になるまでに考えてね」

藤田はA県の県北出身で、実家は農家で、親夫妻はまだ五十代だった。細々と畑仕事をする傍ら、近くの蒟蒻工場で二人とも臨時で働いていた。藤田は親の姿を見て、これでは食えない、嫁さんも見つからないと、高校を卒業と同時に家を出て、警察官になった。銀行と警察官を受けたが、銀行の方は落ちてしまったので警察官になるより仕方ないと思った。十年前の話である。妻の美津枝とは、郷里の父親の知人の紹介で二年前に見合い結婚をした。

犬丸を護送するライトバンで、犬丸の右に座る高橋の両親は、二人とも勤め人だった。E市の大企業に勤めていたが、母は結婚と同時に退職し、父親はまだ平だが、定年まで勤めようと思っていた。高橋も縁故で、高卒で父親と同じ会社に入ることはできたが、彼はそれよりはと、警察官の試験を受けたのだった。

高橋は藤田と対照的に、痩身で上背があった。どちらかというと寡黙で、よく藤田と組んで仕事をしたが、乱暴な藤田を抑えるような役目を、これまで何度か担ったことがあった。

高橋の家は元は農家だった。親は五反ほどの畑作をしたこともあったが、長男が高校を出て東京に行ってしまったこともあって、耕作する気はなくなっていたし、長女の結婚、次女の学費を捻出するために表通りに面した土地を切り売りし、三百坪ほどしか残っていなかった。家庭の事情を承知しながら、今の仕事に就いた高橋だった。

「捨石ぐらいになれば……」と。

ライトバンを運転する山倉は、親子三代警察官だった。先祖をたどれば検非違使だったという話もあるが、それは定かではない。人の口から語られる歴史というやつは、真実より嘘が多いからである。

いや、祖父は小作農で行商などをしていて、祖母の兄弟の夫が警察官だった。子どもがいなかったので、山倉は彼らに実子のように可愛がられて育った。父親は巡査部長で定年を迎えた。晩酌の好きな親父だった。夜、酒を飲みながら妻や子どもたちに、警察の仕事をうれしそうに話すのが常だった。

その父親の口癖は「俺は裏金づくりに手を貸さなかった」だったが、山倉には「警官になるならなってもいい、出世しなくてもいい」と言った。山倉は機械いじりが好きだったので、高校を出たら建設関係の仕事に就こうと考えていたが、父親の話を聞いているうちに、警察官になってもいいかなあと思うようになった。

だが、親父の言には裏があった。話の結論は「ニセ領収書づくりには手を貸すな。誰になんといわれようと自分でいろ。それができるなら警察官になれ」だった。

（六）

四人の乗ったライトバンは、病院の前を通り、右カーブの道をゆっくり進み、信号のある丁字路で止まった。左手に墓場が見え、その墓石が、犬丸の左側に大きな身体を被せるように座っている藤田の顔のあたりにあった。犬丸は、今度は反対側に眼を移した。こぢんまりした平屋の庭先に、数えきれないくらい実をつけた、しかしさほど太くない柿の木が眼に入った。犬丸は静かに眼をつぶった。

あれはいつだっただろうか。三年前、いや四年前だろうか。初秋だろうか、それとも晩秋だろうか、と犬丸は思いめぐらした。あの時は一人「死」について考えたのだった。きっかけは、墓でなく柿の実だった。中村に誘われて訪ねた家の老人は、こんな歌を詠んだと彼に言った。立派な口髭を蓄えた人だった。

竹藪に柿の実熟れて夕されば　妻亡き人は風呂を焚くなり

竹に柿の実が生ることはないから、竹藪の中に柿の木が生えているのか、それとも柿の木は竹藪のすぐそばにたっているのか、夕方だったのでよく見定められなかったが、さほど太い木ではないだろう。せいぜい大人の腕くらいの太さで、細い数本の枝が竹藪の中に伸び、これもさほど太くない真竹と争うように生え、実をつけた。その数個ほどずつついている柿の木の枝先は、そよと吹く風に静かに揺れている。柿の実はまるで竹に生っているように見え、熟れた柿は夕焼けで、いっそう鮮やかに照り輝いている。薪を焚く風呂の煙が横に広がって、たなびきたちこめている。風呂を焚いているのは、半月前、妻を亡くした男なのだ。彼の眼に映るのは、薪の揺れ動く炎。その時、頬を撫でるような風が通り、竹の葉とともにかすかに動いていた真っ赤に熟した柿の実が音もなく竹藪の中に落ちた。そして、どこかで蚊の鳴くような子どもの叫び声とも泣き声ともつかない声がしたが、誰もそのことには気づかなかった。

犬丸は老人の話を聞きながら「死」についておぼろげながら考えたことがあった。竹藪と柿の実の不思議な調和、たなびく煙と、通っていく風。熟柿が落ち、小さな子どもの叫び声、泣き声。人は、いつどんな時でも死んでいくのだ、とぼんやり思ったのだった。しかし、あの時も今もいつ自分が死ぬかなんて、犬丸には考えもつかないことだった。

犬丸は、つぶっていた眼を静かにひらいた。車は信号で止まっていた。丁字路の正面には「神宮まで五百メートル」の大きな看板が立ててあったが、もう眼の前は神宮の境内で、左手よりも右手のM市に通じる国道五十一号沿いが、松や椎や杉や樅が茂る樹叢になっていた。

犬丸は左手の墓場の方に眼を戻した。墓石ばかりと思ったところに、一人の男がいたのだ。六十過ぎぐらいの年恰好だろうか。無駄な肉は少しもついてないというより、痩せ細った身体をしていた。俺も他人が見れば同じような恰好に見えるだろうな、あの男と俺の違いは、と犬丸は男に眼を注ぎながら考えをめぐらした。俺の手にはわっぱ（手錠）が嵌まり、腰には縄をいただいている。恐らくあの男には家族はいないだろう、それは俺とどっこいどっこいだ。いや、あの男に家族はいるかも知れないが、いたとしても、誰もあの男を構ってやりやしない。男の方だって誰も頼りにしていないのだろう。食うもの飲むものはなんとか手に入るとしても、洗濯は、掃除は、いや家は……しかし今の俺よりはるかに自由なのだろう。

男が空を仰ぐような身振りをし、片手でおかしな仕草をしたと思ったので、犬丸がじっと見つめると、男は屈んで手を伸ばし、墓前に何かを置いた。缶ビールだった。男は供えられていた缶ビールを飲み干したのだった。犬丸がそれに気づくまで少し時間がかかったが、男は何か渋いものでも口にした時のように顔を少し歪めた。しかしその仕草や表情よりも、被った古ぼけた作業帽の縁からはみ出している男の白い髪が、犬丸の眼に留まったのだった。

車は動きだし、右折し、国道に入った。ここから目的地の県庁所在地のM市まで五十キロメートルあまり、一時間くらいの距離だ。犬丸は時間を確かめようと身体を少し動かして時計を探そうとしたが、その動く気配を感じた左側の藤田がぐっと腰を寄せてきたので、右側の高橋とともに犬丸を強く挟む恰好になった。犬丸は身体全体に力を入れ、固くした。するとと藤田と高橋は、いっそうその身体に力を入れた。犬丸が今度は力を抜くと、何かにのっかっているような、浮き上がっているような感じがして居心地が悪くなったが、少し我慢することにした。藤田が身体を少し動かした時、その左手に腕時計もちらっと見えたが、時間を聞くのも業腹だったので、犬丸はふん、と心の中で呟いただけだった。

犬丸は眼をつぶった。あれは一昨年だったか、三年前だったか。去年でないことは確かだった。平井の海岸で中村とばったり出会ったことがあった。中村は小学生の一人娘と一緒だった。犬丸は、彼の家はあのあたりだがと、眼をひらいて右手の窓の外を見やり、再び眼を閉じた。

昨年の夏の終わり頃だった。中村は、娘の未来が文通をしている、猫を飼っている東京の人に送るという砂を、取りに行ったのだった。未来から海に砂取りに連れて行ってといわれた中村は、すぐ会社の同僚の西崎を思い出した。彼は、猫を飼っていた前の会社の社長の妻から、海への砂取りを頼まれた時、猫をダンボール箱に入れて海岸に行き、その箱を海岸に置いて、何食わぬ顔で砂だけ持ってきたと言った。彼は、社長の妻の度重なる私的な頼みを断ることができず、そのうえ何の罪もない猫を海岸に置き去りにした罪を犯したのだった。が、西崎には救いがあった。彼はあとあとまでそのことを気にしていて、己の行為を打ち明けられる友人に中村がいたからだった。

中村は、西崎が小さな会社に勤めていた頃の話を思い出すとともに、さらに同じ海岸で犬丸と会ったことを思い出していた。

娘と車を乗り付けた海岸は、海に向かって左側に小さな集会所があり、右側一帯は墓場になっていた。東西に向かい立つ墓石の彼方の南側に、赤と白のだんだら模様の煙突やガスホルダー、高炉などが見え、そこから絶え間なく立ち上る煙が、海側から陸側に流れていた。墓石の前に立つと、墓場の中にいるような雰囲気で、眼を上げて南側を見たら墓場の中に工場があるように見えた。また反対に、工場の中に墓場があるようにも見えた。しかし、そこには墓場鴉も葬式鳥もいなかった。

この時も中村は、凧揚げの好きな彼らしく、左手の人差し指を天に向けて突き立てて、凧の揚がる風だな、と一人呟いたりしていたのだった。また彼は、墓の入り口の焼却炉の前に、赤いスポーツカーが一台、海に向かって止めてあるのにも眼を留めた。そのナンバーが他の県であることを見てとり、墓参りに来た車ではないのかなと思いながら、未来の手を握ったまま、歩を進める海の方に眼を移した。

波打ち際に、二人の男が動いていた。絶えず寄せては返す波が、前屈みになった男たちの足元を洗っていたが、そこには男たち二人を横にしたよりも長く、太い、黒い大きなものが横たわっていた。打ち寄せる波がくだけ、動いていた。それはマイルカかマゴンドウかザトウクジラかスナメリか。いや、中村の少年の頃は、イルカもくじらもなかった。イルカぐらい大きなものは全部「くじら」と言っていた。

くじらは今しがた浜辺に打ち上げられたものなのか、中村が確かめるようによく見ると、一メートルくらいの垂木の棒が二本、陸側にも海側にも、そのものを押さえるように立ててあったが、棒は何の役にも立たないことは明らかだった。しかし中村は、そのものを砂浜に打ち上げられないようにしているのか、それとも沖に流れ出さないようにしているのか、咄嗟には判断できなかった。

二人の男は脇目もふらず必死に動いていた。中村が娘の手を離して近づいて行っても彼にはお構いなく、だめだ、だめだと言いながら、くじらの周りを行ったり来たりしていた。一見したところ学生ふうのトレーニングパンツ姿の二人の男は、くじらを海に戻そうとしているのだった。

そこは海に向かって突き出た防波堤に二方を囲まれた波打ち際で、砂浜と同じように絶え間なく波が打ち寄せ、そのテトラポットを洗って泡立ち、寄せては返し、寄せては返していた。大人が三人縦に連なって寝ころんだより長く、大人の身体の三、四倍にころころに太ったように見えるくじらは、波の合間合間に胸のひれや尾びれをわずかに動かすものの、口は動かさず、打ち寄せる波に打たれるままになっていた。中村は、これがくじらでなく人間だったら瀕死の状態だと思いながら、助けられるものならくじらを助けてやりたいと思いながらも、くじらの生に関しては半信半疑だった。

中村が考えようとしている間に、大きな波がいくつもやってきた。寄せる波を、小さい小さいと思う間もなく、大きな波がどんときた。波に打たれるとくじらは、二人の男が辛うじて押さえている垂木もろとも、砂浜に押し上げられそうになった。中村は思わず二人の男に手を貸す恰好になったが、三人がかりでも波の力が強くどうしようもなかった。それでも三人がかりで陸側で流木を使ったりして、懸命に踏ん張ってみた。が、ついに一人の男が苦しそうに声をあげた。

「ああ、だめだ、だめだ、死んでしまう」

「あの上から、海に入れたら、どうだろう」

もう一人の男が、息をつきつき言った。この男は、砂浜から二、三十メートル海に突き出て、一番激しく波に洗われている防波堤の突端から、くじらを海に還したらどうかと言ったのだった。

くじらは、ざっと見ただけで大人の十倍以上、七百キログラム以上あるのではないかと、中村は製鉄所の下請け会社での重量計算の経験を頭に描きながら思った。

くじらは、打ち寄せる波を受けてごろっと転がるように動いたかと思うと、縦に動いたり、横に動いたりしていた。立てた垂木もろとも海の方に流れようともしていた。その様子を見ながら中村は、くじらというよりは二人の若者に同情するように考えだしていた。彼らがその気ならくじらを海に帰そう、このまま海に帰すのが無理でも、いろいろな方法があるだろう。防波堤の突端から海に投げ込むのはともかく、いったん陸に上げて、毛布かなんかにくるんで車にのせて、港の船溜まりみたいなところから海に帰すことはできないかと考えていた。

さらに中村は考えていた。くじらを小舟にのせて沖で放すことはできないだろうか。くじらを海に入れたら、海の小舟にいったん水を入れて沈め、くじらを入れてから小舟の水を掻き出し、沖に進む。沖で今度はまた小舟を沈めてくじらを放し、小舟の水を掻き出し、帰ってくる。しかし、この荒波が絶えず打ち寄せる波打ち際から、くじらをどうやって少しでも沖側に移動させるかが大問題だ。第一、小舟がどこにある。そんな器用なことはできない相談だろう。

中村は、くじらは七、八百キログラムか、人間は一人二人三人しかいない、七、八人いればなんとかなるだろうかと思った。製鉄所構内では、手で持つ物は一人で三十キログラムまで、それ以上は身体を痛めるのでクレーンなどを使う、と管理職は言っていたが、実際の現場では六十キログラムの物でも百キログラムの物でも一人か二人で動かして仕事をしていた。そのために腰痛になったり、ヘルニアになったり、大怪我をした仲間もいた。

それにしても、くじらをのせるとしたらどんな車にするか。後ろが開く車もあるが、一トン車では無理だろう。トラックかな。クレーン付のトラックなら載せることもできるだろうけれど、波打ち際からトラックのそばまで運ぶのが、これも大問題だ。それにくじらが暴れたりしないかなあ。いや、暴れるくらいくじらが元気でないと、そんなことをしても無駄かなあ、と中村は考えていた。

波は絶えず打ち寄せているが、同じ大きさの波ばかりではない。小さな波、大きめの波が休みなく打ち寄せている。大きな波は小さな波より少なく、小さな波十個に一つくらいか。しかし波は、一つ一つ大きさが違うように見え、一つ一つに表情があるように見える。

二人の男は、しばらく波と格闘している間に要領を得たのだろう。大きめの波が近づいてくると、頃合いを見計らったようにくじらに近づき、二人がかりで海に押し戻そうとした。が、そうこうしている間にまた大きな波がきて、浮いたくじらは反対に砂浜の方に押し返されてしまう。そのたび、二人の口から悔しそうな声が出る。二人とも裸足だが、トレパンの下半身はびっしょり濡れている。男の一人が気を取り直してくじらの背に手を添えたが、力を入れすぎ手が滑ったのか、海の中で転んでしまった。

中村は、時には二人の男と力を合わせながら、このくじらは生きているのか死んでいるのかと思いをめぐらした。何度も何度も海の方に押し戻そうとしても、打ち寄せる大波で陸の方に戻されてしまう。だめだだめだという彼らの顔を見ながら、中村は男たちに「どうしても助けたいなら」と言おうとしてくじらを見た。くじらの白い腹には赤い線が幾筋もついていた。頭部の口や鼻のあたりは赤く傷つき、血が流れていた。しかしよく見ると顎《あご》のあたりはかすかに息づき、動いているようにも見えた。

「どうしても助けたいなら、毛布が車にあるから、それでくるんで、防波堤から海に入れても」

と中村は言ったが、さっきは、人数が少ないしのせる車もないし運ぶことは無理だなあと考えていたので、そんなことを言ってしまったことをすぐ悔やんだ。

しかし男の一人は、中村の言葉が聞こえたのか聞こえなかったのか、「役場に連絡するか」と、ぽつんと言った。

「役場なんか当てになるかなあ」と中村が答えた。

「今日は日曜日、役場は休みだ」と男は言い直したが、中村は黙って彼を見ていた。

中村の頭の中で、一瞬間、海の音が途切れた。何十年、いや何百年も前から、この海の音は、この浜辺に向き合って暮らしてきた人々から「七不思議」の一つに数えられてきた。あの山では、と中村は、緑濃い馬の背の陸の向こうに眼を移す。

「末無川、御手洗、要石、根上がり松、松の箸、藤の花、海の音」の七つを称して「鹿島七不思議」と言っていたのはいつまでだったのか。

あそこでは、この海の音が北（上）の方に聞こえる時は晴れ、南（下）の方に聞こえる時は雨と、この海岸の海の音を真ん中にして、明日の天気を占っていたのだった。が今は と、中村は首を回して墓の彼方に煙る工場群を見据える。人々が暮らす馬の背では、工場の音が一日中していて、海の音がしていても、海の音だか何の音だか判らないようになってしまった。残るは「要石」一つのみの七不思議だが、肝心要の要石は謎の多い石である。扇の要を見るといい。要あっての扇ではなく、扇あっての要なのだ。

しかし、今ここでは確かに海の音がしている。天気を占うことのできない海の音がしている。と耳を傾けた中村の頭の中は、海の音でいっぱいになってしまった。そしてその音は大きくなったり小さくなったりしていた。

中村は背後に人の気配を感じた。その足音は波の音に消されて彼の耳にはすぐ届かなかったが、次の瞬間、中村は、頭の中でその足音以外のすべての音が消えたように足音を聞いたのである。彼は足音とともに、言葉にならない声のようなものを聞いた気がして、思わず振り返った。

男だった。小柄な痩せた、というより無駄な肉が一つも付いていない精悍な顔をしたざんばら髪の男が立っていた。中村はなんとなく、この男はどこかで見たことがあるなあと思いながら、相手と眼が合うように男の顔のあたりに眼を向けたが、相手は中村を見ていなかった。いや、中村を見ていないというより、見ようによっては、眼を合わせないようにしているというふうにも取れたし、くじらの方に夢中になっているというようにも取れた。男は中村や二人の男らを見ずに、くじらに眼を向けながら言った。

「無駄だ、無駄だっぺぇ」

二人の男も中村も我が耳を疑うような言葉だったが、男はさらにくじらに近づきながら言った。

「見てみろ!」と、素っ気なかったが、大きな声だった。

「そこのコンクリートに頭をぶっつけて」と言葉を切ったあと、「助かりっこねえ」と言って、絶え間なく波が打ち寄せ、しぶきが上がっている防波堤を指差した。

男は、裸足だった。いつまくったのか、洗い晒しの枯葉色のズボンも膝の下までまくっていた。中村が、男の足元を見てから周りに眼を広げると、男の脱いだ先っぽの黒い靴下とゴムの草履が、濡れた砂の上に散らばっていた。それを見た瞬間中村は、ぴーんときたのだった。

(七)

中村らが犬丸と出会ったのは、三年前の夏の、厚板工場での現場作業の日だった。中村は過ぎ去った日を思い返していた。

朝、二キロ先の寄場からトラックで、ガスボンベ、ガスホース、電気溶接機、そのコードであるキャプタイヤ、チェーンブロック、ワイヤー、そして手回り工具を運んだ。足場板や丸太も積んできた。朝の作業前のことだった。

「社長だ！」

一人たばこを吸っていた鈴木が言った。みんなはびっくりしたように、鈴木の見ている方を振り向いた。しかし鈴木、大川が社長だったら誰もが社長か先生になっちゃうよ。

白いヘルメットをつけた男が一人、ゆったりした足取りで歩いてきた。「社長」はもちろん隠語だった。「臆病」なのか虚勢を張りたいのか、作業現場に突然社長が現れるはずがない。関連会社の中村の社長でさえそう思うのに、親会社の本工の社長の顔など、現場で拝めるものなら拝んでみたいものだ。しかし、これにも例外がある。協力会社といわれる関連会社の下に繋がる下請会社の社長は現場で真っ黒になって働いているから、見るも見ないもない。

「社長」は禁止札を持ってきた本工の大川だった。さほど大柄ではないが、顔も身体もふっくらとしているので、大きく見える。その分厚い身体を、小ぎれいなゆったりした作業服で包んでいる。白いヘルメットは新しくはないが比較的清潔で、服と合っていたが、彼の大きな頭の上に辛うじて留まっていた。俺は現場作業なんかしたくねえよ、といわんばかりだった。大川の姿を見ると、リーダーの池田が近づいていった。

「大川さんは現場に出ねえからな」

鈴木が、池田にでもなく、そばの中村にでもなく、独り言のように言った。が、中村は鈴木の言葉を耳に留めて言った。

「いや、大川さんを現場に出させねえようにしている人がいるんだよ、鈴木さん」

大川はいつもは、これから中村たちが作業にかかる現場の反対側にいた。東西に三棟並んでいる厚板工場の一番西の棟、厚板通りに面した工場建屋にくっついている保全の〈分駐〉にいた。しかし、ろくな仕事を与えられていなかった。部屋の一角に小さな机と椅子をあてがわれて、作業長と工長という末端職制に監視されていた。生理現象と食事以外は、外出もままならない。今日は現場の担当者が休んで、幸か不幸か現場に出向くお鉢が回ってきたのだ。縛ってあるロープが伸びたように、代わりに禁止札を届けに来ただけだ。その証拠に彼は、手袋さえ持っていなかった。

大川は、池田に禁止札を渡すと中村の方を見て、軽く会釈した。今朝、西門で見たのと変わらない深みのある笑顔だ。中村も笑顔で挨拶を返した。何か言いたそうな大川だったが、シャー（剪断機）の彼方にかすかに見える白いヘルメットたちに眼を投げると、またゆうゆうとした足取りで鉄の渡り通路を引き返し、操作室の裏から西の棟（圧延棟）の方へ歩いていった。

禁止札を手にした池田が、皆のところに来た。〈禁止札〉というのは、現場のあらゆるラインの作業に入る前に、関係するスイッチ、バルブなどに付ける二枚一組の割符のことである。親札を本工の保全担当者が設備に付け、その子札を現場作業者が持つことになっている。また、禁止札は一組の二枚にならない限り、付けた者以外はずすことができない、つまり付けた設備のスイッチやバルブを動かせないことになっている。たとえ本工の社長でも、子札がない限り、付けた親札を外してはならないことになっている札だ。本工の社長など禁止札なんか見たこともないだろうが、実は、持つにしても現場が親札を持ち、設備には子札を付けるのが筋だろう。

禁止札を握っているのはもちろん本工だが、禁止札が出ないと現場の作業は始まらないときている。だから、車を降りたリーダーの池田が電気室に真っ先に行ったのも禁止札を受け取るためだった。実際は大川が現場に持ってきたが。

池田は渋い表情をしている。池田を取り囲んだグループの仲間は、これはまた大変な仕事かなと、一瞬心配した。

「二グループの仕事だ」

池田は吐き捨てるように言った。

「トラバースベットだけでなく、インジケーターの方もだ。そっちは鈴木さんと草野でやってくれ」

池田は若い草野だけ呼び捨てにして顔を引き締めた。

それで作業の分担が決まった。池田が先に立って、中村と泉川の三人は、トラバースベットの現場を見ることにした。鈴木と草野は反対方向のインジケーターの方に行った。

三人はロールの上の鉄の渡り通路を上り、操作室の裏側に回った。池田は手摺りの反対側に行って、機械を注視した。厚板鋼板をガスの火で切断するシャーは、近づくと見上げるように高い。色と形といい、軍艦そっくりの鉄の塊だ。それに、シャーの前後に連なっている鉄のロールのテーブル……。

そのテーブルの向こう側に、ガラス張りのシャーとトラバーサーの操作室がある。本工が操作室のスイッチを握り、下請工は外の操作室の前方で、ロールの上を流れてきた鋼板の上に乗り、照明を当てて傷を見つけ、チョークで印をつけたりするのだ。

トラバース（トラバーサー）は、シャーで切断する厚板鋼板の長さを決めるものだ。動くところをトラバーサー、トラバーサーが付いているところをトラバースベットといった。今日、取替作業に入っている蛇腹は、トラバーサーとともに伸び縮みする。トラバーサーを下面と側面で敷居のように支えている接触面は、砲金製のライナーになっていて、蛇腹はそれを保護している。蛇腹そのものは単なるカバーにすぎないが、これがないとライナーが粉塵などを被って傷んでしまい、本体のトラバーサーが動かなくなり、圧延されてきた熱い厚板鋼板を切る長さを決められず、シャーで切ることもできなくなる。

池田は蛇腹を寄せると、革手袋を取り素手でモンキースパナを使って、トラバーサーの側面のカバーのボルトを取り外しだした。

「中村さん、悪いけど分駐に行って、アイボルトをもらってきてくれねえかな。蛇腹出すのは二人で大丈夫だから」

池田は、外したボルトを缶に投げ入れながら言った。

長さ五メートル、幅三十センチ、厚さも三十ミリくらいある鉄のカバーは、手で持てそうもない。しかし、トラバーサーの側面を点検するには外さなければならないが、ワイヤーが入らないときている。

よく見ると、カバーの上に、等間隔に穴があいている。頭にワイヤーを通す穴があるアイボルト用のボルト穴だ。リーダーの池田は先刻承知している。

「いくつかな、M12？」

中村は見当を付けて、アイボルトの大きさを聞いた。

「M12、四本。分駐には多分、大川さんがいっぺ」

池田は笑顔で中村に答えてから、泉川を見て言った。

「中村さんが来るまでに、旧い蛇腹をひん出して、新しい蛇腹を入れっぺ」

池田の言葉を背にして、中村は分駐に向かった。

〈分駐〉というのは、工場の保全を受け持っている本工の詰所のことだ。生産ラインに三交替で張りついている工場要員と別個に、作業長単位で常駐し、保全業務にあたっている。が、突発事故（修理）以外は、下請の修理業者に頼っている。月々の計画修理、二年に一回の定期修理の立案と、その部品の段取りなどが分駐にいる本工の主な仕事で、現場でどろどろになって働くのはいつも下請会社の人たちだ。

厚板工場の建屋は、一番北側の中央通りに面したスラブ（鋼塊）ヤードから、反対側の南の出荷岸壁に到る厚板倉庫の端まで一・三キロある。中村は、その中間を東から西に向かって歩いていった。第二精整棟、第一精整棟、圧延棟と、ひと続きになった三つの工場建屋を横断する恰好で、作業現場の反対側にある分駐に歩いていった。

工場内の通路は、ほとんどコンクリートと鉄だが、通行する人がやっとすれ違えるほどの幅に、白や黄色のペンキの線が引いてある。「安全通路」というわけだ。

またいちだんと暑くなってきたようだ。トタンで覆われた建屋の中から太陽は見えないが、工場内は舞う粉塵、立ち上る煙、響く騒音に加えて、むっとした空気でいっぱいだ。今日はもっと暑くなるに違いない。

中村は足早にラインに沿って歩き、だだっ広い冷却棟の横に抜けた。圧延された鋼板が次の工程に行く前に、一時待機している場所だ。幅七十メートル、長さも五十メートルぐらいあるだろうか。冷却床のチェーンコンベアの上に載っている厚板鋼板から、ゆらゆらとかげろうに似た熱気が立ち上っている。熱いはずだ。見るだけでうんざりする。

冷却床の手前の鉄柱の根元に、ワイヤーがかかっている。柱の前では、下請の仲間が、ワイヤーの先に付いているチェーンブロックの手鎖を必死に引っ張っている。荷鎖のフックの先のワイヤーがぴーんと張って、汗をかいている（ワイヤーに強い力がかかると、芯綱に染み込ませてある油が、汗のように外に出てくる）。

人間の汗はいいが、針金をよった綱であるワイヤーの汗は要注意だ。チェーンブロックを目いっぱい引っ張っているのだろう。

中村が立ち止まろうとすると、ワイヤーの先から声がかかった。チェーンブロックを引っ張っていた仲間は、手鎖をゆるめた。苦労しているな。

冷却棟の別の一角では、チェーンコンベアを修理しているグループがいる。五ポンドハンマーを握った仲間が三人、チェーンを力任せに叩いている。ハンマーを振り下ろす度、高い金属音とともに、彼らの顔から汗が飛ぶ。何も知らない人が見たら、どう見ても修理しているようには見えないだろう。彼らは一心不乱になって、チェーンを叩き壊しているように見えるだろう。

ついさっきまで圧延ほやほやの熱い鋼板（夜見ると赤く見える）が載っていたチェーンコンベアの上に渡した足場板の上に乗って作業しているが、足場板から煙が立っている始末だ。これでは人間やきとりか、人間バーベキューではないか。

彼らの作業服の上着は、まるで水に浸した服をそのまま着ているみたいに汗びっしょりだ。冷却床とは皮肉なもんだが、熱いだろうな。トラバーサーの比ではないな。全く、心頭滅却すれば火も亦涼し、というけれど、ここでは彼らの親たちが田や畑や海で出していた以上の力を出して動かなければならないのだ。

中村は、冷却床の横を通り抜け、圧延棟に出た。右手に熱間調圧機、第二圧延機、第一圧延機、加熱炉と一直線に続いている（鋼板が圧延されるのは逆の順序。製鋼工場や分塊工場から貨車や大型トレーラーで運ばれてきたスラブ《鋼塊》は、手入れが終わると加熱炉に入れられ、次々圧延され、冷却床へ送られてくるのだ）。彼は、テーブルロールの上の渡り通路の鉄の階段を上り、下りた。

分駐のボルト置場の囲いの前まで来た中村は腕時計を見た。十一時、現場からここまで来るのに十分かかった。午前中の時間の経つのは早い。仕事らしい仕事をしないうち、早お昼だ。

そこで中村は、今日は十時の一服（休憩）をしていないことに初めて気づいた。そうだ、まだ一服してなかったなぁ。こう暑くちゃ、一服どころか、二服も三服もしたいところだな。みんなひとところで働いている時なら誰か一人が気づいて、一服の声がかかるのだが、尻に火が付いている今日は仕方ない。現場で働いている者から見れば、こうしているのも一服してるようなものだ。もうすぐ昼だし、三時の一服は忘れないようにしよう。中村は足を止めて、手の甲で額の汗を拭った。あまり汗をかかない彼だが、今日は建屋の中にいるだけで汗が噴き出してくる。

中村はボルト棚の前を通り過ぎ、分駐の鉄のドアを押した。部屋の中はひんやりしている。クーラーが効いている。ここはいいなあ涼しくて、現場は玉の汗を流しているのに、こんな中で一日働いていたいなあと思いながら、中村はあたりを見回した。

彼はボルト棚の、入り口近くの左側の下から三段目にアイボルトがあることは知っていた。ボルト置場は普段鍵がかかっているが、〈計画修理日〉の今日は、朝からその鍵が開いているということも承知している。中村は、ちょっと分駐を覗いて、大川の顔を見たかったのだ。いや、顔を見て、一言二言、言葉を交わしたかった。

大川は案の定、ヘルメットを被っていなかった。椅子に腰掛け、机に向かっていた。机の上には一本のボルトとノギス、鉛筆とメモ用紙があった。

分駐の中では、大川より少し離れたところで本工の二人の工長が、机を挟んで話をしていた。

「工場側から、架台の下のボルトを取り替えてくれと言うてきた」

「なんやファスト（第一圧延機）か、セコンド（第二圧延機）か」

「セコンド」

「伝票は出てるんか」

「いや」

「それならだめやんか」

「さっきサイドガイドの下に入って点検したら分かったと言ってるんや、どないしょう」

「だめや、工場のいうことをいちいち聞いていたら、いくら手があってもあけへん。今まで大丈夫だったんだろう。突発（突然発生する故障、そして修理）を待つしかないやろ」

中村は大川と聞き耳を立てて笑った。

「アイボルトをもらいに来たのだが」

中村は顔に笑みを浮かべながら大川に近寄った。彼の隣の席では、若い本工の分駐員が機械を使って何やら計算している。二人の工長はもちろんだが、計算機にかじりついている男も中村には無頓着だった。

「座れよ」

大川は中村に椅子をすすめた。大川の頭の後ろの上には、みんなでお金を出して設えたという神宮の神棚があった。工場稼動中はいつもかすかに震えている上げられた榊の葉は、今日は微動だもせず黒ずみ枯れかかっていた。

大川は、祖父母の代からこの町に住んでいる。家は神宮橋の北の袂にある。おじいさんが、自転車の荷台にもみがらを入れたりんご箱を積んで農家を回り、鶏卵を買い歩いていたので、たまご屋という屋号がある。中村は大川と現場で偶然知り合ったが、住所を聞いて心当たりがあった。また大川は、中村と同じ地元の高校の二年先輩だった。中村にとって大川は、下請が八千五百人、「社員」といわれる本工が六千五百人犇くこの構内で、話の合う数少ない一人だったが、また別の思いがあった。

十年前、中村が渋谷のレストランで働いていた時、妙な客がいたのだ。ピザとビーフステーキが店の自慢料理だったが、その客はカレーしか食べなかった。

初めは月に一、二度来る目立たない客だったが、毎週来るようになってから、ウエイトレスの間でも噂の人になった。店に来る回数からではなかった。カレーを取っても、だんだんカレーを食べなくなったからだった。ひんぱんに店に来ても、カレーのソースを残して食べていった。終いには、カレーソースのかかったご飯と白いご飯のところを選り分け、カレーを捨てて薬味でご飯だけを食うと、水を飲んで帰っていった。

中村はその男を、キッチンからカウンター越しに見ていた。やがて男は、ぷっつり姿をみせなくなった。

サーロインステーキがよく売れた店だった。閉店した後、キッチンの片隅で大きなバットに入った〈素〉を篩うのが中村の仕事だった。ある日、中村は意を決してチーフに聞いた。

「チーフ、いつまでこんなことやってるんですか」

「なにー、この野郎！」

顔を真っ赤にしたチーフは、傍らの牛刀を掴んでいた。中村は次の日、そのレストランを辞めたのだった。その後、知子と知り合い、都会生活を清算し故郷に帰ったのだった。

「いいよ、久しぶりだから、直に元気な声を聞きたかっただけだから」

中村は声を落として言った。今朝、偶然、西門近くで車に乗っている大川と眼で挨拶を交わしたが、池田らと「成田」に行く話はどうなっているのかなと、眼で大川に催促した。彼はすぐに中村の心の中を察した。大川は首を回して、工長の方を見てから言った。

「ここもあの様だから、おんらの話は今夜」

大川は握り拳を作って耳に近づけ笑った。

中村は大川のそばを離れ、現場に戻ることにした。彼は分駐を出るとボルトラックからアイボルトを取り、来た道を逆戻りした。

冷却床まで来て左側を見ると、すでに仲間たちはいなかった。足場板は片付けられていた。いくらなんでも、材木が煙を出すような熱い上で、何分いられるというのだろう。彼らは、中村が分駐を往復した十分ほどの間に、すっかり片付けてしまった。熱くて苦しくてやってられなかったのだろう。それとも、チェーンを一齣か二齣替えて繋ぐぐらいのことはしたのかな。いや、早飯で寄場に引き揚げ、また取り掛かるのかな。

彼らは正午前、時によっては十時半頃に昼飯を食って、休憩もしないで現場に取って返す。飯を噛み噛み作業に取り掛かり、不可能を可能にしてしまう力を持っている下請の仲間たち……しかし彼らは、呟いているのだ。なんでこんなに汚れなくちゃなんねえだろう。ああ、こんな酷い仕事をしてるくれえなら、農業してたほうがよっぽどいいや。

（八）

鋼板に印を付ける自動ステンシル設備の横まで中村が歩いてくると、協力会社の谷田川とばったり出会った。中村が関連会社で谷田川が協力会社、職場は異なるが構内の現場作業をしているので、度々顔を合わせ知り合いになっていた。昨年、中村の父方の遠縁に当たる山口が谷田川の会社に入り、働いていた。

今年の正月、大形工場でピットに転落した谷田川は元気だった。彼はO村から通勤している。妹も高校を出てこの構内の関連会社で働いていたが、本工と知り合い結婚したばかりだ。

谷田川は、中村に会ってよかったという顔をすると、訴えるように言った。

「まいったなあ、中さん、マイクロ持ってねえか」

「参った参ったの成田山か」

中村は頭を振ったが立ち止まった。谷田川グループの現場を見てみようと思ったのだ。さっきは気づかなかったが、谷田川らは、通路より一段低くなっている油圧装置のかげで、モーターの取替をしていた。マイクロというのはマイクロメーターのことで、モーターの軸や軸継手を測ろうというのだろう。

モーターと減速機やローラーを繋いでいるのが軸継手だ。大概、鉄製でボルトで留めるものが多いが、モーターやロールを取替えても、継手は旧い物を使うことが多い。

高速で回転し、高い負荷のかかるモーターの軸継手には、固定するためのキーが付いているけれど、さらに工夫が凝らしてある。焼嵌だ。軸に嵌め込む継手の穴を軸より小さく作ってある。それをガスバーナーなどで炙って継手の穴を広げ、軸に嵌め、冷まして固着させるのだ。

継手自体はモーターのように回転しないし、ロールのように、その上に鋼板を載せて走らせるわけでもないが、モーターや減速機の回転をロールに伝えるためになくてはならない物だ。陰の存在でありながら、そのごつい存在感は、何かを主張しているようだ。

谷田川は中村に、焼嵌の前に、新しいモーターの軸と旧い継手の径を測ってみたいと言った。

谷田川があわてているのも無理はない。午前中に焼嵌しておけば、昼休みの間にある程度冷めて、午後一番にモーターの据付に取り掛かれる。逆に午後から焼嵌し、冷めるのを待っていたらすぐ二時、三時になってしまう。午前中に嵌めるのと午後から嵌めるのでは月とすっぽん、天地の差だ。

そのうえ、直径二十センチぐらいの継手で締代も百分代（軸に対して継手の径が一ミリの百分の二、三小さい）でも、引っ掛けないという保証はない。よく嵌まらないまま中途で鉄の軸と継手が焼き付いてしまっては眼もあてられない。冷却して元通りにして、油圧パワーを使って抜いて、手入れをして、また一からやり直し、ガスで炙るのだ。

いや、それよりも怖いことは、新しいモーターと旧いモーターの型番ばかりに気を取られて「信用」し、軸も継手もろくすっぽ測らず、継手をどんどん炙って、軸に対して大きい締代のついた継手を嵌めてしまった時のことだ。嵌める時はすーっと入っても、冷めた時に継手に割れができてしまっては、骨が折れた凧みたいなもの。お釈迦だ。

中村は知恵を貸すことにした。右足をあまり曲げないで引きずり気味に歩く谷田川のあとについて中村が通路を下りて行ってみると、麻生町から通勤している野中が、加熱バーナーを使っていた。継手を鉄板の上に立て、炙っている。

加熱バーナーは、小柄な中村より十五センチは高い野中の背ぐらい長い。手元にプロパンガスと酸素ガスの、赤と黒の二本のゴムホースが付いている。青い炎が勢いよく出ている先の頭は曲がっていて、ゴルフのクラブのような形をしている。

野中と正反対の千葉県の小見川町から通勤している箕輪が、すでに手入れを済ませぴかぴかに光っているモーターの軸のそばに立っていた。

もう一人いた。山口だった。波崎町から通勤していて、父方の遠縁であることを中村は承知していた。しかし中村は、それはどうというわけではない、山口が何を考えているかということが一番問題だと考えていた。

山口は、モーターから少し離れたところに一人座っていた。鉄柱を背にして、膝を折って屈んでいた。遮光ガラスの付いたガス眼鏡をかけ、じっとバーナーの炎の方に顔を向けていた。

中村は山口をちらっと見たが、道具箱を物色した。いい物があった。鉄板に円を描く時使うコンパスを見つけると、ぼろきれで丁寧に拭いた。それから中村は、コンパスでモーターの光っている軸を挟んだ。

コンパスを広げる時は、要の尻の部分を叩き、反対に縮める時は、片方の針を持って、もう一方の針を叩く。

中村は、何度かコンパスを叩いて軸に合わせると、手を上げて箕輪のバーナーを継手から遠ざけた。青い炎が当たっていた鉄の継手の穴に、コンパスを当ててみた。伸びている。継手の穴は軸より〇・一ミリくらい開いている。誤差を見込んでも百分の五以上開いている。もう加熱バーナーを止めてもいい。二、三分放っておけば、もう少しのびるだろう。

「大丈夫だ、少しおいといてから嵌めれば、そろりと入るよ」と、中村は言った。

「ああ、どうも」と谷田川は恐縮して言った。

「中村さん、まだ正座ができねえんだよ。骨折はしなかったんだけど、この辺を痛めている」と谷田川は、太腿の下を手で押さえた。

「筋か、腱か？」と中村。

「すじだかけんだか」と谷田川。

「時間がかかるな」と中村。

「時間がかかる」と谷田川。

それから谷田川は調理する時に使うミトンに似た布製の大きな手袋を嵌めながら、中村の前で野中にいきなり聞いた。顔には笑いを浮かべていた。

「野中、昨夜はどうした」

「一万とられた」と野中。

「とられた？　やられちゃったんだろう。やられたととられたでは違うぞ。警察に行ってとられましたと言ったら事件になるぞ」と谷田川が笑いながら言ったので、中村は笑った。野中も少し笑った。山口はガス眼鏡をかけたまま座っている。

中村がコンパスを道具箱に戻していると、谷田川が今度は怒鳴りだした。

「おー、おー」

谷田川は山口に、嵌めていた大きな手袋を力一杯投げ付けた。

山口は、ぴくっとして顔を上げ、思わず立ち上がろうとした。が、足がよろけた。

「この野郎、十分も十五分もガス眼鏡かけてじっとしてるからおかしい、おかしいと思ったら、眠ってやがる」

谷田川は苦笑いをしながら言った。

「中村さん、こういう野郎の面倒も見なくちゃなんねぇから大変だよ」

中村は微笑んだ。腰を上げた山口が、ガス眼鏡を外した。彼の目は眠そうに細くなっていたが、一瞬、その眼が光った。中村に気づくと、にっこりした。中村もにっこり笑った。山口は笑いながら、右手の親指と人差し指で小さな丸を作った。先日、中村が誘った「成田」行に同意する返事だった。

「ばかやろう、モリコート、モリコート」

また谷田川が大きな声を出した。モリコートというのは、一種の潤滑剤だ。焼嵌の時など、あらかじめ軸や継手に塗布しておく。次に抜く時、容易にするためである。

「ばかやろう、やる時でも、おっぱい舐めたりさすったり、ただ突っ込めばいいっていうもんじゃねえんだ」

谷田川の声を聞いて、山口も野中も笑った。山口は少し顔を赤くした。まさか山口は、やり方を知らないわけではないだろう。やり方なんて人によって違うし、自然に覚えるもんだ。いや彼には、保育園で働いている同い年の恋人がいる。テレビが嫌いで本ばかり読んでるらしいが、彼と同じくらい恰好いい女性だ。

中村が、笑みを浮かべながら彼らのそばを離れようとすると、山口が一言言った。

「向こうでも仲間が二人、溶接作業をしてるよ」

山口が指差したところは、中村が戻ろうとしているシャーの方角だった。

道草を食ったかな。いやいや。アイボルトを手にした中村は走りはしなかったものの、急ぎ足で現場に向かって引き返した。どんな急の時でも、工場の建屋の中を走ることは禁じられていた。それなのに、クレーンや圧延機のモーターのスピードは目いっぱい上げろというわけだ。

操作室の向こうの、手摺りの下から煙が上がっている。泉川が背を向けて座っている。泉川はガス切断機を握り、鉄板を切っていた。リーダーの池田は、鉄柱のアングルに通したワイヤーを外している。池田と泉川は、持ちづらい、油と粉塵まみれの、幅一メートル、高さ五十センチ、伸ばすと五メートル以上になる、大蛇のお化けのような鉄枠とビニール製の旧い蛇腹を引っ張りだし、持ち上げ、引きずってクレーンの利くところまで運びだしたのだ。さらに、その逆の苦労をして、新しい蛇腹を入れ込んだのだ。

「飯か？」

池田は中村の顔を見るなり言った。

どうやら、アイボルトを使って側面のカバーを外すのは午後からにするらしい。

「脇（側面）は、外して見てなんともなければすぐそのままつけてしまうから」

常に先を読んでいるリーダーは、さすがにそつがない。アイボルトにしたって、すぐ取りに行くようなことはなかったように思えるけれど、そうではないのだ。昼、食事をするために寄場に帰る時か、午後現場に戻ってくる時、分駐に寄って持ってきてもいいものを、わざわざ中村に取りに行かせたのも、池田に考えあってのことなのだ。何よりも大川に中村を会わせるように仕向けたのは確かだが、午後からの中村の出番を考えたうえでのことでもあった。

中村は持ってきたアイボルトを、他のボルトが入れてある缶に入れようとしたが、アイボルトを手にしたまま、手摺りをまたいで下に降りた。念のため、持ってきたアイボルトがカバーの穴に合うかどうか確かめたかったのだ。

アイボルトのサイズはぴったりだった。よし、これで大丈夫だ。側面は午後からというリーダーの言葉を聞いて一安心したが、アイボルトも合わせてみないと気にかかる。もっとも、また分駐に行くのも悪くないが。

泉川がガスを消して立ち上がった。もうすぐ昼飯と気づいたのかな。いや、蛇腹の金具を引っ掛けるL型の鉄を切り終わったのだ。

泉川は時間の計算がうまい。昼まであと二十五分しかない。中村は、十一時三十五分を回った腕時計を見た。中村がその眼を池田に向けると、池田が口をひらいた。

「泉川、鈴木さんに声かけてくれ、飯だ」

午前中、蛇腹を入れ替えることができて安心したのか、池田の声も顔も和やかだ。

全く一服する間もなく、二人は午前中追い込んだものだ。さすがだ。順序からすれば、蛇腹を入れ替える前に側面を外すのが普通のやり方だが、リーダーは、とうに側面は問題ないと見てとっているに違いない。だから一番先に、側面を覆う蛇腹を入れ替えてしまったのだ。蛇腹は頭の部分を少し入れただけだから、側面に問題があったとしても難なく取り外すことはできる。

油断は禁物だが、これなら〈定時〉（午後四時半上がり）も無理ではないだろう。こう暑くてはたまんねえ。ところで、あっちはどうなったかな、インジケーターの方は？

泉川が呼びに行って、鈴木と草野がシャーの上から下りてきた。泉川を入れて三人は、操作室の反対側から、鉄の通路を歩いてきた。

「池田さん、向こうは心配ねえ、こんな小さなモーターだから。ボルトがゆるんでずれているだけだ。あとは芯出ししてボルトを締めれば終わり」

「そうか、頭はいらない力だと言ったっけ」と池田は言った。

「頭は使わなかっただろう」

「少し使った」と鈴木は苦笑いをして答えた。

鈴木はにこにこしながら、身振り手振りでリーダーに報告する。思ったより簡単な仕事でうれしいのだ。いや、汗かきの鈴木でなくても、こんな暑い日は、仕事の見通しがたったと思うとうれしくなる。誰でも、早く仕事を終わらせて、一分でも早く作業現場を脱け出したいのだ。安全靴、脚絆、ズボンはもちろん、作業服の胸のあたりまで油で汚れているのに鈴木は喜んでいる。

インジケーターの方も問題なければ、定時も同然だ。門を出るまで気は抜けないが……。


五人は揃って作業現場を離れた。鉄の渡り通路を通って、操作室の向かい側に出た。池田を先頭に一列になって、縞鋼板の作業通路を歩いて、扉の方に向かおうとした。

彼らが歩いていた通路の右側の下に、男が一人いた。通路から一・五メートルぐらい低いところで、長靴を履いた小柄な男が、腰を屈め、何かしている。ヘルメットの色で、下請の人ということが彼らにはすぐわかった。中村の頭には、向こうでも仲間が二人、溶接作業をしてるよと、さっき山口が言った言葉が反射的に浮かんだ。

作業通路の右下には、操作室からの配管が何本も伸びている。主に、水と油と空気と電気の配管だが、そのどれかの取替作業をしているらしい。男は配管の鉄パイプを溶接しようとしていたが、なんとなく手つきがぎこちなかった。

仲間はいないのかな。もうすぐ昼なのに、相棒は何か道具でも取りに行っているのかな。それにしても男は、禁止されている一人作業をしていた。保護面も持たず、素手で溶接ホルダーを持って溶接しようとしている。どろどろになった軍手が、コンクリート床に脱ぎ捨ててある始末だ。

誰ともなく男に眼を向け、作業通路に五人は立ち止まった。

その時、白いヘルメットをつけた数人の男が、一列になって歩いてきた。立ち止まっている五人の背後から来て、追い越していった。やはり昼飯に向かう本工の男たちだ。彼らは、傍らには眼もくれず、離れていった。

本工の六人の男たちに道を譲って見送った鈴木が、また下請の男に眼を戻して言った。

「負けそうだ」

鈴木と反対に、下請の男から本工の男たちに眼を注いだ池田が言った。

「下請も大変だなあ」

池田の声に中村が頷いた時だった。ガスボンベのバルブを閉めてきたので一番後ろにいた泉川が突然、作業通路の鉄の階段を下りていったのだ。泉川は、軍手が脱ぎ捨ててあるコンクリート床に下りると、男に近づいていった。

泉川は、コンクリート床から一段低い配管の上に下り、男の背後から近寄ると、軽くその背中を叩いた。すると男は、泉川の方を振り向いた。泉川は右手を後ろに回すと、作業ズボンの後ろポケットから緑色のゴム手袋を取り、男に差し出した。男は軽く会釈をしながら、泉川のゴム手袋を見た。男は両手を差し出して丁寧に受け取ろうとしたが、その手が粉塵と油で汚れていたものだから、利き手の左の指先でつまむ恰好になった。それがおかしかったのか、泉川の顔から笑いが漏れた。男の顔にも笑みがこぼれた。気恥ずかしいのか、二人とも照れ臭さそうに笑った。そして、それを機に、二人は言葉を交わした。

全く、泉川でなくても見ちゃいられねえ、無茶だ。恐らくあのどろどろの軍手をはめていたんだろうが、面倒臭くなったんだろう。溶接電源は二百ボルトだ。梅雨時など湿気が多いと抵抗が小さくなって、革手袋をはめていてもぴりぴりくるのに、どろどろの素手で溶接するなんて、感電したらどうすんだ。

しかし、余裕のないのが下請なのだ。池田の言うように、大変だなあの一言につきる。泉川や中村たちは、会社から毎月、革手袋を三双とゴム手袋二双を支給されているが、土日を除いた二十日間余りで使うにはとても足りない数だ。鈴木などは、自腹を切って革手袋や軍手を買っているが。

まあ、今日のところは使いなよ、貴重なゴム手袋だけれど。お前は足りるかって？　うん、自腹は切りはしないけれど、構内のどっかで都合つけるよ。

泉川が上がってくると、みんな歩き出しながらも、何か泉川に聞きたいことがあるみたいに彼に近づいた。それまで一番後ろにいた泉川を取り囲む形で歩きだした。

歩きながら、池田が泉川に聞いた。

「泉川、なんか言っていたか、また頼むよって言ってなかったか？」と軽く言った。

「四十時間」

泉川は親指を曲げた掌を前に出して言った。

「何？　四十時間がどうした」

「ぶっつづけで四十時間もこの構内にいるって」と言って泉川は黙った。

「えっ！」

池田は一瞬絶句したが、すぐ納得して頭をふった。中村も鈴木も頷いて黙っていた。

「何、何よ」

一人、草野が聞き返した。

「冷延、高炉、厚板と四十時間も働きづくめで、手袋を用意する暇もねえってよ。なあ泉川、そうだっぺ」と池田は言った。泉川はちょっと恥ずかしそうに笑ったが、すぐ顔を引き締めて頷き、下の方を向いた。

「鉄は国家なりと御託を並べたお人もいたが、真逆だな。こうして見ると、製鉄所は下請だな。鉄は下請だよ、現場だよ、われわれだよ」と池田は言った。それから泉川に聞いた。

「名前は何て言った」

「いぬ、犬丸」

「犬丸、珍しい苗字だなあ」

犬丸は、泉川からゴム手（現場ではゴム手袋を略してそう言っていた）を手にした後、どうしたのだろう。犬丸の両手、そして作業服の身体は、汗と粉塵と油でどろどろだったが、泉川からもらったゴム手をはめる時、どうしたのだろう。あのどろどろの手のままゴム手をはめたのか、それとも、はめる前にウエス（ぼろきれ）か何かで手のどろどろを拭ったのだろうか。まさか泉川からの緑のゴム手を使わなかったということはあり得ないだろう。

中村は、使ったあとのゴム手の所在を思い浮かべた。厚板工場の機械室のピットの、グリースと排油と泥水と鉄の粉塵と、汗と血がぐちゃぐちゃどろどろにこね回され混ざり合った色のへどろの中に、切り取られた手首の如くあるゴム手。緑でも青でも赤でも黒でもない、その全部の色を混ぜ合わせたような黒い色。生身の身体すべてがそのどぶどぶの中に埋まって、何かに助けを求めるように、一縷の望みを掴む手のようにある、みずみずしく黒光りさえしているゴム手。それは手袋か、人間の手首か。犬丸、これは何だと思う。

（九）

その日の午後は中村の出番だった。彼は、鉄骨と鉄骨の隙間に、ヘルメットの頭に続けて上半身を入れる。と、下側の枠の鉄骨に左胸の胸章が引っ掛かり、作業服を引っ張る。胸章には所属の課名と社員番号、氏名が記されている。

彼はあらかじめ、ポケットの物を鉄柱の陰に出しておいたが、尻のポケットの身分証明書と胸章を取るのを忘れた。どんなに気を使っても抜けがあるのが日常茶飯事だ。

鉄骨と鉄骨の間に身体を入れようとして胸をこすった時、作業服にべっとりグリースがついてしまった。グリースと鉄粉でどろどろの鉄の枠を、確かぼろきれで拭っておいたはずなのに、ちきしょう。昼前、鈴木は、安全靴から作業服の胸のあたりまで油でどろどろだったのに笑顔を見せていた。しかし鈴木は、昼飯時には着替えていた。

上半身を入れると、今度は身動きできなくなってしまった。これから奥の鉄の壁に、鉄片を溶接するのだ。誰かを呼んで助けてもらうしかねえかなあ。

中村は首を右によじって、離れたところにいた泉川を呼んだ。電気溶接の段取りをしていた泉川は、心配そうな顔をして飛んできた。池田もきた。

泉川は溶接ホルダーを持ってきた。アースは、トラバースベットの端に、すでにつけたらしい。

「大丈夫か？」

リーダーの池田が、泉川の横から覗き込む。無理もない。溶接といっても、油だらけの、手がやっと届くか届かない、上半身しか入らない鉄の箱の壁みたいなところだ。おまけにその箱は宙吊りになっているありさまだ。

泉川が、今度は、ぼろきれにくるんだ溶接棒を中村の横へ差し出す。溶接棒は湿気が禁物だ。丁寧な溶接をする時は、あらかじめヒーター付の乾燥器に入れて湿気を取るくらいだ。もっとも、あの乾燥器では、今年の正月、芋を焼いて食ったりしたが。

それから泉川は中村に、溶接の保護面を鉄骨の下側から差し出した。が、使える状態ではない。保護面の中には溶接する鉄片が入っているが……。

池田は出ていき、扇風機のスイッチを入れ、中村の方に向けた。しかし、鉄骨と鉄骨の間からの風は弱い。そのうえ、油と鉄粉の臭いを運んでくる始末だ。

おや、汗で濡れてきている作業服の背中にも少し風がくるぞ。額から噴き出す汗の粒は止まりそうもないが、扇風機は、ないよりましかな。昼休み、下請の人も言っていた。こんなに暑くちゃクーラーをつけても効かねえだろう。こっちはクーラーはないが、扇風機ぐらいはあるよ、と言っていた。

池田も泉川も、作業服の背中は絞るほどの汗だ。二人は昼、寄場の階段の踊り場の手摺りに上着を脱いで干していたようだが、元のもくあみだ。鈴木は汚れが酷くて作業服を着替えたが、草野はどうしたのか分からない。

一日中で今が一番暑い時だ。雲一つない空に太陽がかんかんに照り、風がそよともないのに、その下の建屋の中の密封されたような鉄の箱の中で火を使おうというのだから、たまったもんじゃない。そして、午後の厚板工場の空気はますます汚れそうだから、建屋の中の温度は、もっともっと高くなるに違いない。このいい天気の日にサバイバルゲームもない。

　中村はまた首をよじって、池田と泉川の顔を見る。二人の顔は一様に黒い。油まみれ、汗でびしょ濡れの作業服と同じように黒い。しかし、その表情までは見えない。顔よりも黒い四つのものがこちらを見つめているだけだ。黒い中でもっとも黒く落ち窪んでいるので、眼であることが中村には分かる。二人の方からも、俺の眼は同じように見えるはずだと彼は思いながら、眼を凝らした。

「反対側からできねえのか！」

　少しためらっている中村の様子を見ていた池田が大きな声を出した。なに、鉄の箱の一方はなんにもなく、深い空間になっているんだよ、と中村は怒鳴り返す。

「だめだ、足場がいる！」

　午前中、自分が分駐に行ったりして油を売っている間に、池田と泉川は旧い蛇腹を運びだし、新しい蛇腹を入れ込んだ。あとは、中村が蛇腹を引っ掛けるL型の鉄片を溶接し、カバーと手摺りを復旧すればいいところまで漕ぎ着けたのだ。これから新たに足場板や丸太を段取りしていたのでは、夜になってしまう。しかし、朝、用意してきた足場板と丸太では長さが足りない。

今日の作業は、午後四時半の〈定時〉までに終わらせなければならない。圧延ラインの保全時間は夜八時までだが、この精整ラインは保全時間が二時間短く、ラインのスタートが午後六時だから、その一時間前の午後五時までに現場作業を終了しろ、というのが至上命令だ。

中村はちょっと思案し、すぐ溶接のことを考えだした。鉄の壁に鉄片を水平に溶接するには、初め鉄片をその壁に密着させておかなければならない。身体の自由の利くところなら、仮付（本格的に溶接する前に点溶接すること）ぐらいは造作もないことだ。アークの強い光から眼を護る四角い小さな遮光ガラス付の保護面など使わない。片方の手で溶接する鉄片を鉄の壁に押し付け、もう一方の手で溶接ホルダーの狙いをつけ、眼をつぶったまま（あるいは眼をひらいて、そっぽをむいたまま）勘でつけてしまうだろう。

が、ここは、保護面が入らないどころか、腕を曲げたり、身体を回したりする隙間もなく、どうにもならない。身体を動かそうとするとヘルメットがじゃまになってしようがないが、この被り物を取るわけにはいかない。第一、手を伸ばしても鉄の壁まで届かないありさまだ。

中村は気を取り直して、消火器と消火水を用意した泉川から溶接棒を一本もらい、ホルダーに咥えさせた。

ホルダーは長いキャプタイヤケーブルで溶接機に繋がり、溶接機は短いキャプタイヤケーブルで建屋の二百ボルトの電源に繋がっている。そのケーブルは、溶接機の電源側を一次線、ホルダー側を二次線と呼んでいる。二次線の一本のアース線は、今鉄片を溶接しようとしている鉄壁の母材（トラバースベット）をがっちり咥えているはずだ。

中村は腕を縮め、首を伸ばし、また腕を伸ばす。さらに上半身を伸ばして、左手の鉄片を鉄壁に押し付けたが、右手が利かない。溶接しようと、突っ張ったままのホルダーの角度をつけようとすると、鉄骨とヘルメットに当たってしまう。しようがねえなあ。

中村は、今度はいったん左手の鉄片を外す。長さ三十五センチ、直径三・二ミリの溶接棒をくの字に曲げて、前と違って心持ち右手を伸ばした恰好でホルダーを持つ。

また左手の鉄片を鉄壁に押し付ける。それを右手で狙うと、左手の鉄片がずれてしまう。鉄片はせいぜいパチンコ玉十個ほどの重さなのだが、身体がどうしようもない。胸は鉄骨にのっけているものの、足は地（といっても鉄板の上だが）を離れたり着いたり、身体は泳ぐような状態だ。

もう一回、中村は、ホルダーを持っている右肩になるべく力を入れないようにした。しかし、下腹、そして全身に力を入れてしまう。左手の鉄片を鉄壁に押し付けるが、二、三秒足らずで堪えきれず、鉄片がずれてしまう。だめだ。

「大丈夫か！」

また池田の声があがる。

リーダーは作業時間を気にしているのだ。現場作業の責任はリーダーの肩にかかっている。池田リーダーは、このままずるずる時間が経ってしまうことを案じているのだ。時間内に作業を終わらすことができなくて本工側から〈始末書〉を取られるのはリーダーだ。先週初め、松本グループが、冷延工場の作業で油圧シリンダーのピンを抜くのに手間取り、作業時間を二時間超過した。リーダーの松本鉄男が、本工の担当工長から始末書を取られたばかりだ。

中村は、池田の声を耳に留めて気を引き締める。そうして同じことを何度かやってみるがうまくいかない。首と腕が痛くなってくる。ふと、手元というより胸先を見ると、服だけでなく、ホルダーも溶接棒も手袋も鉄片も、グリースだらけになっている。

何も知らない人が離れたところから見たら、枯れ木にえびがにか何かが引っ掛かってもがいているように見えるだろう。それも、油と粉塵まみれの生き物が……。中村は少し焦りながらも、滑稽なことを思い浮かべた。

中村は気を取り直して、鉄骨にヘルメットを擦りつけながら上を見た。すると、そこに穴があいているではないか。鉄の壁の手前の斜め上に、腕が入るか入らないぐらいの隙間があいている。泉川の細い腕なら入るだろう。上は足場になっているはずだ。なんとかなるだろう。泉川にその隙間から腕を出してもらって、鉄片を押さえつけてもらえばいいのだ。

「この上だ！」と、中村は大声で泉川を呼んだ。泉川は水の入った消火バケツを持ってくる。泉川の泥靴と赤いバケツの一部が見えた。

油と粉塵まみれのうえ、身体の自由が利かないところで水をかけられたのではたまらない。言葉が足りないらしい。以心伝心というが、時と場合によりけりだ。

「水じゃねえど。この上から手を出して、鉄片を押さえて持っていてくれねえか」と、中村は頼んだ。

「この隙間から?」

泉川はとまどっている。

「入るか!」

中村は強く言った。

「入る」と泉川は手を出してくる。どろどろになった革手袋の手だ。泉川は、作業服の腕を半分ぐらい出すと、物を探すふうに手を振っている。よし、なんとかなりそうだ。

「もうちょっと下だ! のびねえか!」

中村は怒鳴った。

「のびねえよ」

泉川は苦しい声を出す。

「腹這いになって、ずうーっと、突っ込むようにしてみろ!」と、中村はまた怒鳴った。

泉川の腕が引っ込み、身体が動いている。隙間の端からごみが落ちてくる。ごみといっても鉄の粉、粉塵だ。さっきから回っている扇風機はもちろん、それを飛ばすことはできない。少しぐらい飛ばしたとしても、鉄の細かい粉が、顔の周りをぐるぐる回るだけだろう。ここは鉄の箱の中のようなところだもの。もっともこの工場の建屋の中全体、そして製鉄所構内全体が、鉄の大きな箱みたいなところだから、鉄のごみを拡散させ、ぐるぐる回しているのだ。

よどんだ熱気の中に、さらに鉄粉の臭いが広がった。あんまり落とすなよ。

上はまごまごしている様子だが、声がない。手も出てこない。

「水泳パンツ穿いているのか！」

中村は大きな声を出した。しばらくして笑い声がする。泉川でなく池田の声だ。いつの間にか上に回って、泉川のそばに来たらしい。

「油虫だな」

隙間の上で池田のしみじみした声がし、その姿もちらっと見えた。

今朝、更衣室で中村は、泉川が下着の上に水泳パンツを重ねて穿くのを見た。白い下着の上に空色の水泳パンツ、作業ズボンと、その穿く速さといったらなかった。水泳パンツといったら泉川は余計気にするだろうが、それもこれも窮余の一策だ。

池田も中村のその言葉を聞いて油虫だな、と言ったが、ふざけて言っているのではないのだ。圧延機やクレーンやチェーンコンベアなど、製鉄所の機械の修理をすると、朝新しかった作業服が、昼には油や粉塵で真っ黒になってしまう。作業を終えて帰る頃には、油が下着まで染み透り、着ているものはすべてぼろのようになる。油虫といっても「ごきぶり」のような、黒褐色で油に濡れたような艶のある高尚な色ではない。グリースや排油やへどろの油で、どろどろになった正真正銘の油の虫である油虫だ。今日はまだ見分けがつくが、一昨日の冷延工場の圧延機の修理では、表だか裏だか分からない顔になってしまった。

いくぶん自嘲気味な言葉を吐いた池田と入れ替わりに、泉川の身体が隙間にかぶさった。どろどろにふやけた革手袋の腕が下がり、鉄片を探しだした。

中村は伸ばした泉川の革手袋に鉄片を持たせた。泉川は何度か掴み直し（そのたびに鉄片が黒く汚れていったが）、鉄の壁に鉄片を押し当てた。

中村から泉川の身体は見えないし、逆に泉川から中村の身体は見えないが、お互いにちょっとの辛抱だ。

中村は、鉄片をしっかり掴んだ泉川の腕に触って少し動かし、溶接する位置を決めた。これでだいぶ溶接しやすくなった。保護面も持てる。保護面を握った左手を心持ち縮め、身体を左によじると、中村はいくらか楽になった。右手のホルダーの角度もついた。

「いいか！」

中村は上に合図した。

「いいよ！」

泉川の声が返ってきた。

中村は間髪を入れずつついた。泉川がぎゅっと押し付けている鉄片と鉄壁の間を狙って、ホルダーの溶接棒の先で、二、三度つついた。すると、ぱっぱっと青い光が出る。手を止めると、ばちばちという音とともに光は連続的に出て、電気は鉄片と鉄の壁を溶かしていく。もちろん溶接棒の先も溶けていく。三つの鉄が溶けて混合し、小さな池をつくり、一つになっていく。

「いいぞ！」

溶接しながら中村が声を出すと、泉川は腕を引っ込めた。

しばらく溶接して中村がふと見ると、白い煙が立ち込めている。下からだ。溶接の火花が落ち、オイルとグリースと粉塵と水のへどろの中で、火がもがいているのだ。じゅうじゅう音がしている。炎は見えないが、煙がどんどん上がってくる。

「水をかけてくれ！」

中村は怒鳴った。

と同時に、柄杓一杯くらいの水が、溶接個所を避けて落ちてきた。隙間から泉川がかけたのだ。溶接したばかりのところに水を掛けるのは禁物だ。急激に冷却すると、溶着物と母材との温度差のために、溶接個所が割れてしまって、これもお釈迦だ。

泉川が水を掛けても、下はくすぶり続けている。中村が泉川に声をかけようとすると、また同じくらいの量の水が落ちてきた。

泉川がバケツの消火水を小出しにしているのは、きっと水を汲みにいくところが遠いからだろう。この近くで水の出る場所は、建屋の出入り口の扉の外にある便所しかない。

上辺の油はくすぶっても、下のへどろには火がつかないことは、中村も泉川も池田も、百も承知している。身動きできないような鉄の箱に身体を突っ込んだまま、下からの炎に包まれたらどうなるのか。フライパンの上のごきぶり同然だ。サバイバルどころか即死だ。

問題は煙だった。煙を見るとすっ飛んでくる輩がいるからだ。ここで火を使って煙を出さないようにするには、下のへどろを全部取り除くほかないが、それはできない相談。あらかじめ石綿か鉄板を敷いて養生するか、ホースを引き、水を掛けっぱなしにするかだ。しかしそれも、場所が場所だから、へどろを取ることと同じくらい難しい。やっぱりバケツの水が一番、初期消火だ。

消火器？ 作業現場に携行していく各グループ一本ずつの消火器があるんじゃないかって。とんでもない。少し燃えたぐらいで消火器を使ったら、消火器が何本あっても足りない。いや、本工側から〈始末書〉を取られるのが落ちだ。

泉川はバケツの水を全部撒いた。下はくすぶったが、火事にはならなかった。煙が相当上がったが、幸か不幸か本工の〈煙り虫〉は飛んでこなかった。

中村は残りの個所を溶接した。鉄片を付けると、それを見計らっていたようにリーダーの池田が声をかけてきた。

「付いたか、休憩だ」

池田の声は大きくやわらかい。

あとは、溶接したL型の鉄片に、新しい蛇腹の金具をはめればいいのだ。

中村はすぐにでも、鉄の枠から身体を抜きだしたかった。一服したかった。どこか建屋の外の日陰で、冷たいものでも飲みたかった。が彼は、今し方溶接したばかりのところをじっと見つめた。直角になった鉄片と鉄壁の間に、ちょうど一匹の細い黒い虫が、真っすぐ横たわっているみたいになっている。虫の頭の方は、脱皮する如く、滓が皮みたいになってはがれ出している。溶接がうまくいった印だ。

中村は、その虫を溶接棒でつついた。溶接の滓をはがし、彼は盛り上がった波形をしばらく見ていた。

それから彼は、身体を動かした。よし休憩だ。暑い、苦しい。汗が止まらない。喉が渇いて、口の中までぱさぱさだ。リーダーはいい時、声をかけてくれた。

真冬に冷たいジュースを飲み、真夏に熱いコーヒーを飲み飲み、判子を持って書類をめくっている事務所とは違うのだ。一日の作業の流れの中で、いつ、どこで、どのくらい休憩を取るかが、われわれのもう一つの腕の見せどころなのだ。休憩も一服も取らず、ばりばり働くのはもちろん考えものだが、休憩の取りすぎも同じ。その取り方が難しい。しかし、池田は心得ているはずだ。

中村は、鉄骨に挟まれた身体を後ろにずらし、最後に、ヘルメットの頭を抜きだした。中村は中腰の恰好で首を左右に動かし、腕を伸ばし、縮め、革手袋の手を振った。長い時間、狭い場所に身体を入れていたので、節々が痛い。

泉川が裏に回ってきた。作業通路を下りてきた。泉川と中村の眼が合う。泉川は笑っている。中村は笑い返しながら、泉川に溶接ホルダーを渡した。泉川はすぐ上っていったが、泉川を追った中村の眼と、扇風機のそばにいた池田の眼が合った。リーダーはにこにこしている。中村は、また笑い返した。

中村は池田を見た眼を戻して、手摺りに手をかけ、へどろに浸かっていた安全靴の足を持ち上げた。作業服は、昼前の鈴木と甲乙つけがたいほど油と汗と粉塵にまみれているのに、不思議に鳥のように軽くなり、彼は飛ぶ心地だった。しかし、中村の頭の中には、昼前聞いた「犬丸」という名前が、刻まれていたのだった。

（十）

中村は眼の前の男を改めて見た。この男があの犬丸であったとしても今、彼の身体、風貌からは何一つうかがえない。中村がそう思ったのはほんの一寸の間だけだった。裸足の犬丸は、水を得た魚の如く、いや獲物を見つけた野獣のように動きだしていた。彼は、中村や他の二人の男には眼もくれず、くじらを見つめながら大声を出した。

「無駄だよ、食った方がいいよ」

彼は、灰色の作業服のズボンはまくっていたが、すでに股の下あたりは地図を描いたように濡れ、ズボンと同じ色の作業用シャツのボタンが三つほど外れ、髪がばらばらになっていたが、顔はひきしまり、眼は鋭く光り、青いヘルメットを被せれば、間違いなく現場の犬丸だった。

犬丸はくじらに近づきながら、また大声を出した。

「見てみろ、そこのコンクリートに頭をぶっつけて、血流してるんだ。引き上げるべえ」

二人の男とは逆のことを言った。男たちはくじらの周りをうろうろしていたが、犬丸が現れてくじらとの格闘をやめる潮時と思ったのか、くじらを海に帰すのを諦めたように、犬丸には何も応えず、黙ったままその場を離れた。

犬丸はどこで拾ったのか、垂木よりも太い流木をくじらのそばに立て、コンクリートブロックの破片で巧みに叩いていた。一本、二本、三本と流木を立てると、振り返って中村を見て言った。

「出刃を持ってくるから、待っててくれ」

犬丸は半ばあわてながら、裸足のまま砂浜を走り、墓場の方へ急いで向かった。焼却炉の赤錆た鉄板に横倒しにしておいた自転車に跨ると、自動車通りに姿を消した。

中村は犬丸がいなくなると、すぐ現場を離れようとしていた。未来が不安そうな顔をしていたからだった。

「おとうさんかえろう、かえろう」と泣きだしたのがきっかけだった。車を使いたい妻の知子に、すぐ帰るからと約束してきたことも思い出していた。また、未来との昼ご飯も作らなければならなかった。献立は卵丼と若布の入った胡瓜もみと、食後に苺を食べようと考えていた。しかし中村はそれよりも、犬丸が出刃包丁を持ってきてくじらを料理するのを見たくないという気持ちが強かった。

「うん、帰ろう」と未来の顔を見た。

「おとうさんは、あのおじさんとくじらを押していたね」と娘は涙をふきながら言った。

中村は娘の言葉には何も応えなかったが、内心、確かにその通りだったと思った。最初、二人の男たちとくじらを海に戻そうと真剣に考えていたのに、犬丸が現れ、二人の男たちがくじらのそばを離れると、まるで犬丸に同情するようにくじらに手を出すという背信行為をしていた。中村はその時は、自分のおかしな行為に気づきさえしなかったのに、娘の一言で気づき、軽い自己嫌悪をもよおした。

自分が今、波打ち際に横たわっている瀕死のくじらをどうすることもできないように、寄せた波が引く時、勢いよく流れる海水に流されていく浜の小さな小さな砂粒みたいなちっぽけな己の気持ちを中村は感じた。その自己嫌悪感が、浜辺を離れる背中を押した。

中村は未来の手を取り、波打ち際を離れ、車を止めておいた墓場の方に歩いた。車の助手席に未来を乗せ、右側に回り、ドアの取っ手に手をかけようとして彼は、振り返って海を見た。海の音は、砂山一つ越えただけで、嘘のように小さかった。その砂山の切れ目から、今離れてきたばかりの波打ち際が遥か彼方に見え、打ち寄せる波の白い帯が、意外と細く、そしてゆっくりした動きに見えた。どうかすると、一瞬間、波の音が消え、眼の前の光景は静止画像のように映った。

くじらの所在を確認した途端、中村はおやっと思った。あの二人の若い男たちが、くじらのそばにいるのだった。それにもう一人、似たようなトレーニングパンツ姿の若者が加わって、くじらを撫でてみたり押してみたり、くじらの口のあたりに耳を近づけたり、周りをうろうろしていた。

その時だった。一台のポンコツ作業車が、うなりをあげて走ってきた。中村の車と墓場の間をブレーキも踏まずに横切り、砂山の切れ目から波打ち際近くまで突っ走っていったのだった。

中村は素早く、青っぽい作業車のボディに白い塗料で書いてある会社名を読み取っていた。製鉄所の下請会社名だった。現場で犬丸が被っていたヘルメットの会社だった。やはり犬丸だった。中村は後部座席の犬丸を見て取った。犬丸は車が止まるか止まらないうち外に飛びだしたが、手には白い手拭いのような布にくるんだ物を持ち、さっきと同じ裸足だった。

中村はその時の自分を思い出すことがあった。なぜ自分は、犬丸と付き合わなかったのだろう。自分のしたことは犬丸に対しても二人の若い男に対しても、全くの裏切り行為だった。娘を口実にして、自分を誤魔化そうとしていたのだ。未来の言った通りなのだ。

「おとうさんはおかしい、初めはくじらを海に転がしていたのに、あのおじさんが食うべえと言ったら、いっしょになってくじらを押さえていた」

その事実を実際のこととして認めながらも中村は、一方では、様々な彼なりの理由を作ろうとしていた。それは長い間に考えたのではなく、短時間の間に様々なことを考えていたのだった。

あのくそ暑い日の昼時、見過ごせば見過ごしていたのだった。現に本工たちは素通りして行ったのに、一人遅れてきた泉川が見つけたのだった。いや、泉川は見過ごすことができなかったのだろう。泉川はわざわざ機械室のピットまで下りていって、油まみれの犬丸に近寄り、さらのゴム手を差し出したのだった。リーダーの池田をはじめ仲間はその行為が自分の行いのようにうれしくて、照れ隠しに冗談などを言って泉川を取り囲んでいたのだった。その後、中村たちは製鉄所の現場で犬丸たちと度々一緒になり、挨拶を交わすようになったのだった。さらに、犬丸の会社の寄場が中村らの会社の隣に移ってきたり、中村と遠縁の山口が、犬丸と同じ下請で働いていたことも二人を近づけた。

軽い身のこなし、流木の選び方、コンクリートブロックの拾い方、流木の立て方、叩き方、保全関係の下請のベテランでなければできない「仕事ぶり」だった。中村が犬丸を覚えているように、犬丸が中村を覚えていても不思議ではないのに、中村など眼中にないようにふるまっていた犬丸。そして、白い布に包まれていた出刃包丁。娘の言を差し引いても、中村は後悔しなければならなかった。

中村と犬丸はその後、この同じ海岸で出会ったことがあった。

凧を揚げながら、中村は犬丸に言葉をかけた。互いにろくな挨拶すらしなかったので、わだかまりがあった。

「この間はどうも気がつかなくて」とやや遠慮気味に言った。

「俺はくじらに夢中になって、興奮していた」と犬丸が言った。

「娘のことが気になっていたから」と中村はその場を取り繕ったが、心中反省していた。

「中村さんはなんで帰ったんですか」

中村が内心危惧していたような言葉が犬丸の口から出た。

「娘を連れていたし、泣く子と地頭には勝てぬ……」と中村は言葉を濁した後言った。

「帰る時、挨拶しなくて、悪かった」

だが犬丸はその言に取り合わないように言った。

「怖かったんじゃないですか」

「そう、子どもも連れていたし、本当のこと言うと怖かった。くじらが元気を取り戻して暴れるんじゃねえかと思っていたよ。くじらはどうした、それとも山分けして食ったのか」

「いや、一切れも食えなかった。中村さんも勘がいいなあ」と犬丸は言ったが、中村はあとの言葉の半分は聞いていなかった。

「なにー、銚子の魚屋にでも引き取ってもらったのか？」

「いや、見事な大失敗よ」

「若い学生みたいな男が三人くらいいただろう」

「よく知ってますね」

「帰る時、あの砂山の陰からちらっと見たよ」

「中村さんも人が悪いなあ。若い男ら、あいつらはかっくらってんのかと思ったよ。わざわざ応援を連れてきて、くじらを海に戻そうとしてんだから。こっちは反対にくじらを食おうと思って応援を連れてきたんだけれど。野郎らに、なんで俺の打った杭を倒したんだと言っても黙っている。倒したとも倒さねえとも言わねえ。あげくの果てに、もう一度だけお願いします、お願いします、お願いしますと三人が波打ち際に座り込んで俺を拝みやがった。今度は俺が黙るほかなかった。野郎ら三人はくじらを押して波打ち際から動かした。くじらの頭を海の方に向けて、波の来るのを待っていた。俺は知らんぷりをしていたが、三人は腰まで海水に浸かり、陸側に立ってくじらの尻尾の方を押さえていた。波が打ち寄せる度によろけよろけ、押さえていた。まさか大波の来るのを待ってんじゃねえだろうな、大波が来ればくじらも人間も砂浜に打ち寄せられるんだ、様はねえなあと高を括っていた。すると大波が来た。とんでもねえ大波が来たんだ。一月に一回、いや半年に一回、一年に一回という大波が本当に来たんだ。あっという間もなかった。俺も野郎らも波をかぶり、十メートルくらい飛ばされ、砂浜に叩きつけられた。本当に考えたこともないような大波が来たんだよ。『知らぬが仏』というけれど、もう少しで仏になるところだった。しかし『くじらの野郎』は知っていたと思う。はっと我に返って立ち上がった時には、くじらの影も形もねえ。大波がくじらを引っさらっていったというよりは、波が寄せた時、くじらは尾びれを叩いて悠々と消えていったという寸法だ。さっき中村さんも勘がいいなあと言っただろう、その通りになってしまったんだよ」

と犬丸は言って一息ついて、さらに言い添えた。

「俺らの知恵なんて、目の粗い笊か、この浜に打ち寄せられる棒切れみてえなもんで、畜生らはすり抜けていってしまった。終いには仕返しされたんだ」と黙った。

「うーん、それで若い男らはどうした」と中村は聞いた。

「あの馬鹿どもは自分らでは何もできなかったのに、やったー、やったーって大騒ぎだ。それで俺は頭にきて……」

「喧嘩でもふっかけたのか」

「いや、出刃を逆手に持って野郎どもを追いかけた」

鯨包丁ではないが、海岸で刃物を振り回すのは、それはちょっと度が過ぎてんじゃねえか、と中村は思いながら犬丸にまた聞いた。

「そんなことしたのか。若い人らを大事にしなきゃー」と中村は殊勝なことを言った。

だが犬丸は、中村の言葉を意に介さずに言った。

「そんなところよ、俺たちのやっていることは。まあ、冗談半分で追いかける真似をしただけだけど、野郎らを何メートルも追いかけねえうち、砂浜の砂に足を取られてぶっ倒れて転がって、大笑いをしてしまった」

「男らは？」

「男らも大笑いして、みんなで座り込んで海を見ていた」

「それはよかった」

「よかったと言えばよかったけど……。ところで中村さん、あれは誰のくじらだったのかなあ」と犬丸が言った。

「誰のものでもないし、誰かのものでもあると言える」と中村。

「そうだなあ、男らも一番最初に見つけて海に返すと大騒ぎしてたけど、どうすることもできなかった。俺が海っぺりに棒杭を打ちつけてくじらを押さえていたけど、その棒も倒されてしまって」と犬丸。

「今から二百年も三百年も前からいわれていることだが、『仕留め鯨』と言って、大海のくじらはそれを繋いだ者、仕留めた者の物になる。また『はなれ鯨』と言って、まだ仕留められていないくじらは、誰にせよ最初に仕留めた者の物、捕らえた者の物になる」

「じゃあ、あのくじらは仕留め鯨だったのか、はなれ鯨だったのか」

「それが難しい。二人の男らが見つけて手で押さえている時は男らの仕留め鯨だったが、波に打たれて男らが手を離した時ははなれ鯨だった。そのくじらを犬丸さんが棒杭で留めた時は、犬丸さんの仕留め鯨だったかも知れない」

「じゃあ、男らに割り前をやんなくてもよかったのか」

「難しい、と言ったのは、仮に二人の男らがくじらを繋いでいたら男らの仕留め鯨だし、繋ぎが外れてはなれ鯨になって、それに犬丸さんが出刃包丁を突き刺していれば犬丸さんのくじらになる。まあ昔から、先の簡単な言葉を解説するには膨大な一冊の注釈書が必要といわれている」

と中村は、犬丸に眼を注いで言葉を切った。

すると犬丸は、ふと、少し顔を歪めて口をひらいた。中村はその表情を注視した。

「だけど俺は、あのくじらは長生きしねえ、死ぬと思ったよ。だって言うじゃねえか、花を飾るのも屁をするのも最後だって」

「最後っ屁か」と中村は口に出していた。

中村はあとになって考えてみると、あの日、平津の浜で犬丸が奇しくも吐いた言葉は、くじらよりも犬丸自身の行く先を暗示した言葉のように思えてならなかった。

「……花を飾るのも屁をするのも最後だって」と犬丸は言ったのだった。

（十一）

さらに中村は、この海に臨んだ村里の住民から聞いた話を思い出していた。昔はこの浜辺でくじらが捕れ、税がかけられていたのである。くじらの捕獲状況によって税金の納め方が違っていて「突き鯨、寄り鯨、流れ鯨、切り鯨」と四つの状況に分けられていた。

泳いでいるくじらを銛で突いて捕った「突き鯨」は、値段の二分の一が税金である。浜辺に漂着した瀕死のくじらを捕った「寄り鯨」は、値段の三分の一が税金である。沖に漂流している死んだくじらを捕って引き上げた「流れ鯨」は、値段の十分の一が税金である。

死んで漂流していたくじらを捕っても引き上げることができずに、それを切り取って持ち帰った「切り鯨」は、値段の二十分の一が税金である。それぞれ、その余りは漁師たちの所得となると決められていた。しかし、実際には税の他に、その浜、その浜に取決めがあり、村方へも「運上」という形でお金を出していた。

今はこの浜には「上納」も「運上」もないが、犬丸が捕ろうとしていたくじらは、さしずめ「寄り鯨」になりそうだった。しかしあのくじらは、最後っ屁を放った如く海の彼方に消えていったのだった。

中村の脳裡には、犬丸から聞いた話が浮かんでくる。東京の小さな運送屋の寮の二階で、同僚の喜屋武が三線を爪弾きながら語ったという犬丸の話が浮かんでくる。

こっちの上納と運上の時代、南の島では「人頭税」という頭割り、年齢別の、比較にならないほどの厳しい税金を納めていたのだが、その末裔は次のような言葉を残している、と言った。

「大波とともにくじらは消えたが、海にいるならまた寄ってくることがあるだろう。今度はカンカラを持ってくじらのうんちを拾いに来るよ。大好きな香りがするくじらのうんちに出会えるさ」

犬丸義人が鉄羅規子と別れたのは、彼が亡くなる二か月前だが、その頃、夜になると規子が盛んに怖がったのを彼は覚えている。

ある夜、隣の布団の中で盛んに寝返りを打つので、犬丸が怒ったことがあった。実は規子は昼、犬丸が外で働いている間に病院の産婦人科に行ってきたのだが、犬丸に言うべきか否か一人悩んでいたのである。というのも、犬丸に言う前に会わなければならない男がいたからだった。

犬丸と知り合う前に付き合っていた男だった。離れて疎遠になっている間に、強引な犬丸の行為の前に崩れそうだったが、ある面では二人を天秤に掛けてもいたのだ。犬丸より年が五つ上であることも彼女は引っ掛かっていた。

会って彼の心を確かめたかった。彼がその気なら、犬丸と別れて生活をし直してもいいとさえ思っていたのだが、一方では犬丸の子が宿ったら犬丸義人と一緒になろうと思っていた。規子は、これは自分ではどうすることもできない、それらの問題を吹き飛ばす一陣の風が吹くように、赤ちゃんが来ることを祈っていた。それに自分を懸けようとさえ思っていたのに、その唯一の望みさえ絶たれようとしているのだった。

「眠れ！」

犬丸は怒るように言った。

「眠れないの」

規子は静かに言った。

「眠れよ！」と犬丸は、また強い調子で言った。

「わたしは自分のことがわからないの」と規子は弱い声ながらはっきり言った。

「眠れよ」

犬丸は規子の布団に手を伸ばし、手を重ねた。犬丸の声は少し弱まったものの、怒気をわずかに含んでいた。

「変だなあ、昼、何かあったのか」と犬丸が聞いた。規子はいっそ昼のことを話そうかと思った。しかし、口まで出かかっているその思いを抑えた。それを言ってしまうと何もかもが消えてしまいそうで怖かった。その怖さを抑えながら、ただおうむ返しに答えた。

「そう、わたし、変なの」

「眠れ！」

また犬丸が強く言った。

「怖いの、眠れないの」

どうどうめぐりだった。

規子の母の葬式の後、彼女が急に元気がなくなったのを犬丸はうすうす感じていたが、同じ頃、彼女が悩んでいることは知らなかった。規子も犬丸に打ち明けられずにいたのだった。


山口が中村を訪ねてきたことがあった。あれは犬丸がいなくなる半月ほど前のことだった。夜だった。妻の知子の友だちの恵子さんが来たので、一人別の部屋で寝転がって降りだした雨の音に耳を傾けていると、チャイムが鳴った。中村は奥の部屋にいたが、玄関続きの居間に知子といた恵子さんが出た。

「山口他人治です」と言う小さな声が聞こえ、さらに二言、三言、声がしたかと思うと「じろうさん」と、恵子さんの呼ぶ声が聞こえた。中村が出ていくと、風呂に入ってきたのか、小ざっぱりとした身なりの山口だった。

「中村さんちょっと」と、彼は硬い表情をしていた。

「なんだ」と中村。

「ちょっと、ちょっと」と彼は困ったように低い声を出した。

「入れよ」と中村。

「奥さん、いるでしょう」と彼。

「奥さん？　婆さんならいるよ」と中村が笑顔を見せた。

「ちょっと」と彼は表情を変えず、今度は手招きをするような仕草をし、ドアにかけていた手を離し、階段を下りていこうとした。

「ちょっと外で。車が止めてある」と、振り返って彼はそう言うと下りていったので、中村はあとを追う恰好になった。背の低い山口が背をこごめて三、四歩前を下りていくので、中村には小柄な彼の身体が余計小さく見えた。

やはり雨が降っていた。中村は大したことない雨だと思ったが、街灯の光に照らされた雨はかなりの量だった。街灯から少し距離をおいたところに止めてある軽自動車に、彼は駆け込むように乗り込んだが、ドアは閉めなかった。

「なんだ他人治」と、中村は姓でなく名前を呼んで聞いた。

「車に入ってくれる」と山口は泣きそうな声を出したが、雨で濡れたその顔は本当に泣いているように見えた。

中村は車の後ろを回り、助手席に乗った。すると山口は、ルームランプを点け、自分の足元に手を伸ばして、紙袋に手を入れながら言った。

「毎日と言っていたから、飲んでいるかと思った」と一息つくようにして言った。

「何なんだよ」と小さな声で言いながら、紙袋から大きな本を取りだした。本を手にして山口は、力なく言った。

「今日、仕事が終わる頃、トイレに入って腹を見たら、出来物ができていて、小さなしこりのようになって、あずきくらいの大きさで腫れていて、押すと潰れて、露のようなものが出た。誰にも相談できなくて……」

と、切れ切れに言って口ごもった。

助手席の中村は、彼の手から分厚い本を受け取った。百科事典だった。栞を挟んであるところを黙読しだした中村の横で山口が、陰部に出ている症状や、忘年会で女性と寝たことなどを、詳しく話しだした。

「仲間には、誰にも言えなくて、病院にすぐ行かなければならないし、どこか下の方の病院がねえかなと相談にきました」と神妙な態度で言った。

中村は、彼から聞く話と読んでいる百科事典の記事が一致しているので、頷きながらも黙っていると、山口は口をひらいた。

「Z温泉の忘年会では、十七人のうち半数以上が女性と寝た」と、山口は話を続けた。

幹事が宴会に女性を呼んだが、最初から挑発していた。踊りましょう、というので女性と手を組むと、耳元で今夜わたしを買ってくれない、と言った。黙っていると、下のものつけているかいないか当ててみて、と言った。そして、つけてないよ、触ってみて、とも言った。

宴会が終わる頃から変だった。相当飲んだのでトイレに行こうとして、ふと部屋の隅の方を見ると、ビール瓶が逆さになっていた。壁にただ逆さに立ててあるだけでなく、その口にちり紙が詰め込まれていた。飲んだビール瓶を逆さにすれば、飲み残しのビールが少しあるだけでこぼれて畳を汚してしまうのは判るが、なぜそんなことをするのだろうと思った。何なのかその意味は判らなかった。

用を済ませて部屋に戻ってきた時は、酔いがかなり回っていた。部屋の真ん中でストリップが始まっていた。八畳の部屋に十数人が集まり車座になっていた。こうこうと照っていた電灯はそのままだった。なぜか、身体の痩せている犬丸が仰向けに寝ていた。

その時、車座の中の犬丸のそばにいた女性が、一言言った。

「じゃんけんに負けてお気の毒ね。大阪じゃんけんにすればよかったのに。瓶より人間のおでこの方がいいに決まっているけれど、やりにくいかしら」と、意味深長なことを言った。山口はそれでもあの逆さの瓶の意味は判らなかったが、眼の前の小柄な女性は、着物の裾を両手で軽くたくし上げながら、犬丸の顔の上に跨った。が、すぐ姿勢を正した。

「犬丸、動くな。眼をつぶってろ」

誰かが大きな声を出した。

「眼を開けろ、よく見ておけ」

酔っている山田が、正反対のことを言ってからかった。

女性は左足を犬丸の頭の後ろに引くと、薄目を開けている彼の額を、着物の裾を持っている手の指で示して言った。

「誰かここに百円玉を置いて」

山田が一枚のせると、女性は催促した。もう一枚、もう三枚、もう二枚、もう一枚と何度もうながし、合わせて十枚の百円玉が積まれた。

犬丸の額の上の百円玉は、さながらそびえ立つ灸のごとく見えた。それは何の罰のために彼にすえられたお灸なのか。いや、そうではない。犬丸一人安息の域に達していると見えなくもないではないか。

すると、いったん犬丸の額から離れていた彼女だったが、また、俎板の上の鯉のようになっている彼の額の上に、足をひらいて尻もちをつくように覆いかぶさった。彼女の着けている衣装のため、犬丸の上半身は完全に隠れた。

「ああ、ああ」

犬丸も周りの者も声にならない声を発して、固唾を呑んでいると、彼女はすくっと立ち上がった。

彼女は両手で自分の着物の褄をまくって持っていたが、犬丸の額の上の百円玉の山はなかった。いや、一枚だけ額に張り付いたように残っていた。その時、傍らにいた別の女性が言ったのだった。

「ビール瓶と違って、おでこは難しいのよ」

それでやっと謎はとけたのだった。

「何枚でもいい、言ってごらん、言っただけ出して見せるわよ」と彼女は言った。

心持ち爪先立ちに、が、こごめるように曲げた足が、まくり上げた着物の下に少しなまめかしく、赤みをおびて動いていた。犬丸は起き上がっていたが、落ち着きのない顔をして、百円玉を一つ握ってとまどっていた。

「三枚」

誰かが声をあげた。

「三枚、はい」と彼女はおうむ返しに答えると、着物を掴み上げた恰好で腰を振った。すると股間から、一枚、二枚、三枚と、数えられる速さで百円玉が出てきた。

「はい、次」

彼女は陽気な声を出した。

「五枚」

すかさず声があがった。

「はい、五枚ですね」

彼女がまた腰を振ると、百円玉が一枚、二枚、三枚と、ぱらぱらぱらと股間から落ち、少し間をおいて一枚、二枚と落ち、全部で五枚落ちた。

「はい、次は」

「一枚」

「そうよ、残りは一枚」と、彼女は腰を振った……。

忘年会ではほとんどの男が女と寝たが、ただ一人、犬丸だけは寝なかったと言った。どうして、と中村が聞くと、山口は小さく憤るような表情を見せて言った。

「俺だって、犬丸さんみてえに見てれば、多分やる気なんか起こらなかったと思うよ」

（十二）

犬丸は、走る車の中で二人の警察官に挟まれていた。左の藤田の頭越しに、車の進行方向の左側を見ていた。道はゆるやかに上り下りしながらも真っ直ぐだったが、見ている片側からの樹木の枝葉がかぶさるようにのびていた。犬丸は時速五十キロ足らずの車の揺れに身を任せながらも、その木々の生えた崖の下方の道路寄りのところから清水が湧き出して、車の走るアスファルト道の端を濡らしているのを見た。

それから犬丸は、身体を右側に少しひねって、高橋の身体越しに窓の外を見た。後ろに走り去る風景の中身を見落とすまいという鋭い眼差しを送った。

その老人は、立派な口髭を蓄えていた。老人は何かの話のついでに笑いながら「年齢は忘れた」と言ったが、八十は超していただろう。前回、中村に誘われてこの老人を訪ね、あの柿の実の歌を聞いたのだったが、歌は忘れていないのに、老人の顔や家はおぼろげな記憶しかなかった。去年の今頃だったのだろうか。

一見したところ数十坪はあろうかと思われる平屋は、珍しく軒ほどの高さの土塁に囲まれ、その土手には見上げるばかりの松の大木が立ち、うっそうと茂っていた。屋根のある木の門を中村の運転する車で入った時、犬丸は喉が渇いていたのだった。

「水なら左側のそこ」と中村が言ったので、眼をやると井戸の樋があり、水が湧き出していたのだった。柄杓ですくって飲んだ水は冷たくて甘かった。そして庭の植木の手入れをしていた老人から不思議な鯰の話を聞いたっけなあ。

湧き出ている水が静かに流れ込んでいる三畳大の池のような水溜りの中で、何か黒いかたまりのようなものが跳ねたので、少し驚いていると、やはり見事な口髭を蓄えた老人がいて、「どなた」と中村に聞いたのだった。

「わたしの友人の犬丸です」と中村が言うと、「犬、犬丸、珍しい名前だなあ」と言って黙った後、「前にも一度来たことがあるな」と頷いた老人の記憶力には脱帽したが、前回は名前は言っていなかったのだった。

「その池には鯰を一匹入れてあるんだよ。鮒でも鯉でもいいんだが、この町には鯰が一番相応しいんじゃ。もう四年も前に、釣りの好きな人が持ってきてくれて、その時は子鯰だったが、それがでかくなって、こんなになって」

と老人は両手の掌で大きさを作った。

「しかし、不思議なことがあるんだよ。時々雑魚や金魚を放ったりしても、一匹もいなくなってしまうのは、鯰の野郎がやっつけてしまうからだとうすうす承知してるんだが、毎年秋口に水をぬいて池の掃除をしている。が、その時、鯰はどこにもいないんだよ。だけど今跳ねたの見たでしょう。生きているんだなあ、それも年々太くなって」

それから老人は静かに言ったのだった。

「中国に『鯨石』という一語がある。鯰なんか飼わなくても、石で造った鯰を池に置いとけば、地震があると大きな音を立てて動くだろう。元より鯰は地震であり、地震は鯰だからな。鯰の石、すなわち要石だ」

老人は植木の手入れを続けた。三百坪はあろうかと思われた敷地の北側の端に瓦屋根の大きな母屋があり、南に面した庭には、数えきれないくらいの松と紅葉と杜松の苗木があった。鉢植えされていない盆栽用の植木だった。どれもこれも一尺ほどの木だったが、鉢に移したら見事だなと思ったものの、そうすることも大変だと犬丸が思っていると、老人は口をひらいた。

「ちょっと待ってくれ、もう一本やっちゃうから」と、庭の真ん中に移り、かなり太い五葉松の盆栽をスコップで掘りだした。掘ると言っても、老人がスコップを入れているのは、一抱えほどもある植木鉢の下だった。

「そっちからも掘ってくれ」

老人は中村に声をかけ、二人がかりで五葉松の鉢を倒そうとした。犬丸も二人に手助けするように中村の反対側に回り、老人に手を貸した。

「どうするんですか」

中村は老人に親しみのこもった声で尋ねた。

「植木も、鉢に入れたまま何年も放っておくと、鉢の中から地面に根を伸ばし、鉢に植えといたつもりの松の根が、鉢の中からなくなってがらんどうになって、動かせねえ。動かそうと思って鉢の下を切ると、太い根を切ってしまって植木は枯れてしまうということになるんだ」

と、老人は答えた。

三人は力を合わせ植木を掘り起し、さらに一回り大きな鉢に植え直すと、丁寧に水をかけた。それから老人は一息つくように、屋敷の北側の土塁に生えている屋根よりも高い、葉も枝も幹も黒々とした松の大木を見上げた。

「あの松がこの松であり、この松があの松ということだな」と老人は、小を大に、大を小になぞらえて言った。

「昔はここでも蛸壺漁、はまぐり漁、地引網漁など、規模は小さかったが、盛んに行われていた。その頃ここの松の大木は灯台のような役目を果たしていたんだなあ」と老人は一息ついでさらに言った。

「手漕ぎの舟で漁に出た人らは、舟の上で、松の大木と南の岬の突端を目印にして」と老人は眼を細めた。

「その二つを目印にして、その延長線を」と老人は、土のいっぱいついているごつごつした両手の人差し指で×印を作った。

「延長線を十字に結んだところを基点にして、乗っている自分の舟の位置や漁場を確認していたんだなあ」とまた、屋敷の北側の大木を見やった。

「それを漁師たちは、山を占める、山を占めると言っていたんだよ」と言った後、話題を変えた。

「ところで、そっちの景気の方はどうか」

「うーん、少しいいらしいんだけど、据え置き、横ばいだ。会社の上司にいわせると、よくても悪い時に備えるために出せないと言うんだよ」と中村は言った。

「で、悪い時はどうだったんだ」と老人は髭を扱きながら言った。

「悪い時は悪いから出せねえと」

「ははん、よくても悪くても出せねえんだ、もっと働けと」と老人は豪快に笑った。

「その通り、生かさず殺さず」と中村。

「まるでどこかの団体と同じだね。よかったから折伏しろと折伏させる。悪かったら悪かったで、折伏が足りないからもっと折伏しろか、ははん」と愉快に笑った。

「同じ穴の貉」と中村。

「根っこは同じだが、一つのものだけ信じたり、頼ったりしたらだめだなあ」と老人。

犬丸は、話の初めの方のことが分かったようで分からなかった。帰りの車の中で中村に聞いた。

「うーん」と中村はしばし考えていたが、口をひらいた。

「山というのは大事なところ、漁師たちにとっては自分の舟がどこにいるのか、陸からどのくらい離れたところに浮かんでいるのか。それが一番重要なことだった。それから魚や貝のとれるところも。昔は、松の木の所有を示すために、縄を巻いたりしたらしい。海で山を占めるということは、その大きな海のあるところを自分たちのものにするということだが、山と海、木と魚が密接に繋がっていたということなのかなあ。昔の人は海を思って山を思い、山を考えて海を考えてたんだ。しかし、一番大事なところは最後の一言だよ」

老人の口髭に清水、鯰、松の木、山と海と漁、それらのものは短時間のうちに犬丸の頭の中で鎖の輪のように繋がっていった。だが犬丸、お前も中村も聞きそびれたんではないか。老人の家の池は瓢箪の形をしていたが、なまず池と呼んでいた。形が鯰に似ているからか、鯰が棲んでいるからそう呼ぶのかを。しかし鯰は池そのもの、水そのもの、地そのものとも思われるなあ。それよりもやはり、鯨石の一語か。

犬丸はまた、車の窓ガラスの外を見た。一羽の鳶が、空高く舞っていた。時折、水平線の手前に建つ人家とその周りを包むように生えている木々に隠れるが、犬丸は右側の高橋の肩越しに鳶をじっと見つめた。

「朝とび川越すな、夕とび傘持つな」か。今朝はなぜ飛んでいる。舞いやすいのか、それとも朝から餌でも探しているのか。「鳶が低く飛べば雨、高く飛べば晴れ」というけれど、今日は晴れるのかい。

犬丸はついでに、車の背後にすっかり霞んでしまったK町をちらっと振り返る真似をしたが、今度は幸代のことを考えた。

犬丸は東京にいる時は、飲食店に勤めていた。繁華街から郊外に伸びる私鉄沿線の、さほど大きくない駅前の三階建ビルの二階にある小さな洋食の店で働いていた。犬丸はそこのチーフコックだったが、経営の一切は女主人が握っていた。コック、コック見習、接待の女店員の募集は女主人が行っていた。

その時、応募してきたのが幸代だった。彼女は笑顔で犬丸に話したことがあった。あの小さな飲食店には、更衣室がなかった。出勤した最初の日だったという。カーテンを引いた店内で、三人のウエイトレスが円陣を作って布を持ち、幸代はその小さな輪の中で、ユニホームの試着をしたという。ブラウスの上にそのワンピースの制服を頭から被って、ボタンを嵌めた。それからスカートのベルトを結び顔を上げた途端、胸のボタンがぽんと飛んで「あれ、まあ」と三人が驚いたので、幸代は耳の付け根まで顔を赤くしたのだった。鉄羅規子だけでなく、彼女にもその乳房を武器にする下地があったというべきか。

行為の後のまどろみそうな時、幸代はその白いうなじに薄らと汗を滲ませながら、恥ずかしそうに言ったのだった。

「わたし、大きいように見えるけど、鳩胸なの」と幸代は笑っていたのだった。

犬丸はあとになって、その時のいきさつを女店員の古株に聞いてみたことがあった。

「なんか三つくらい先のM駅からパートで来るの。子どもが二人くらいいて……」とはっきりしなかった。

「私服から制服に着替える時、更衣室代わりに若い子と布で囲っていたの」

幸代は自分のことをあまり言わない女だった。いや、お互いの事情を知り合う前に、一緒になってしまった。

子どもは二人いたが、自分の子ではなかった。その経緯は詳しく語らなかったが「北に帰った」という義理の姉の子であり、「お兄さん」と呼ぶ姉の夫と子ども二人と、四人で生活していた。犬丸が、親しくなった幸代から切れ切れに聞く話はどれもこれも彼には面倒な話だった。

「一緒になったのが警察官だった」「母も父も兄弟、姉妹が全部結婚に反対だった」「赤ちゃんがお腹の中にできていた。堕胎するよう言われた」「わたしは『お兄さん』のそばにいたくないけれど、どうしようもないのよ。小学三年生と一年生の『義姉』の子どもが二人いるのよ。可愛いけれど……」と、最後は言葉を濁すのだった。

幸代は犬丸を好きになっても、どうにもならない重荷を抱えていた。

「この店に車か何か飛び込んできて、あなたが大怪我でもすればいいのだわ。わたしは看病してあなたのそばにいることができる」と、物騒なことも言った。

犬丸はしかし、面倒臭いと思っていても、無言で彼女としっかり抱き合っていた。シャッター一枚閉め切った建物の外を、都心に向かう車がひっきりなしに走り、サッシのガラス戸は音をたてて軋み、店舗全体が揺れていた。

それから三か月足らずで、犬丸はD県のK町に兄を訪ねることにしたのだった。

（十三）

車は、右に左にゆるいカーブを描きながら、なだらかな坂を下ったり上ったりしながら、ほとんど信号に引っ掛かることなく県庁所在地のM市に向かって進んでいった。それまで外の風景は、何の変哲もない左右一車線の国道沿いに、生垣に囲まれたがっしりした造りの二階建ての家や、取り入れの終わったさつまいも畑が目立っていた。しばらくするとその風景が途切れ、急に眼の前がひらけ、明るくなったような気がして、犬丸は眼を上げた。

右手の、人家や生垣や畑がなくなって大きく広がった風景の下の方は、背の低い松の木と揺れる篠竹が、空間を仕切っていた。今見ているところが一番高く、土地はずうーっと右手下方に斜めに下がっていた。その途切れた先に海があるはずだと犬丸が思っている間に風景が移動し、水平線が見えた。海は、地形と道路と車の関係で見えたり見えなかったりするが、彼は吸いつけられたように眼を留め、じっと見続けた。

「これからどうなるのかなあ」と彼は独りごちた。

海を見ながら、犬丸は探していた。鳥を探していた。さっき鳶を見たが、かもめがいるだろうか、千鳥がいるだろうか。鳥は自由でいいけれど、自由というのは厳しいからなあ、と鳥を探していた。


犬丸は昨年の暮れ、白鳥はどこで寝るのか気になったことがあった。隣町の北浦に白鳥が飛来するようになったのは数年前からだが、犬丸は年に三、四回、白鳥を見に行っていた。

十一月の初旬頃、北浦に飛んできた大白鳥やこぶ白鳥は翌年の三月半ば頃までに北の方に飛び帰って行った。その白鳥が毎晩どこで寝るのか心に引っ掛かっていた犬丸は、会社の同僚に聞いてみたことがあった。谷田川は、田んぼか山へ飛んで行って寝んじゃねえかと言った。野中は、湖のまこもか葦の茂みに入って寝んじゃねえかと言った。山田は、岸の方に固まって寝んじゃねえかと言った。が、犬丸の気がかりは晴れなかった。

まこもや葦の茂みといっても三十年前ならいざ知らず、湖の周囲をすべてコンクリートで固め、水瓶のようになってしまっているから、三、四十羽の白鳥が隠れるような場所はない。いや、湖の白鳥たちは何のために、何に対して隠れる必要があるだろう。むしろ、夜になると野良犬が徘徊している山や田んぼの方が、白鳥にとって危険なのではないだろうか。

犬丸は何度か白鳥を見に行くうち、白鳥の飛来してくる場所は、荒れ果てた北浦の中でも恰好の場所であることに気がついた。そこは南北に長い湖のほぼ中央の西側にあった。近くは田園地帯でこれといった建物はないし、車の通行の多い舗装道路は湖岸から離れたところにあった。湖は瓢箪の尻のような曲線を描いて田んぼの方に凹み、水瓶の岸近くにはそれでも葦が生えていたが、ほんのお印だった。湖面はそこから北にも東にも南にも大きくひらけていたが、背後の西に小高い山があり、強い西風を防ぐ形ができていた。

眼を東から南側の遠くに向けると、馬の背といわれた台地は、夕暮れ近くの鈍い色を放っていた。樹木の陰が南の彼方に伸びていることは伸びていたが、その外れと思える端っこは、霧とも煙ともつかない靄に覆われていた。その霞んだ中から十数本の赤白だんだら模様の煙突が突き出ていたが、手前には瓢箪の底の湖を東西に仕切るように延びている橋が見えた。橋の上は東から西へ車が数珠繋ぎになって、のろのろ動いていた。コンビナートからの帰り車だろう。

その光景を見ると犬丸は、白鳥よ、もう飛んでくるなと叫びたい気持ちになっていたが、また眼を足元に戻した。五十羽くらいいるかと思っていたが、土手に立って数えてみると白鳥は二十三羽しかいなかった。

寒い日だった。この地方に雪は滅多に降らなかった。降るとしても年に一度か二度、それも十二月や一月でなく、二月か三月に降ったりするのだった。そのような二月下旬のある日だった。夕方になって北風が吹き、雪になりそうな小雨が降ってきていたが、犬丸は職場の仲間である谷田川や山口や野中や山田と話をする都合があった。白鳥の寝場所を確かめたかった。身体が寒くなってきたが、あと十五分、あと十分、あと五分とねばっていた。暗くなってきたら、湖面に浮かぶ白鳥はどうするのか確認してから帰ろうと思っていた。

白鳥は、風の吹き付ける北の方に向かって、湖面に浮かんでいた。湖岸から十メートルくらいの思い思いの位置に、しかし等間隔をおいて、嘴を下に向けて波を受けていた。白鳥の中には、時々首をやわらかく動かして嘴を身体の後ろに回し、翼の中に突っ込んだり、その羽根を突っついて身づくろいの真似をしているものもいた。吹く風をまともに受けて常に動いている白鳥たちは、流されそうに見えるが、同じ場所に浮かんでいるようにも見えた。いや、白鳥をじっと見ていると、流されるどころか風上に向かって少しずつ動いているようにも見えた。きっとひれのある黒色のあの頑丈な脚を水の中で動かしているに違いなかった。

白鳥を見つめていた眼を上げて湖の彼方を見ると、馬の背のＫ町の台地は、低くたれこめ広がっている雨雲と見分けがつかないほど黒くなっていた。その黒い台地をなぞるように右手を見ていくと、ついさっき眼にしたコンビナートの煙突も光も見えなかった。北側より南端の方が明るく見えるが、やはり立ち込めた黒雲の闇にのまれようとしていた。東西に仕切って延びている橋の上は、帯状の薄い明かりが流れていた。

眼の前の風景は、迫りくる闇にすべて染まるかと思われた。黒く大きく低くたれこめた雲の下で、すべては一色に染まるだろうと思っていたが、湖岸のあちこちで光りだした人家の明かりの薄い色が、闇になれてきた眼に、逆にはっきりと見えてきていた。

犬丸はふと、また白鳥に眼を向けた。さっきより離れ、手前の湖岸から二十メートルくらいの湖面の、五十メートルほどの範囲内に、かたまって浮かんでいた。だが、一羽一羽は、最初眼にした時と変わらない間隔に離れて浮かんでいた。

白鳥たちは、もはや飛ぶ様子はなかった。あたりはすっかり暗くなってしまった。空よりもかすかに白い湖面に浮かぶ白い大形の鳥の姿が、辛うじて見て取れるほどの暗さになってしまった。

相変わらず北寄りの冷たい風が吹き付け、雨が降っていた。白鳥たちは、その寒い雨風を受け、凍りそうな湖水の上に浮かんでいた。白鳥たちは流されるどころか、波に向かって進んでいるようにさえ見えた。

犬丸は、土手の上の車の中に入り、すごいなあ、白鳥はすごいなあ、かなわねえなあと独りごちていたのだった。

（十四）

あれは昨年だろうか、一昨年だろうか、と中村は思った。いや多分、犬丸と知り合ってから何か月も経っていない頃だったろう。昼過ぎ、畑の草を取っている時だった。自転車に乗った犬丸が、ひょっこり姿を見せたのだった。休日には住宅周りを散歩してるんだと犬丸から聞いていた中村は、突然の訪問に驚かなかったけれど、山茶花の枝を一枝持っていることが気になった。

中村は眼を細めていた。犬丸も眼を細めていた。久しぶりのよい天気のせいだった。昨日は一日中どんよりした曇り日だったが、夜になって時雨れ、雨がひとしきり降り、夜半にやみ、休日の今日は朝から青空だった。昼近くからいよいよ日差しが増し、周りのあらゆるものに反射し、光っていた。まだ二月なのに、春はすぐそこに来ていそうだった。

中村は、眩しそうに細めていた眼を、犬丸に向けた。犬丸は中村の眼と眼があうと、やはり眩しそうに細めていた眼を静かにひらき、顔をほころばせた。

「やあ」と犬丸は言った。中村もにっこり微笑んで、手招きするような仕草をして声を出した。

「やあ」と言った。

二人は寄り添うように近づき、畑の土止めになっている傍らの大谷石に向き合うように座った。日の光は強いが、珍しく空気は澄んで、ゆったりした雰囲気が漂っていた。眼の前に幅六メートルの道路があり、平日の朝夕は車の行き来があるのだが、休日の昼下がりは数えるほどしか通らなかった。畑から道路を臨んで右手に、こんもりした杜があった。その昔、三キロほど離れた海から見え、舟の上で漁師たちが目印にしていたという樅の大木の梢は、今日は動いていなかった。

犬丸は、木の小枝を一本持っていた。小さな厚みのある葉がたくさんついた箸ほどの長さの枝だった。犬丸はその枝を、中村と顔を合わせると自分の右側の土の上に置いた。

「昨夜はすごい雨だったなあ」と中村は言った。

「すごい雨だった」と犬丸は答えて、さらに言った。

「洗濯物を外に出していたもんだから、あわてて起きて取り込んだ」

「うん、昨夜の時雨のおかげで、今日は気持ちいい」と中村は言った。

それからどのような言葉を犬丸と交わしたのか、中村ははっきり記憶していた。


この日、中村と犬丸は、言葉は少なかったけれど、今日これからのことなどや、とりとめのないことを二言三言交わしたが、中村には眼の前に気になることがあった。向き合って言葉を交わしている時、犬丸が、傍らの地の上に置いた小枝を、ちょいちょい取り上げたからだった。犬丸は枝を手に取るだけでなく、葉の付いている反対側を、口に含んで食べる仕草をするからだった。穏やかな犬丸の顔は、その時だけ少し引き締まるのだった。

中村は犬丸と対座していたが、その仕草をじっと見つめていた。尋ねようと思いながら中村は別のことを聞いた。

「これからどこへ」

「アパートに帰って大根でも漬けるか」と犬丸。

「大根を漬ける?」と中村。

「大根のしょうゆ漬けだ」と犬丸。

「どういうふうに漬けるんだ」と中村。

「ちょっと説明するかな」と犬丸は難しい顔をした。

「大根は皮をよくこすって洗い、丸のまま五～六センチくらいの長さに切ります。さらに縦に一・五センチの棒状に切ります。それをざるに入れて二日ほど天日に干します。干した大根がしんなりしてきたところで、漬物容器に塩をふりながら漬け込み、重石をのせて二日ばかり下漬けをします。それを軽く絞ってざるに上げて、もう一回、一日天日に干します。その調味料は赤ざらめ、しょうゆ、酢、胡麻油、とうがらしです。分量の調味料を全部合わせ、軽く煮立ててさまします。干した大根を容器に漬け込み、とうがらしは丸のまま、それに胡麻油を入れて、押しぶたと重石をのせて漬けておきます。一週間ほどでおいしく漬かり、冷蔵庫に保存すれば一、二か月持ちます」

「なかさん、メモしなくてよかったのかな」と犬丸は言った。

「調味料の分量がわからない。画竜点睛を欠くよ」と中村。

「義さん、漬物の一番の急所は何だ」

「塩と重しかな」

「塩加減と重石か」

「肝心要の要石か」

「そう、塩梅。初めの塩の使い方で味は決まり、重石の重さが要だよ」

「そうだな、分量の調味料は書いてくるかな」と犬丸は少し照れながら答えた。

「漬ける時はもう一度聞くよ、その時はしっかりメモするから」と言って中村は小さく笑ったのだった。

犬丸は枝を口に含む前の表情に戻った。

「自転車だから」とはにかんで「向こうへ」と、中村が見つめた杜の彼方を指差した。

中村はそれ以上聞かなかった。頭の中で、食べ物か週刊誌でも買いに行くのか、コンビニにでも行くのか、それとも家の方にと思いめぐらしたが、やはり心に引っ掛かっていたことを言葉に出した。

「それは」と小枝を指差した。すると犬丸はまた小枝を取り上げた。犬丸は、今度は枝を口元に持っていかなかった。

「ここに」と言って、小枝の頭のあたりを指差し、「蕾がある」と言った。犬丸のごつい指は、幾重にも重なり合った葉の間に覗いている白い小さな蕾を指していた。

「ここに来る前寄った庭先に咲いていた。きれいなので中村さんにあげようと思ってもらってきた」と犬丸は静かに言って言葉をきり、「水をきらしたらまずい」と言った。

それで中村の小さな疑問は氷解したのだった。そして、間をおかず犬丸は中村に小枝を手渡すと「じゃあ」と言って腰を上げた。中村はにっこり笑って「じゃあ」と言った。中村は蕾のついた小枝を手にして、自転車に跨った犬丸を見送った。

生け花の切り方は、水切り、切ってすぐ水につける、中村はその二つの方法くらいは知っていたが、己の唾液で湿らしていた犬丸の行為には、かつて経験したことのない優しさを覚えた。

それだけのことだったが、中村の頭の中にはあの日のことが、まるで映画の一場面のように浮かんできた。しかし、そのうれしい気分はすぐ失せ、別の気持ちが満ちてくるのだった。犬丸もあの頃は規子さんと付き合っていたなあ、薬はやっていなかったなあ、と侘しい気持ちになってくるのだった。中村は、鉄羅規子という女性と暮らしていた犬丸が、その人と別れたということは、その後、山口から聞いて知ったのだったが、警官に殺害されてから知子は何回か規子に手紙を出していた。

犬丸がいなくなってから山口は中村に、寄場でおかしかったなあと、夏の出来事を懐かしそうに思い返しながら話したことがあった。

寄場といわれた下請会社の現場の男たちの休憩所は、プレハブの二階建になっていて、外に面して鉄の頑丈な階段がついていた。一階には流しと便所があり、男たちは主に二階の休憩室と、隣のロッカーを並べ置いた更衣室を使っていた。

中村は山口の話に耳を傾けながら、犬丸は同僚におかしいといわれるくらい、何をあわてていたのだろうかと思った。

出勤して更衣室のロッカーの前に来て、誰もが一番最初にすることは、その鍵を開けることだったが、犬丸はロッカーの鍵など掛けていなかった。

犬丸は、二階への鉄の階段を人一倍大きな足音をたてて上りながら、上着のボタンを外し脱いでいた。ロッカーの扉を左足で軽く蹴飛ばして開けると、手にした上着を丸めて上の方に押し込み、作業服の上着を取り羽織った。次にズボンのポケットから小銭を取り、上着の左ポケットに入れた。それから彼は、プラスチック製のライターを胸ポケットに入れた。

犬丸はたばこは吸わなかったが、ガス切断バーナーの火を着けるために必要だった。バーナー専用の点火ライターがあったが、かさばることと、石をこすって火花を出し、その火で点火するので着きが悪かった。ガス切断バーナーの着火は専用ライターを使用するよう監督者は言っていたのだが、たばこのライター使用をやめさせることは誰にもできなかった。

出勤した同僚の山口が犬丸を見た時は、彼は作業用の上着を羽織っていたが、下はズボンを取り、柄のパンツと軍足姿になっていた。自分もぎりぎりに出勤し、急いで脱ぎ、作業服のズボンを穿き、上着を着けようとしていた山口が、ふと見ると、犬丸は腰を落とし座る恰好で下を向いて、安全靴を足につけていた。彼の顔からは早、汗が噴き出し、靴のあたりに両手を添え、一生懸命力を入れているらしいのが見て取れた。何といっても、編み上げになっている安全靴を履くのは面倒臭い。そうだよな犬丸。

安全靴の紐を解いているのか締めているのか、山口が見ると、どうやら犬丸は紐を締めていることが分かった。が、山口は少し変だな、とすぐ思った。勘で判ったが、よく見ると犬丸は上着を羽織っているが、ズボンは着けないで、パンツ姿で安全靴を履こうとしているのだった。和服を着る時は、下着をつけたら着物を着る前の一番先に足袋を履くが、洋服と靴ではあり得ないことだった。

山口は「犬丸さん」と小声で言った。聞こえたのか聞こえなかったのか犬丸が応えないので、山口は「犬丸さん」と、さっきより大きな声を出した。

「ズボン穿かねえと、大事なところ怪我すんぞ」と言った。山口なりに遠回しに言ったのだった。

さらに山口はこの時のことを思い起こして、中村に言ったのだった。

「犬丸さんは笑うかも知んねえと思ったのに、笑わなかったんだよ。それどころか、ひどく寂しそうな顔してたんだよ、本当に。言ったこっちが、ああすまないことをしてしまったなあと思えたくらい寂しそうな顔してたんだよ」

と言ったあと、続けて言った。

「そうだよ、そうだよ、俺は悪いことを言ってしまったんだよ。放っといても犬丸さんは気づいたよ。同じような真剣な顔をして、おもむろに安全靴をとって（普通の男らなら、その時、あわてたり、自分を誤魔化したり、目先を取り繕ったりするだろうが）、ズボンを静かに探して、同じようにそろそろ穿いただろう。おまけに上着のポケットに手を突っ込んだりして、ズボンのポケットに小銭を移したりしただろう。彼は構内に入って、パンツ一枚で駆けだしたりするほどのお馬鹿さんではなかったなあ」

と山口は、しみじみと思い出していた。

この話を聞いて中村は、現場ではどうだったんだと彼に聞いた。山口は口をひらいた。


その日は大径管工場の〈油圧シリンダーの組み立て整備〉だったが、午後二時過ぎには作業が終わって、最後の仕上げに塗装しようという段になった。「機械色」といわれた鼠色と空色を混ぜたようなくすんだ色のペンキは、二十リットル缶に八分目ほど入っているのを、工場の油倉庫から谷田川が運んできた。力のある彼は片手で提げてきたが、歯を食いしばっていた。缶の取っ手が小さく、作業用の革手袋やゴム手袋を嵌めていては指が入らなかった。田中は手袋を外して素手の指で持ってきたが、ペンキの缶は重く、番線のように細い針金の取っ手が、持っている指の内側に食い込んでいた。

辛抱しきれなかった田中が、どすんと勢いよくペンキ缶をコンクリート床に置いた。缶は倒れそうになったが、起き上がり小法師の如く立った。缶の開け口からペンキが流れだしたように見えた。しかし、缶には蓋がついていた。それは今流れだしたのではなく、以前、誰かが使った跡で、開け口に流れたペンキがこびりついていたからそう見えたのだった。

その時、せっかちな山田が、横合いから手を伸ばし、缶の取っ手を掴み、開け口の蓋を親指の腹で押して開けた。山田は缶を傾け、小型の容器にペンキを流し込もうとした。が、山田は開ける段になって、自信がないのか躊躇していた。それを見ていたリーダーの谷田川が言った。

「山田、どうしたんだ、早くしろ」

「うん、これではこぼれちゃう」と山田は、ペンキ缶が重いので顔を少し赤くして、どうするか迷っていた。

「少しぐれえこぼれてもいいよ、会社は大きんだから」と谷田川は笑いながら言ったが、山田はペンキを容器にあけようとしないで、缶を床に置いた。

「缶見てみろ、べったりペンキがついてるだろ、みんなこぼしてんだから」とリーダーの谷田川は今度は強く言った。

その時だった。山田やリーダーの言葉に耳を貸さないそぶりで腰を落とし黙っていた犬丸が、立ち上がった。山田のそばに歩み寄ると、彼はペンキ缶に手を出した。犬丸は取っ手を持たず、両手でペンキ缶を抱くようにかかえた。みんなは、犬丸が缶を抱きかかえたので、何事かというような顔をして彼を見つめた。一人山田は、一度犬丸に視線を送ったものの、ふん、と顔をそらしてそっぽを向いたが、四人で犬丸を囲む恰好になった。犬丸のすぐそばにいた山口が言った。

「犬さん、開け方が反対でねえのか」

ペンキ缶を抱えた犬丸は、容器に機械色のペンキを流し入れようとしていたが、ペンキの出る缶の開け口が、傾けた缶の下の方でなく、上の方になっていたからだった。犬丸は山口の声に耳を貸さなかった。

「そろり、そろり、そろりしんざえもん」

犬丸は顔に笑みを浮かべ、呪文をとなえながら、両手で抱きかかえたペンキ缶を少しずつ傾けていった。

ほんの一瞬、ペンキは出なかった。おや、と思うくらいの間があった。と、ペンキが出た。ゆるやかな曲線を描いて流れ落ち、みるみるうちに容器がいっぱいになりそうだった。すると犬丸は、抱きかかえていた缶をさっと垂直に戻し、静かに床の上に置いた。

「おお、すごい。お見事、しんざえもん」

山口がすかさず声を出したが、他の仲間は感心してしまって声も出せないふうだった。ペンキは一滴もこぼれなかったし、缶の開け口の外側にも全然垂れなかった。

あとになって、リーダーの谷田川が休憩時間に言ったことがあった。

「犬丸さんは、どこであんなことを覚えたんだろう。東京で新聞配達とか牛乳配達とか、小さな飲食店などで働いたという話は聞いたことがあるが、ペンキの扱いもうまかったなあ。薩摩編みも南京縛りも彼奴が持ってきたなあ」と舌を巻くと、山口が気の利いたことを言ったのだった。

「逆もまた真なり、逆こそ真なりだっぺ」

山口は口から出まかせにそう言ったのではなかった。この数日前、同じ構内の冷延工場の現場で目撃した犬丸の姿が頭にあったからだった。

現場作業で一、二を争う汚れ仕事だった。作業服の上に「セビロ」を着ないとできない仕事だった。冷間圧延機のスタンド内は、この世でこんな汚い場所があるのかと思うくらい鉄の粉塵と油で汚れていた。工場内は「修理」の日で機械が止まっているのに、十メートル先が見えないほど空気が淀み、靄のような油煙が充満していた。作業現場はその一角にあった。三方を見上げるような鉄の壁と圧延ロールと油圧シリンダーに囲まれた、人ひとり入るか入らないかというところだった。作業服がどろどろになってしまうので、上にカッパのような使い捨ての「ツナギ」を着て、スタンドの中に入って作業するのだった。

前日の段取りをしている時、山口は五トン吊りのチェーンブロック、一包み四キロのウエス（ぼろきれ）を五包、計二十キロのウエスを作業車に積み込みながら、「セビロ、セビロだ。明日はセビロを着てやんなくちゃなんねえ」と言っていた。

その「ツナギ」を「セビロ」と言っていたのは彼ら一流の諧謔だった。「セビロ」の素材は百パーセント化学繊維で軽く、使い捨てのものだった。一着一着袋に入っていたが、現場で袋から出していざ着ようとしても、「セビロ」を着るには、ズボンを穿くようにまず足を入れて、その後腕を通すという順序だった。安全靴を取らない限り、作業の段取りで半ばどろどろになってしまった靴で「セビロ」の内側を汚してしまうのだった。作業をする前に作業服を汚してしまうことは誰にでも嫌悪感があった。そうかといって、作業時間を切られて追われている上、油煙と粉塵とさらに蒸気が混ざり合い靄のように立ち込めた現場では、悠長なことも言っていられないのだった。安全靴を取るには、まず、靴と作業ズボンの裾を留めている脚絆を取らなければならなかった。さらに面倒臭い靴の編み上げを解かなければならなかった。

山口はスタンドの前の油ぎったコンクリートの上にウエスを一枚敷くと、座り込んだのだった。一着一着袋詰めされた「セビロ」を袋から二着出すと、ぼろきれの上においた。その時、空の袋は田中の手から離れ、彼の足元を飛んでいった。

「手っ取り早くやって、即休憩しましょう」と、山口は犬丸に一目置いているので遠慮気味に言うと、俯き加減になり、足の脚絆に手をかけた。犬丸は、一包四キロのぼろきれの袋を二つ重ねた上に堂々と座り、静かに微笑んでいた。

山口が安全靴の編み上げを解いていると、作業解禁の禁止札を取ってきたリーダーの谷田川が、険しい顔をして戻ってきた。リーダーの顔にはすでに油汚れが付いていた。

「操業の関係で午前中に終わらせてくれと言っている」と谷田川は口をひらいた。

「クレーンを呼んでくるから」と、首に細い紐で吊るした笛を手にして、工場の端の方に足早に歩いていった。

「田中、袋どうした」

谷田川を見送りながら犬丸が言った。

「袋、なんの袋?」

田中が聞き返した。

「セビロの袋」と犬丸。

「なんに使うの」と田中。

「いるんだよ、どうした」と犬丸。

「どうしたっけ山口さん」と田中は、まだ解ききれない編み上げ靴の紐を掴んだまま座った恰好で、首をひねってあたりを見た。袋は出入り口からの風を受け、スタンドの配管にぴったり張りついていた。

酸素、オイル、水、蒸気と、工場内の大小様々な太さの配管は、所狭しと縦横に走っていたが、スタンド近くの配管は、どれもこれも油と鉄の粉塵で汚れきっていた。袋の引っ掛かっていた配管は酸素の細めの管で、汚れの少ない配管だったので、幸い「セビロ」の袋は汚くなっていなかった。その袋を田中が持ってくると犬丸は、広げて手にしていた「セビロ」をぼろきれの上に置いた。怪訝な顔をした田中から袋を受け取ると、安全靴の足を袋の中に入れた。さらにもう一方の足も「セビロ」の入っていた袋に入れた。

犬丸はぼろきれの上に立つと、その袋の足を「セビロ」のズボンにさっと通し、その裾を少しまくり、ゆっくりと袋を取ったのだった。

（十五）

犬丸が薬をやりだしたのは、あの頃からだろうか。鉄羅規子が家を出て、実家に帰ってしまった頃と軌を一にしているけれど、その後こんなこともあったと山口は中村に話したことがあった。

犬丸さんが少しおかしかったんだよ、俺が他のグループで作業している時、工具室にいたら、と山口は話した。

田中が作業現場から工具室に来たのは午前十一時過ぎだった。手にしていた缶ジュースを一口飲むなり、

「大ハンマーある?」と聞いた。

「大ハンマー、あるよ」と工具係の根本が答えた。

現場作業で使用するハンマーはその重さによって、1ポンド、3ポンド、5ポンド、10ポンド、20ポンドと数種類あるけれど、普通大ハンマーというと10ポンドと20ポンドハンマーのことを言い、両手を使わないと振れないが、一般的なのは10ポンドハンマーだった。5ポンド以下のハンマーは片手ハンマーといって大ハンマーと区別していた。

「10ポンド、20ポンド?」と根本は田中に聞き返した。

「10ポンドでいいよ、腹が減ってる」と田中は工具室の掛け時計を見ていって、さらに言った。

「朝、大ハンマーを借りたという人がいるんだ。持ってきたという人もいるんだ。大ハンマーを持って仕事をしたという人もいるんだ。だけど、リーダーに大ハンマーといわれて現場でいくら探してもねえ」と首をかしげた。

「何言ってるんだお前は。残業、残業で頭がおかしくなってんじゃねえか」と根本が横柄に言ったので、田中はすかさず答えたのだった。

「早く貸してください。5ポンドハンマーと67のメガネレンチを持ってピットに入っていった人がいるんだから」

「なに、お前がおかしいと思ったら、もっとおかしい人がいるのか、誰だそれは?」

「犬丸先輩です」


山口の話を聞くと中村は「うん」と頷き、「そんなこともあったのか」と言ったあと、「そういえば、殺される前にこんなこともあったなあ」と、昼の休憩時間に犬丸と付き合ったことを思い出していた。

不思議な場所があるんだよ中村さん、と寄場に入ってくるなり犬丸が言いだしたのは一か月ほど前の、十一月の中頃だったと思うが、その日がいつなのかははっきり思い出せなかった。ただ、風邪をひいていたのか、彼が水っ洟を垂らしていたことは覚えていた。

犬丸は中村に近づくと小声で言ったのだった。

「この近くに、車で止まると後ろに引っ張られる場所があるんだよ。地球上にそんな場所が何か所かあるというんだが、その一つだと思う。案内するから見に行かない?」

鉄の階段を犬丸と連れ立って下りようとすると偶然、逆に上ってくる山口と出会った。

「中村さん、どこへ?」と山口が一瞬、慕うような表情を見せたので、誘った。今度は中村が小声を出す番だった。

「山口、なんかこの近くに、車が後ろに引っ張られる場所があるというんだ」と手短に言った。

「うーん、行ってみてえな」と山口は興味を示し、三人で行くことになった。

犬丸の車に中村と山口が乗り、もちろん犬丸が運転をして問題の場所に向かった。車の中では三人は無言だった。車は製鉄所の西門を出て右折し、正門前を通り越し、なだらかな坂を登った頂点の信号を右折した。また、なだらかな、今度は下り坂を半分くらい走ると、犬丸はこの辺なんだと言って少し走り、Uターンして車を片側二車線の道路の左側に止め、サイドブレーキを引いた。犬丸は、中村と山口に続いていったん車から降りた。

「中村さん、見ていてください。今、車のサイドブレーキは引いてありますね。わたしが車に乗り、サイドブレーキを外しますから、後ろに動きます」

犬丸は馬鹿丁寧に言った。

中村と山口が歩道に立って車を注視していると、間もなく車の中の犬丸の身体が動き、次に車がゆっくり動きだし、一メートル、二メートル、三メートルくらい下がった。山口が、がっかりした顔をし、頭を横に振った。その横で中村が納得した表情をして頷いていると、またサイドブレーキを引いて、犬丸が車から降りてきた。

「山口くんも見たでしょう。地球上には、こういう大量の磁石の塊があって、鉄を引きつけようとしているところがあるというんだ。それがこの場所ではないかとわたしは思っているんです」

と、また馬鹿丁寧に犬丸は言い、水っ洟をすすりながら、車の下や横や前を覗いていたのだった。

「だいぶ、傾斜がついてんじゃないの」と中村は一言言った。水準器を持ってくるまでもなく、どんな車でもここへ止めてサイドブレーキを外せば後ろに動き出すだろうと彼が半ば呆れていると、山口はズボンのポケットに手を入れた。ぴかぴかに光ったパチンコ玉を山口は取り出し、車の後ろのバンパーの真下に置いた。というより山口は、期待外れの意思を、摘んだ二本の指に込めたのか、玉を弾く恰好になった。山口は声にこそ出さなかったが、口の形は「くそー」とか「馬鹿」という言葉を吐いているようにも見えた。それにしてもパチンコ玉は車の後方に、ころころとどこまでも転がっていったのだった。

犬丸はあの頃からおかしくなっていたのだろうか。中村は、心当たりをあれこれ思案したりするが、否と、心のどこかで彼の行為を肯定している自分がいることを思った。工場の中では絶対に生活できないのだから、逆に外に何かを求めていたのが犬丸だった。今、犬丸が生きていたら、ちょっと来てくれ、鎌のような月だからいいものを見ようと言って、海岸に誘ったりしたのだろうか。「太陽の元気がない」と。

犬丸の「旅立ち」を聞いて根本は、犬丸と猿田がこんなやりとりをしていたことを思い出していた。

犬丸が作業に使うガスホースを新しいものに交換し、口金を付けていた時だった。現場作業で使用するガスホースは、酸素用とガス用（アセチレンガスかプロパンガス）二本でセットになっていて、酸素用は黒く、ガス用は赤かった。長さは普通二十五メートルだが、クレーンのワイヤー替えなど高所で使用する場合は、二セット繋いで五十メートルにして使うので、犬丸はその口金を付けていたのだった。

その時、二係のリーダーの猿田が来た。猿田は真新しいガスホースを見るなり、腰を屈めた。プロパンガス（アセチレンガス）用の赤いホースを手に取り、「ガスホースをこれぐらいくれ」と、端から五十センチくらいのところをぐっと掴んだ。掴んで放さないので犬丸が「何すんだよ」と平静に言った。

「ガスレンジに使うんだ」と猿田は言った。

「どこの、どこのガスレンジ」と、犬丸はふざけるなといわんばかりに、猿田の握っているホースを引っ張った。すると猿田はホースを持っている手の力をゆるめず、

「どこのだっていいかっぺえよ」と言った。犬丸は逆に引いていた手をゆるめて言った。

「どこのでも構わねえのか」

「決まってっぺえよ、家のガスレンジだ」と猿田は、半ば不貞腐れたように言った。

「家の？　買えよホースぐらい」と犬丸は静かに言った。猿田は小さな笑顔をつくり黙っていたが、自分の背後に根本が近づいてきたことに気づくと、ガスホースから手を放して立ち上がった。猿田がその場から動いたので、犬丸は彼の背中に優しく声をかけた。

「合わねえよ、家のには合わねえよ。俺も前やってみたけど、家庭で使うにはこれより少

し細くなくちゃだめだよ」と、今度は犬丸が笑顔をつくりながら言ったのだった。

犬丸が射殺されてから数日経ったある日、山口が中村に言った。

「犬丸さんて、やっぱり三十歳だったんだね」

「どうして」と中村。

「老けているので、信じられなかった」と山口。

「なんだ、一緒に働いていて相手の年も知らなかったのか」と中村。

「そうだ、一度聞いたことがあるけど、新聞に載ったから」と山口は、何かを思い出すように黙ったあと言った。

「優しい男だったなあ」

それは犬丸が射殺される前の、ある日のことだった。現場の作業を終えて寄場に上がってきた谷田川が、山口と犬丸の顔を見るなり言った。

「災害があったらしい。岸壁の荷役作業中らしい」

西門のそばの災害掲示板の赤い回転灯が回っているとも言った。掲示板には、黄色と赤の回転灯が付いているうえ、本工と下請工の無災害日数を区別して掲示しているが、よく回るのは下請工の災害についてだった。足を折ったり、手を切断したり、眼を潰したり、腰を砕かれたくらいの怪我は休業災害で、黄色の回転灯が回った。赤い回転灯が回るのは死亡災害の時だったが、圧倒的に下請工関係だった。

そこへ、原料ヤードで働いていた谷田川が寄場に戻ってきた。

「ヤードにパトカーが来ている。保安も来ている。災害、災害」と草野。

保安というのは、主に門衛、構内パトロール等、製鉄所内で「警察」のような役割を果たしているのだが、構内で働く人たち、特に下請工は蛇蝎の如く嫌っていた。

「死んだのか」と犬丸が聞いた。

「パトカーが来ているからな」と谷田川は力なく言った。

谷田川も犬丸も山口も寄場に上がっていった。田中も缶コーヒーを握って、ロッカー室に上がっていった。すると、壁一枚隔てた寄場から大きな声が聞こえてきたのだった。

「なんだお前生きているのか。ヤードで死んだというから生きていねえと思った。またヤードで死んだってよ。犬丸と同じ三十一歳」と主任の中島が、犬丸をからかった。

「なにー、俺は三十歳だよ」と犬丸が反論したのを山口は耳に留めたのだったが、そのあとすぐ意地の悪い中島の「大して変わんめえよ」という声が聞こえてきたのだった。その一件があったので、犬丸が射殺された時、山口は新聞を食い入るように見つめ、犬丸の年齢を確認したのだった。

中島が、またヤードで死んだってよ、と言った「また」の前にヤードで鉄の階段から落下して死んだのは、中村の同僚だった。たまたまその日は中村は休日で、一番親しくしていた池田が、震える声で夜中に電話をかけてきたのだった。

「大変なことが起きちゃったんだよ、仲沢さんが死んだよ」

池田はその翌年の暮れ、職場で寒気を仲間に漏らし、帰宅して寒さを妻に訴えて炬燵に入るなり倒れた。くも膜下出血で、夜間一時間もかかる病院に救急車で運ばれたが、五か月間、一言も発することなく帰らぬ人となった。

中村と池田は、五百ヘクタールある製鉄所構内の奥の奥にある仲沢の事故現場に車で乗りつけた。二人で花を供え手を合わせたが、五分もしないで白い花が粉塵で真っ黒になってしまったのを、中村は記憶していた。

ヤードで二件目の死亡災害が出た日は、谷田川が優しい犬丸の一面を見た日でもあった。谷田川は、その日の帰りのことを話しだしたのだった。犬丸と一緒だったが、彼は首をひねって災害掲示板を見たのだった。ついさっき上司の主任が寄場でいっていたことが頭にあったし、なんとなく災害掲示板周りの雰囲気が、いつもと違っていたのだった。

〈社長巡視を社協揃って無災害で迎えよう〉という大看板が視界に入ったが、彼が眼を留めたのは、赤い回転灯が回っている災害掲示板だった。「社長巡視」というのは、本工たちの会社の社長が現場を視察することであり「社協揃って」の「社」とは本工たちの会社であり、「協」は協力会社の協であり、下請会社ということだった。何のことはない、本工たちの会社の社長を、本工も下請も災害を起こさないで迎えようという看板を立てたが、社長の巡視がある前に下請会社の災害が起こってしまったということだった。谷田川が足をゆるめて災害掲示板を見ていると、犬丸が呟くように言ったのだった。

「これで下請はきれいさっぱり0になった」

それまで、確か三十数日、下請会社の無災害日数が続いていたのだった。その間、下請会社では軽微な、いや骨折や打撲などの災害が毎日のように起きていたのに、災害掲示板の無災害日数は続いていていた。しかし、死亡災害が出ては、さすがに「無災害」とは言えなかった。「きれいさっぱり……」という犬丸の言には、それをただす思いが込められていた。

駐車場に着いた谷田川が車に乗り、エンジンキーを差し込みひねってみると、セルモーターはうんともすんとも言わなかった。朝、出勤する時点けてきたスモールランプを消し忘れ、バッテリーが上がってしまったのだった。離れたところに車を止めていた犬丸は、エンジンを吹かして、今出て行こうとするところだったが、谷田川は手を挙げた。犬丸に近づき、事情を話し、手伝ってもらうことにしたのだった。

谷田川の車は、生憎といえば生憎だが、変な場所に止めてあった。広い土地なのに、元畑地をならし鉱滓を敷き詰めたため水はけが悪かった。一昨日の雨の水溜りをところどころに作っていたが、谷田川の車は水溜りを跨ぐ恰好で止まっているものの、完全に跨ぎきれないで右に傾いていた。彼は時間ぎりぎりに出勤し、あわてていたのだった。

「犬丸さん乗ってくれ」と谷田川は言った。犬丸が谷田川の車の運転席に乗ったので、谷田川は車の後ろに回り、力を入れて押したが、びくともしなかった。

谷田川と犬丸が思案していると田中が来た。今度は二人が押し役になった。また犬丸が運転席に座り、谷田川と田中が歯を食いしばって車を押した。車が動き出し、直線部分に出ようとした時、田中が、あーあーと言いながら車から手を離してしまった。水溜りに踏み込みそうになったからだった。田中は辛うじて避けたものの、車の後輪は水溜りの上で止まってしまった。

「ばかやろう」

谷田川が田中に向かって声を出したが、後のまつりだった。犬丸が、傾いた車から降りてきた。

「ロープもブースターケーブルもねえんだろう」

「もちろん」と谷田川が答え、さらに言った。

「会社に行けばロープでもケーブルでも何でもあるんだけれど」と、言葉をにごした。

「行く気あんのか」と犬丸はからかった。もとより谷田川に構内の会社に行く気などなかった。構内の過酷な現場作業を終えて、いったん製鉄所の門を出たら、翌朝まで職場に戻る者などいなかった。車で家に帰れないかも知れないのに、バッテリーが上がったくらいでは、仕事を終えて一度出た門など入りたくないという気持ちの方が勝っていたのだった。

おにやんまが水溜りに落ちてもがいていた。幼い頃、むぎわらとんぼの尻に枯草の茎を差して飛ばして遊んだことを犬丸はちらっと思い出したが、すぐ眼を外して言った。

「そうかそうか、もう構内の寄場には戻りたくねえんだ。今日はもう銭はいらねえんだな」

犬丸は谷田川に言うというより、自分自身に言い聞かせるように言った。

「バッテリーを載せ換えよう」

犬丸の動作は早かった。すぐ自分の車に戻るとモンキースパナを持ってきた。谷田川の車のボンネットを上げ、バッテリーを外しにかかった。モンキースパナを谷田川に手渡すと、「もう一丁ある。バッテリーを外せ」と言った。谷田川が取り掛かると犬丸は自分の車に戻り、バッテリーを外しだした。

後からの犬丸の方が手早かった。犬丸は、谷田川がバッテリーを外したのを確かめると、外してきた自分の車のバッテリーを谷田川の車に載せ、配線を繋いだ。

「田中、エンジン回せ」と犬丸は言った。セルモーターが回り、エンジンはすぐ掛かった。

それを見届けると犬丸は手で合図を送り、車のエンジンは掛かったままにして、谷田川の車からバッテリーを外しだした。

「これが危ねえんだよ」と犬丸は、軽い笑顔をつくりながらバッテリーを外した。さらに間をおかず、外しておいた谷田川の車のバッテリーを元に戻して付けた。それからおもむろに、田中に手伝ってもらいながら、自分の車に谷田川の車から外した彼の車のバッテリーをつけたのだった。

谷田川はエンジンを吹かしていたが、田中も犬丸もそれぞれの車に乗り込んだ。谷田川が軽くクラクションを鳴らし、犬丸に合図を送った。エンジンのかかっている田中の車は動かなかった。谷田川も田中も犬丸の三倍くらい遠いところから通勤していたが、感謝の意味を込めて犬丸に先を譲ろうとした。しかし、犬丸の車もエンジンがかかっているものの動かなかった。逆に谷田川と田中に短く激しく手を振って、二人を先に帰したのだった。

(十六)

山口が、おばさんに「犬丸さんが死んだよ」と言うと、おばさんは新聞も見ていなかったのか「本当、本当？」と何度も念を押してきた。「警察にやられた」と言うと「本当？嘘でしょう」と言ったので、山口は詳しく話すほかなかった。それで納得したおばさんは、山口に話しだした。

そう、犬丸さんは本当に動物が好きでしたね。鳥も犬も猫も。ある朝、鳩が車に轢かれた話を犬丸さんにしたら、「おばさん、帰りに線香でもあげたらいいよ」って言うんだよ。それも真顔で。

だからわたしは聞いたの、じゃあお線香どこにあげるの、あんな他人の家の塀のところになんかあげたら迷惑かけちゃうよ。手向け花だって相当嫌ったりするんだから。それに家に行かなくちゃお線香なんかないもの、と言うと、「線香は俺が帰りまでに都合つけるよ」とまで言ったんだよ。それから、どこへあげんのと聞いたら、「おばさん、鳩はどこで轢かれたの、道路の上で車に轢かれたんだろう」と反対に聞くので頷いたら、「だから道路の上にあげればいいんだよ」と言うんだよ。

冗談じゃない、そんなことしたら、命がいくつあっても足りないよ、わたしも車に轢かれた鳩になっちゃうよ、と言ったら、「いやいや、道路に跪いて線香あげてる人を轢く車はねえよ、そこまでしたら世の中終わりだよ。おばさんが嫌なら俺が代わりにやってもいい」とまで言ったんだよ。

わたしも強情だから、そんなことはできねえよ、自分のあげるお線香まで他人に頼んだら、罰が当たるよと断ったの。

一度はこういうこともありましたよ。昼過ぎ、現場に出て行ったと思っていた犬丸さんがすぐ帰ってきて、いきなり「何か犬にやる食べ物はねえか」と言うんだよ。どうしたのよ犬丸さん、と言葉を返すと、「腹減った犬がいたから連れてきた」と言って「少し病気だけど」と、声を低くして言った。

表を見ると、全身瘡蓋だらけで毛が一本もない犬。犬丸さんに、病気の塊だっぺと言うと、少し照れ笑いをして、「いいからおばさん、なんでもいいから食べ物をやってくれよ」と言って、また現場にすっ飛んで行きましたよ。

そうそう、犬丸さんがおかしかったことといえば、もう一つある。やっぱり構内で拾った子猫を、撫でたりさすったり、のみを取る真似をしたり、足の爪を調べたり、尻尾の長さを計ったりしていたのはいいんだが、何を思ったのか、子猫の頭をぱっくりと口の中に入れてしまったこともあったんだよ。何しているのと言うと、恥ずかしそうに笑って、黙っていましたがね。

山口は話を一通り聞くと、おばさんをじっと見つめてから言った。

「犬丸さんが道路の真ん中で、線香あげていて、車が数珠繋ぎになったという有名な話があるんだけど、謎がとけたよ」

「えっ、犬丸さんはそんなことをしたんですか」とおばさんは眼を丸くした。

「あの頃から、これをやっていたんじゃねえかという話もある」と山口は言葉を切った後、右手の人差し指と中指の間に入れた親指を、左腕に当てる仕草をした。それは性行為をする手真似にも似ていたが、おばさんには意味が解らなかった。

　犬丸が殺されたという話を聞いて、主任の中島は「ずいぶん鳥の好きな男だったなあ」と何かを思い出すように言った。

「あれ、犬丸じゃねえのか。車に轢かれた鳩に線香あげて、車をぶっ止めたというのは」と言って、過去に寄場で聞いた話を思い出して、傍らの山口に聞いた。

「お前、できるか」

「できねえ」と言ってから山口は、主任に言った。

「中島主任はできねえのか。主任だからできっぺえ」とからかった。すると中島は上司らしく反論すると思いきや、「俺もできねえ」と、しみじみした口調で答えたのだった。というのも、犬丸の鳥に対する思いの深さを日頃、様々な場面で見聞きして知っていたからだった。

　作業の前日、犬丸はリーダーの谷田川の代わりに主任の中島に現場に案内された。犬丸は一人で現場の手摺りを跨いだり、乗ったり揺らしたりして、その強度を確認していた。犬丸は同じような動作を何回も何回も繰り返し、明日の仕事の安全確認をしていたのだった。

その明日は今日だった。過酷な作業が要求される作業現場は「涙のＨＫ（熱延工場）」といわれて久しいが、作業は熱延工場の汚れ作業〈Ｆ３スタンドのサイドガイド開閉チェーンの修正〉だった。自転車のチェーンに毛の生えた程度のチェーンを半齣詰めるという気楽な「いただき」の作業のようだが、そうは問屋が卸さない作業なのだった。自転車のチェーンなら、ペンチ、ニッパー、小型のハンマーとぼろきれ少々あれば、一人で十五分でけりがつくだろう。

しかし、今日の作業は段取りがすごかった。まず、電気溶接機のセットにガス切断機のセット、それに道工具一式、一トン吊りのチェーンブロック三丁にツナギ、あの冷延工場の作業で犬丸が要領よく着けたツナギと、汚れを拭くぼろきれ四包、十六キログラムが必要だった。

加熱炉で真っ赤に熱せられたスラブ（鋼塊）がロールの上、そしてロールとロールの間のスタンド内を流れてきて、だんだん薄くなってくるが、スタンドは、鉄板にするために最後に仕上げられる設備だった。その熱鋼の走るロールとロールを抱えているスタンドの谷間に突き出て、鉄板の幅を決めるガイドを開閉するチェーンはステンレスのケースに入っていた。ケースは蓋に相当する部分がボルトで留まっているのではなく、がっちり溶接されていた。配線、配管はついているものの、まるで十年も二十年もそのままにしておくタイムカプセルみたいだった。

しかし、生産過剰で酷使されているのはこのチェーンも例外でなく、月二回の計画修理の日に、ちょくちょく開けて、チェーンの長さを調整、確認しなければならなかった。それならばチェーンの蓋など溶接しないでピンかボルトで簡単に留めて、いつでも開けられるようにしておいたらいいじゃないかと思うかも知れない。だが、絶え間なく流れる鉄板の熱と、その上に噴き付けられる水と蒸気と熱水と粉塵で、一日で使い物にならなくなるのだった。

開けるといっても相手はステンレスの箱だ。普通のガス切断機は受け付けない。なのになぜガス切断機を段取りしたのかといえば、その箱の作業をする前に、昨日主任に現場を見せられた犬丸が慎重に確認していた手摺りを切断したり、別の鉄板のカバーを切ったり、ボルトも切断しなければならなかったのだ。

ガス切断機が効かないステンレスケースのボルトと蓋は、電気溶接機で溶かしてぶった切れというわけだ。電気溶接機は普段は溶接する機械だが、電流を二倍くらい上げると、溶けてくっつくものも、水のように流れる。

リーダーの谷田川は、同じスタンド内のライナー替えの作業とかちあうため、昼の食事を一時間ずらしていた。他の現場作業グループが食事に行っている間に、面倒臭い作業をてきぱきとやってしまおうというわけだが、人間ちょぼちょぼ、そう甘くはなく、同じようなことを考える者は必ずいるのだった。

とうに昼休みの時間に入ったのに、右手の通路側でスピンドルのスリッパーメタルを取り換えているグループがいるかと思うと、その下で、スピンドルへのグリースの配管を取り換えていたり、圧延ロールを支えている台の太いボルトを締めつけたりする作業者がいた。みんな汗と油と粉塵まみれになって、表も裏もない顔になってしまって格闘しているようだ。眼だけが異様に光っていた。

圧延スタンドの上の方、見上げるようなところでガスバーナーを持って動いているのは本工たちだった。犬丸が、降りかかってくる火花をどうしたものかと見ていると、そのうちの一人がそばに下りてきた。そして、無愛想な顔をしてぶっきらぼうに言った。

「どいてくれねえか」

犬丸はすぐ言葉が出なかったが、口をひらいた。

「昼飯をずらしてやってんだが、すぐ終わっから、上でやるなら火口を別の向きにしてくれ」

犬丸がそう言い終わらないうち、山口が電気溶接機を使いだし、ばちばちという音がして、青白い火花と煙が上がりだした。本工は、何か言いたそうにしばらく黙って犬丸と向き合っていたが、身体をくるっと回すと、スタンドの裏側に消えた。と、花火の火花のように時折落ちていたのもぴたりとやんだかと思うと、本工たちはスタンドを下り、ぞろぞろ出入り口の扉の方に歩いていったのだった。

どうやら、昼飯をずらして犬丸たちとぶつかり合うのを避けたのだった。本工たちが行ってしまうと犬丸は、なぜか作業がスムースに進むような気がして、山口に冗談の一つも言いたくなった。山口は狭い鉄骨と鉄骨の間にツナギの身体を入れ、中腰で右手を使って、やりずらそうに左側の二段になった鉄骨の下のケースを溶かしていた。

「なんだ、両方使えないのか」と犬丸は言った。山口が溶接ホルダーのアークを止め、振り返って笑顔を見せたので、犬丸は山口と入れ替わった。

「どれ貸してみろ」と言うと犬丸は、鉄骨と鉄骨の間に身体を入れ、左手を使い、ステンレスケースを難なく溶かしていった。

「俺のおふくろは、お前は両方使えと教えてくれた」と言って彼は、溶接ホルダーからアークを出していた。すると今度は身体が自由になった山口が、反対に犬丸を見下ろすように見ていった。「ぎっちょ」と、少し大きな声を出した。すると犬丸はアークを止めて、鉄骨の間から身体を抜き出し、顔に笑みを浮かべて言った。

「お前の方がよっぽどぎっちょ。片方使えないのはぎっちょだよ。鳩でも雀でも見てみろよ、こうやって両方で飛ぶんだよ。だから、鳥にはぎっちょはいねえよ」

と、両手を広げて飛ぶ真似をした。それをスタンドの陰で目撃し、耳を傾けていたのが、作業の進行状況を確認に来ていた中島主任だった。

犬丸は人一倍、鳥の好きな男だった。まだ幼い頃、父からこういう話を聞いたことがあった。ある秋の、台風の近づく晩、思い出したように大きな鳥の話をした。母は縫い物をしていた。父は囲炉裏のそばで鮒を捕るずうけ（罠）をこしらえながら、子どもらに昔の話をしたのである。犬丸は兄二人と布団に包まりながら、その物語を聞いたのである。

犬丸の田舎は、大きな川から血管のように何本も何本も小川が延びている水田と畑に囲まれた、戸数三十戸ほどの小さな集落だったが、どの家も小さく、その土地も狭く、額を寄せ合うように暮らしていた。

その地域には大きな動物はいなかった。熊、猪、鹿はおろか、狐も狸も野兎さえいなかった。鳥は豊富だった。数えきれないくらいの種類の野鳥がいたが、ほとんど小鳥だった。ある夜、犬丸の父は囲炉裏の傍らで、庭に大きな鳥が落ちてきたのだと語ったのである。台風が近づくと、軒先に大きな石を吊るしたり、雨戸を釘打ちする家もあったという。その夜、祖父が、物音に気づいて外に出てみると、黒い大きな生き物が、庭先の柳の根元にいたという。風が強く吹いている暗がりで動いていたのは、一抱えもあるような鳥だった。それでも祖父は抱きかかえたが、一瞬のうちに祖父の手を離れて飛び上がり、北の方角に消え去ってしまったという。たったそれだけの話だった。

犬丸は父の話を聞いて、子どもながらに想像を逞しゅうした。そんな大きな鳥は、滅多に見ることのない白鳥か雁だったのかな、鴨や鷺ではないだろう。白鳥かも知れない。白鳥だって黒く見えることがある。なぜ、おじいさんは取り逃がしてしまったんだろう、と悔しく思ったのだった。また、その時、おじいさんはどんな恰好をしてたんだろう、秋だからどてら姿だったのだろうか。下駄か草履を履いていたのだろうか。おばあさんはどうしていたのだろうか、といろいろ思った。

父の話を聞いてから、父の実家である伯父さんの家に行き、その柳の木の下にたたずんでみたこともあった。そして、彼の心にのこったことは、空を自由に飛べる鳥へのあこがれと、尽きない関心だった。

またそれは、少年の頃、罠をかけて小鳥を捕った体験と重なっている。

「ぱたり」とか「ぱた」とか言っていた。子どもの頃の最大のたのしみといえば、鳴き声のきれいな目白や頬白を捕り、鳥籠に入れて飼うことだった。秋口から翌早春にかけて、学校の勉強以上に執念を燃やした。手製の小さな罠を、空を飛ぶ元気のいい頬白の上に被せてしまうので、「ぱたり」とは言い得て妙である。

標的はその頬白という雀くらいの小鳥だったが、鳴き声のきれいなのは雄で、雌鳥は価値のないものとして扱っていた。同じ「ぱたり」でも、目白を捕る方は専門的な作りの竹籠製で、小学生の彼には難しかったが、頬白捕りの「ぱたり」は手作りしていた。

その材料は、竹と鉄の番線と網と凧糸と太縄と稲穂少々である。作り方は、まず鳥の上にかぶせる網だが、ざりがになどをすくう少し荒目の玉網と番線を利用して、大人の頭大の馬蹄形のものを作る。次にその網の番線の直線部分に縄を凧糸で縛って取り付ける。縄の両端は馬蹄形の網の下側左右に二十センチほど出す。こちらが網の下側になる。

さらに網の上部には、篠竹と凧糸を使って仕掛けを作る。篠竹は五センチの楔形にして二つ作り、一つは凧糸の中心に結び、その凧糸は網の両端に張るように縛り付ける。つまり楔は、少し動くものの馬蹄形の網の上部に固定されることになる。さらにもう一つの楔には、長さ九十センチくらいの凧糸を縛っておく。あとは「ぱたり」を地面に固定するために、縄の両端に差す二股の小枝でこしらえた小さな杭を二本用意すれば完了だ。

「ぱたり」を仕掛ける場所は、田や畑の小鳥が飛来してきそうな、低い木のある田や畑の畦道だった。場所を決めたら、縄の一方を二股の小枝の杭で地面に固定する。もう一方の縄の端の方は、馬蹄形の網を倒す方向に、網ごと十回ほど巻くのである。巻いた縄の反動を利用するので、網を左に倒す場合は右に巻き、右に倒す場合はその逆に巻く。縄の巻き方の加減一つが、網の部分が、頬白が飛び上がるより早く、うまく被さるかどうかの鍵になるから慎重に巻く。巻いたら、先に固定した一方の縄のように、もう一本の二股の小枝の杭で地面に固定する。この時点で網は地面に伏せたようになっている。

そして最後に、この罠の要である仕掛けをする。網を起こし、網の内側につけた楔形の竹の一方の下側の直角の切り口に、数本の短い稲穂を差す。この竹に、凧糸のついたもう一つの楔形の竹を差し込み、巻いた縄の反動で地面に倒れるようになっている網を、さらに起こすように楔の凧糸を張るのである。逆に言うと、馬蹄形の網の内側の網の稲穂を頬白がついばんだら、差し込んである竹の二つの楔が外れて網が倒れ、頬白の上に被さってしまうのである。

彼と兄はこの罠で、一時期に頬白を十羽ほど捕った。姿、声のきれいな雄の頬白を捕った時はうれしかったが、今でも彼が忘れられないのは、そのしくじりである。

竹の楔の嵌め合いが固く、稲穂だけ全部食べられてしまったことがあった。網がうまく被さっても、鳥に網を食い破られて逃げられてしまったこともあった。これは頬白ではなく、百舌か何か別の鳥がかかったのではないかと思っている。

一番の失敗は、罠の縄が凍ってしまって、鳥が罠の稲穂をつっつき楔が外れても「ぱたり」といかなかったことである。そして兄も彼も、その当たり前の自然現象に気づくまで、相当時間がかかったという記憶がある。

しかし、それよりも彼には忘れられない記憶があった。節分を過ぎたばかりのある日の学校帰り、「ぱたり」を見ると、網の中で何か黒っぽい大きな鳥がばたばたしていた。そのたび、灰色の胸毛が何枚も「ぱたり」の周りに飛んだ。彼が、これは頬白ではないと思いつつ近づくと、ひよどりだった。ひよどりを飼うという習慣はなかったが、やかましく鳴く荒っぽい習性を知っていたので、おそるおそる掴み「ぱたり」の網を起こして逃がした。

ひよどりは五、六メートル飛んで、畔の木の枝に止まった。その時だった。これまで彼が聞いたこともないような、絞り上げた悲鳴に近いような声で一鳴きした。すると、彼の背後の二十、三十メートル離れた木立の中で、別のもう一羽のひよどりが、先の声に呼応するように、二声、三声と鳴いたのだった。悲しそうに聞こえる声をはりあげたのだった。

この出来事を、彼は親しかった同級生のとしこに話すと、彼女はすかさず言ったのだった。

「男は野蛮だねえ、罰が当たるから！」

犬丸は時々、その頃の夢を見ることがある。そこにはコンクリートの道も車も工場もないが、笑顔の兄がいる。「ぱたり」をもった彼は、とぼとぼと田んぼの畦道を歩いている。ひよどりはいない。眼の前を無数の頬白だけが飛び交っているのだった。

（十七）

構内で犬丸の好きな鳥は、雀大の頭と頰と胸の一部と背中が黒い鳥だった。尻尾も少し黒いが、胸はしろく、身体全体は灰色で、尾羽を小刻みに動かす鳥だった。

犬丸は去年の夏の初め、その鳥が工具室前の油倉庫の庇に作った巣を見つけた。トラックの荷台から覗いたら、まだら模様のついた卵が四つあった。石綿とビニールの紐を組み込んでいた巣は、十年も持ちそうな丈夫な作りだった。一昨年は事務所の樋の中に巣を作った。しかし今年は、見えるところのどこにも巣をかけなかった。

去年は、油倉庫の庇の中で、雛はひからびていたのだった。四つの卵が孵ってしばらくして、餌を運んでいたのは一匹の親鳥だったので、犬丸は変に思ったのだった。やがて親鳥の姿も消え、雛鳥の鳴き声も止んだのだった。彼が不審に思って巣を覗いたら、雛は一羽だったが、脚に化学繊維の糸がからまっていたのだった。

巣はなくなってしまったのに、彼が構内でよく見かける鳥は、この、何かを訴えるように尾を激しくふり続ける鯨幕でくるまれたような鳥だった。「神様の鳥」「葬式鳥」という仇名をつけられた鳥だったが、犬丸は語りかけたのだった。

お前は、葬式鳥といわれて悔しくないのか。ひとの弔いをするというより、己がおくられる鳥といわれて怖くないのか。

背黒よ、なんでお前の背中は黒いのだ。いや、お前は、黒いようでも黒くないというのか。ああ、お前の背中は黒く、全体を見ると汚れているように見えても、腹は白いなあ。雪のように白いとは言わないけれど、白く見えるよ。が、背黒よ、こんなところにいないで、背中を真っ黒にしたまんま、どこか遠くへ飛んでいくがいい。

腹はそんなに白いのに、いったん飛び上がると白は黒の中に溶け入り、その黒い塊が俺の眼の中で、胡麻粒のような一点になって消えていくまで飛んで行け。背黒よ、お前が飛び上がりさえすれば、この靄のかかった空なんかすぐ飛び抜けていけるぞ。

南の島の歌に「白雲の如くに見えるあの島に、飛び渡ってみたい」という詞があるぞ。

あの青とも白とも言えない空に、ちっぽけなお前の黒い背中など、何もないように消えてしまうと思うけど、その彼方に、白雲のように見える島があるというなら、飛び渡ってみたくないかい。

しかしお前は、ここをうろちょろするだけで、飛んでいかない。お前の子どもたちは干からびてしまったというのに飛んでいかない。どうしてだ。ここにいても、いいことなんか一つもありゃしないのに、どうしてなんだ。

背黒よ、なぜそんなにしっぽを振っているんだ。しっぽを振りながらだって、どこまでも飛んでいけるぞ。あの詞は続く。「飛ぶ鳥のように自由に飛べたら、毎夜逢って語らいをするのだが」とうたっているよ。

しっぽ振りよ。それともお前は、俺と全く反対のことを考えているのか。空や海のきれいなところよりも、ここが好きというのか。この汚れ切った粉塵だらけの靄の中にいる方が、その背がますます黒く、その腹やしっぽがいよいよ白くなるというのか。そうだろう。そうとしか思えないよ。背黒よ、しっぽ振りよ。どうしてお前はここにいるんだ。どうして俺の前に飛んでくるんだ。

本当に、空気は汚れているし、水は不味いし、粉塵と煤煙と油と蒸気の煙、そのうえ騒音だって酷いなあ。こんな中にいる俺だって、毎日毎日黒いものが溜まっていくのだ。風呂には毎日入っているけど、身体ではない。身体の芯だよ。胸の中の深いところに澱のようなものが少しずつ溜まっていくような気がするんだよ。お前はそんなことはないかい。何度も聞くけど、お前はどうしてこんなところにいるんだ。背黒よ、しっぽ振りよ。返事をしてくれよ。

そうでなければ、新しい名前をつけてやろうか。ここでは、手の指を断ち切られたり、片手を失くしたり、眼を傷つけられたり、身体をつぶされたり、命まで取られたりしてるんだよ。こんな危険なところにどうしているんだ。第一お前は羽があるじゃねえか。どこまでも飛んで行けるじゃねえか。どこへでも自由に飛んで行ける立派な羽をもっているじゃねえか。さっき南の島の歌を教えたけれど、お前は一人なのかい。彼女はいないのかい。歌の続きを教えるよ。

「俺が思う彼女は、白雲のように見えるあの島の、もっとむこうだ。俺は思い尽くすだけ思うのだが、大海原を隔てていれば自由にならない」とうたっているよ。

どうだい背黒よ、しっぽ振りよ。そんなことはない。羽があるからそんなことはないと言ってほしいなあ。お前は寂しくないのかい。なぜお前はそんなにしっぽを振るんだ。あの野良猫だって、うれしくても寂しくても、そんなにしっぽを振りやしないよ。だけど俺には、お前が寂しいのかうれしいのかさっぱりわからねえ。

お前の腹は白いけれど、胸のあたりは黒いな。胸黒よ。どこかで何かを見てきたかい。そういえば、この間も掃除のおばさんが言っていたよ。一歩外に出ても、車に轢き殺されている鳩がいると驚いていたよ。まあ俺も、轢き殺された鳩は見たことがあるけれど。お前は見たことがあるかい。俺は何度も見ているよ。

まあいいや、俺がお前に文句みてえなことを言っても始まらねえや。ゆっくり餌でも拾ってろや。いや、ここがどうなっているか、どのように動いているか、どんな人とどんな人とどんな人がいるか、よーく見ておいてくれ。

お前もそんな細い脚で、身体を支えているんだな。まるで番線よりも細い細い針金みてえな脚じゃねえか。針金脚だ。針金脚よ、本当に大丈夫か。現場では「芋継ぎ」といって、折れたボルトにまたボルトを溶接して使えるようにするけれど、お前の脚が折れても繋ぐことはできねえなあ。

何、明日も明後日も来るって？　よせよ、そんな馬鹿な真似はよせ。どこへだって、鉄砲玉みたいに速く遠くへ飛んでいくことだってできるんだろう。

それにしてもお前の姿は美しいよ。さんざ悪態をついたけれど、なぜお前がそんなに美しいのか少しわかってきたよ。俺にはない「自由」がお前にはあるからか。

車は、信号に引っ掛からず、県庁所在地のM市に向かって進んでいった。ヒーターが効きすぎて車内は暑いくらいだったが、不快感を味わうほどでもなかった。十分ほど前、犬丸の左に座っている藤田が「高橋、暑くないか」と、犬丸の右に座っている同僚に声を掛けると、ハンドルを握っている山倉が「しばらく止めますか」と気を利かして、車内が暑苦しくなる前にヒーターを切った。

それでも犬丸の額には、うっすらと汗が滲んでいた。彼は汗を拭きたいのを堪えながら、窓外に眼をやった。ぐっと何かを探るように外を見ていた。

確か田中の家は、道路がカーブになっていて歩道橋を潜ってすぐ右の道を、海岸の方に行ったところだが、と会社の同僚を思い出していた。犬丸は眼を凝らしながら、まるでたった一人で車に乗っているような思いで、過去の思いに浸っていた。

おばさんは何歳だったんだろうか。俺のおふくろよりもずっとずっと若い気がしたが、年齢は聞かなかった。しかし俺よりも二回りくらい年取っているように見えたから、五十は過ぎていただろう。親切なおばさんだった。毎朝、決まった時間にワゴン車に乗せられてきて、同じようにワゴン車で帰っていった。ひょっとすると、俺なんか自分の息子のように思ってたんではないだろうか。

おばさんのこさえてくれたラーメンを、プレハブ小屋の外のワイヤードラムに腰かけてすすっていると、三分の一ほど開けていた戸の間から笑顔を出したおばさんが、教えてくれたのだ。

今朝、可哀そうに、鳩が死んでいたんだわと、おばさんは言いだした。

車、車がその鳥に近づいていったんだわ。あたしらの車ではねえよ。黒い車、乗用車が鳩、鳩に猛スピードで走って行った。鳩は一カ所に固まっていたんではなかった。一羽ずつがばらばらになっていたんでもなかった。何羽かがいくつかのかたまりになっていた。いつものように熱心に道で餌を探していた。何かをついばんでいた。

車の中から何も見えなかったのかなあ。聞こえなかったのかなあ。あの人らの眼も、耳もぶっ壊れてんだか。あの黒い車は、スピードをゆるめねえ。真っ直ぐに、鳩の上を、鳩の飛び上がるより早く、突っ走っていったんだわ。

うん、鳩は飛び上がったわ。何羽も飛び上がったわ。鳩の縮めた小さな紅い脚を見たはずだわ。つぶらな赤い眼も見たはずだわ。あたしならその上に、あの小さいけれど、あの重く鈍い音を聞くし、思わず両眼もつぶったっぺ。鈍いのかな。会社の偉い人たちなのに何にもわかんねえのかな。しょうがねえ、しょうがねえ。

と、おばさんはいうだけ言って、すまなそうにプレハブ小屋の中に顔を引っ込めたのだ。俺はおばさんの話を、必要以上に熱心に聞いていたが、あれは無駄ではなかった。まさしくその午後、こんなことがあった。

その悪環境の中での過酷な労働から、仲間たちが「涙のＨＫ（熱延）」といっている熱延工場でだった。その建屋を支える鉄骨の梁には、真っ黒な煤塵が三寸も四寸も積もっているのだ。こびりついているのは鉄粉かも知れない。そこへ、どこから飛んできたのか、鳩が舞い降りたのだった。それは、ずいぶん小さな鳥に見えた。雀には見えなかったが、せいぜいひよどりかむくどりくらいにしか見えなかった。頭も背も腹も、身体全体が黒い色をしていた。しかし、両羽を収めて、ぐっと胸を張ったところに特徴があり、おやっと思い直して、鳩と気がつくまで少し時間がかかった。

建屋の光を採る窓は、見上げると、高く三角形にせり上がった頂点近くに、ほんのお印のように付いていたが、そのガラスの内側には、梁と同じような真っ黒いものが、膜になってこびり付いていた。それでも、横に一列、帯になった細いガラス窓から、外の光が数条の光線になって入ってきているのが見えるのは、建屋内の空気が汚れ切って、光がすくなくなっているからだった。

鳩だった。やっぱり鳩だった。鳩は黒かった。真っ黒だった。日の光をやっと通す、煤けた窓よりもいくらか色薄く、黒い色をした鳩は、どうかすると飛び上がった。すると鉄骨の上に、やっと見えてきた鳩の薄紅色の細い脚を埋めていたごみが、砂のようにこぼれ落ち、煙のように上がり広がるのだ。

郵便はがき

料金受取人払郵便

新宿局承認

6418

差出有効期間
2020・2・28
まで

（切手不要）

1 6 0 - 8 7 9 1

141

東京都新宿区新宿1－10－1

（株）文芸社

愛読者カード係 行

お名前《ふりがな》		明治 大正 昭和 平成	年生 歳
ご住所《ふりがな》	□□□-□□□□	性別	男・女
お電話番号	（書籍ご注文の際に必要です）	ご職業	
E-mail			

ご購読雑誌（複数可）

ご購読新聞　　新聞

最近読んでおもしろかった本や今後、とりあげてほしいテーマをお教えください。

ご自分の研究成果や経験、お考え等を出版してみたいというお気持ちはありますか。

ある　　ない　　内容・テーマ（　　）

現在完成した作品をお持ちですか。

ある　　ない　　ジャンル・原稿量（　　）

書　名			
お買上 書　店	都道　　　　市区 府県　　　　郡	書店名	書店
		ご購入日	年　　月　　日

本書をどこでお知りになりましたか?

1.書店店頭　2.知人にすすめられて　3.インターネット(サイト名　　　　)

4.DMハガキ　5.広告、記事を見て(新聞、雑誌名　　　　)

上の質問に関連して、ご購入の決め手となったのは?

1.タイトル　2.著者　3.内容　4.カバーデザイン　5.帯

その他ご自由にお書きください。

(　　　　)

本書についてのご意見、ご感想をお聞かせください。

①内容について

②カバー、タイトル、帯について

弊社Webサイトからもご意見、ご感想をお寄せいただけます。

ご協力ありがとうございました。

※お寄せいただいたご意見、ご感想は新聞広告等で匿名にて使わせていただくことがあります。

※お客様の個人情報は、小社からの連絡のみに使用します。社外に提供することは一切ありません。

一瞬、飛び上がった鳩の姿は、ごみの煙の中に消える。やがて、斜め一直線に建屋の中を貫く光線の天辺に、ぱっと、羽ばたく翼の白っぽい羽と黒い姿が現れた。

俺は、5ポンドハンマーを手にしていた。M40のナットが固く、5ポンドでなく10ポンドハンマーが欲しかった。

あの日は、俺もリーダーの谷田川も山田も田中も、作業を始めて一時間ぐらいで、へとへとに疲れてしまっていた。10ポンドハンマーを確かに車に積んできたのに、現場で使おうとしたら、見当たらなかったのだ。開口一番、「車に積んできたよ」と憤慨するように言ったのは山田だった。「車から下ろして、現場に運んだよ」と言ったのはリーダーだった。田中に至っては「俺は10ポンドハンマーを使ってナットを締めたよ」と言うので、「どこに置いた」と聞くと、「あったところに戻した」と言った。「あったところってどこ?」とさらに聞くと、「もとの、道工具置き場のところ」と答えたので、山田と田中と三人で探したけれど、大ハンマーの影も形もなかったのだ。それで、一服の缶コーヒーを買いにいく田中に、工具室に寄って十ポンドハンマーを取ってくるよう頼んだが、田中はなかなか戻ってこなかったのだ。

だから俺は、5ポンドハンマーと67のメガネレンチを手にした。そのいささか不釣り合いな二つの道具を持って鉄骨と鉄管の間をくぐり、圧延ロールの下に潜った。しかし、いくら叩いてもナットはびくともしなかった。それどころか、作業服と革手袋とヘルメットが、ヘドロを踏み締めた安全靴の裏側と同じように、どろどろになってしまった。

俺は仕方なく、そのハンマーとメガネレンチを持って、赤錆びた鉄板と鉄骨と鉄管の谷間から這い上がろうとしてたんだ。

足元には、真っ赤に焼けた千二百度の熱鋼を走らせる鋼鉄のロールの軸受から、存分にあふれたグリースと鉄粉が、黒い山になっていた。俺は、ちょっと足を止めた。その怪物の糞のような黒い山に眼を奪われていたのだ。糞ではない。その山の頂に、鳩のやわらかい胸毛がひとひら、くっついて震えていたのだ。

俺は、手にしていたハンマーとメガネレンチを手放したくなった。いや、排水の流れるピットの中にぶん投げたくなっていた。俺は、粉塵と油にまみれ、野球のグローブのようになった革手袋を取って、指先で鳩の羽毛をつまんでみたい衝動にかられていた。俺はしばらく、一片の羽毛を見つめて、じっとしていた。

しかし俺は、爪先に鉄片の入った、やはり粉塵と油でどろどろになった「安全靴」の足をぐっと踏ん張り、眼を上げていた。

と、さっきまで、薄暗い建屋の中に数条の線を引いていた光は、どこにも見当たらなかった。いや、心の中で何かを期待していた鳩の姿はどこにもなかった。

（十八）

犬丸が眼をつぶると、浮かんできたのはおばさんの声であり、工場内の光景であったが、眼を開けると、その声も景色も消えていった。が、彼は、その思いを無理に追い払おうとはしなかった。車の揺れに身を任せながら、浮かぶ思いを反芻し、一人頷いていた。

すると次に彼の頭の中に浮かんできたのは、今年の春先、現場で目撃した小さな出来事と奇妙な光景であった。

工具室に足を運んでいたその時、犬丸は、どこかでガラスの割れる音を聞いた。耳を澄まして首を回すと、工具室の隣の作業場から二十メートルほど離れたところで、烏が一羽、動いているのを見つけた。

烏のそばに何かぼろぎれのようなものがあって、烏の動きが不自然に思えた彼が近づいていくと、「かあ」と一声鳴いて飛び上がった。

ぼろきれに見えたのは鳩だった。烏は鳩を突っついていたのだ。尻をつつかれていた鳩は、血を流して死んでいた。つつかれたから死んだのか、死んでからつつかれていたのか。赤黒いわずかな血は、アスファルトに滲んでいたが、周りに何種類かの羽根と羽毛が散らかっていた。

彼はその時、なぜか鳩をそのまま置いておこうと思った。死んだ鳩をどうこうしようという気持ちが湧かなかった。人の通る通路の近くだから、仲間が見るだろうと思った。そうかといって、一人こっそり片付けてしまおうとか、死骸を動かそうという考えはなかった。いや、心のどこかで、誰かに見てもらおう、仲間に見せようという気持ちがあったから、すぐ始末しようなどという考えは浮かんでこなかった。

作業場に戻った犬丸は、目撃したことを同僚の山口に話そうかと思っていたが、忙しさに紛れて忘れてしまっていた。それは本当に短い間のことだった、彼は課長の武藤が作業場に来た時、おやっと思ったものの、何の心当たりもなかった。武藤はいきなり言った。

「鳩が一羽死んでいるので、処理してくれないか」

一瞬、犬丸は、五分ほど前に見てそのまま放ってきた鳩のことを全く忘れていたので、何のことをいわれているのか分からなかった。彼は上司の前で黙っていた。すると武藤がまた口をひらいた。

「すまないけど、頼みます」と、建屋の北の方を指差したので、彼の頭に記憶がよみがえってきた。その頭の中で躊躇したものの次の瞬間、彼はぼろぎれを掴んでいた。その布は、血のように赤いぼろだった。

犬丸がその布で鳩を包んでいると、工具室の根本がそばに来た。

「ガラスが割れている」と根本は言った。

犬丸が振り返って作業場のガラス窓を見ると、一点から放射状に、広げた扇を逆さにしたようにガラスが割れてなくなり、ガラスは窓の下に散乱していた。

ガラスの割れた形もさることながら、死んだ鳩の位置から、鳩がガラスにぶっかったことが考えられた。

「鳩は鳥に追われたんだな」と犬丸は言った。

「ガラスが透き通ってるので、飛び抜けられると思ったんだっぺ」と、根本は決めつけるように言った。

「鳩はそんなに頭がねえのかな」

いつの間に来たのか、リーダーの谷田川の声だった。

「鳥に追われたから必死だったんじゃねえか」と根本。

「そういえば」と、犬丸が口をひらいた。

「そういえば、さっきガラス窓の割れる音を聞いたけど、これだったんだ」と、呟くように言った。犬丸には、手にした鳩に対してささやかな憐憫の気持ちが湧いてきた。すると谷田川は、犬丸の掌の上にあるぼろぎれにくるまれた鳩を、じっと見つめたあと言った。

「それにしても、この分厚いガラスをよく割ったなあ」

そう言った後、谷田川は後ろポケットに差していたノギスを取ると、割れたガラス片を拾って厚みを計った。

「五ミリ、五ミリ」と谷田川は言った。が、犬丸は思いめぐらしていた。

「鳩一羽だったのかなあ」と言ったが、一方では、鳥の狙う鳩は一羽に決まっていると思いつつも「谷田川さん」と言った。犬丸は、ぼろきれの鳩を両手で持ち、割れたガラス窓にあてがった。ガラスには鳩の身体にあった白い脂肪の粉のようなものがへばりついていた。

「もう一羽の鳩は、こうしてこの窓を突き抜けて行ったか？」と犬丸は、谷田川の眼をうかがった。

「犬丸さんみたいな鳩がいたらな」と谷田川が意味深長なことを言って静かに笑ったので、犬丸も微笑むしかなかった。

犬丸は、鳩の死骸を前にした根本や谷田川とのやりとりを思い出しながら、一時、微笑むというより苦笑いをしたが、次に、現場で目撃した奇妙な男たちを思い出していた。あの連中はどう見ても普通じゃなかったなあと、思い返していた。大径管工場でシリンダーの整備作業をしていた日の午後だった。

奴らは工場の建屋から、まるで重量十トンか二十トンもある鉄を運ぶ感じだった。というのも、工場で作業する時、仲間なら決してやらないようなやり方だったのだ。つまり、いくらラインの止まっている工場でも、扉の前に作業用の車を乗り付けるようなことはしていなかったからだ。

それは、まるで白昼夢のような光景だった。いつ、熱延コイルを積む五十トン、百トントレーラーが入るかも知れない出入り口の扉のまん真ん中に、すーっと音もなく一台の車が来た。乗り付けた車には三人の男が乗っていた。男たちは車から降りても無言だったが、その顔といえば、今にも笑い出しそうな表情だった。三人は、三人とも中肉中背、ともに顔の色が白っぽく、兄弟か親戚同士のように見えた。いや、同じ人間が三人いると思えるほど、顔も身体つきも服装もそっくりだった。ヘルメットも作業帽も被っていなかったが、頭の大きさ、髪型も似ていた。

車はベージュ色の国産のライトバンだったが、どこもかしこも磨き込まれてぴかぴかに光っていた。新車を手に入れたマルH（高校新卒者）でさえも、あれほど光らせないような輝きだった。

見とれていると、三人のうちの一人が車の前にゆっくり歩き、ボンネットを開けた。その手元を見て眼を見張った。二度びっくりだった。そこは紛れもないエンジンルームであったが、ボンネットの裏側といい、その内部といい、すべてがボディに勝るとも劣らないほど、ぴかぴかに光っていたのだった。やはり、新品の輝きとは異なる磨き上げられた輝きだった。

その間に二人の男たちは車の後ろに回り、着替えを始めた。シートを敷き、その上で上着、靴、ズボンを取ると、使い捨ての灰色のツナギを着て、同じ色の運動靴のようなものを履いた。ツナギは自分たちが汚れ作業で着るものと同じだったが、色は違っていた。次にヘルメットをつけ、軍手をはめたが、どれもこれもくすんだ灰色がかった色だった。その色は、鳩の色に似ているとも言えたし、鼠の色にも似通っていた。

ライトバンは工場の扉の前に二時間も止まっていたのに、その間、一台のトレーラーも近づいてこなかったのは少し変だったが、こちらの方はラインが止まって製品の出庫がないといえば納得できた。彼奴らは、三人とも身軽だった。ミルク缶くらいの灰色の手提げ缶と、細長い障子紙を巻いたような包みをもっていた。天井クレーンに上り下りする鉄の階段をとんとんと上り、建屋の上の方に消えたのだった。

帰ってきた時、手洗いで出くわしたが、やはり無言で手を洗い、水を飲んでいた。彼奴らがライトバンのところに戻り、元の姿に着替えるまで、それとなく眼で追った。しかし、三人はその表情こそ笑顔がこぼれそうなのに、一言も発することなく帰って行ったのは、やっぱり変だと思ったのだった。

事のついでだ。さっき新しい名前をつけてやろうかと言ったけれど、五つ目の名前をあげるよ。鉄砲玉、鉄砲玉でいいだろ。鉄砲玉よ。そういえばこういう話があるんだ。お前の仲間といえば仲間だが、さっき鳩の話をしただろう。その鳩なんだけれど、大変らしいな。夜、寝る時に留まる工場の鉄骨という鉄骨に薬を塗られて酷い状態になっているらしいな。鉄骨を脚で掴んだら毒が身体に回り、翌朝、眼を覚ましてここを飛び立ったら最後、二度と塒に飛び帰ってくることができねえというじゃねえか。お前にさっきから、なんでこんなところにいるんだと言ってきたけれど、お前だってどうなってしまうかわかんねえんだよ。

いつ、いや、明日にだって同じ目にあうかも知れねえんだよ。背黒、しっぽ振り、針金脚、鉄砲玉と、お前の外見だけでお前を判断しているけれど、悪く思うなよ。またお前は、よくちゅんちゅん鳴くだろう。ちゅんちゅん鳴き、これが一番お前に合った名前かも知んねえな。

ちゅんちゅん鳴きよ。しかしお前は、夜、どこで寝るのか。子どもを育てていた時だって、巣から離れたところで寝ていたじゃないか。作業場のプレハブの鉄骨に留まって寝ていたじゃないか。図星だろう。なぜ俺が知っているか教えてやろうか。糞だよ、糞はその生を忠実に再現するというだろう。お前の糞だよ。お前の白い排泄物を見つけて判ったよ。お前は子育ての間中、どんな理由なのか知らねえが、夜は子どもから離れて寝ていたんだね。

なんでああいうことをするんだ。お前たちの間では、あんなに子どもが幼くても一緒に寝たりしないのか。お前が一人、プレハブの鉄骨の上で寝ていたことを、俺は出勤してから見るお前の糞で知ったけれど、不思議に思ったよ。日に日に新たなりというけれど、お前の糞だってそうだったんだ。子どもが毎朝鳴いていたので、安心はしていたよ。反対に、ある日から新たにならず、日が経てば経つほど糞が古くなっていくとしたら、お前の生はもちろん、子どもの死を考えるようになったかも知れない。

去年、油倉庫の庇に作った巣だって、さんざんな目にあったんではないか。四つの卵は孵るには孵ったけれど、お前の連れ合いなんかすぐいなくなってしまったじゃないか。というと、子どもの命を救う前に、親が逃げ出しちゃったというふうに聞こえるだろうが、気を悪くしないでくれ。ここは事故と事件の銀座だからな。

俺は覗いてみたんだよ。眼にしたのは、凧揚げに使うより太くて丈夫そうな化学繊維の糸がからまっていた一匹の雛鳥だけだったんだよ。あとの三匹はどうしたなんて野暮なことは聞かねえよ。俺が考えるには、お前も命が危なかったんじゃねえか。命拾いしたんではねえのか。お前の連れ合いも、三匹の子どももいなくなってしまったが、もうどこにもいないと考えていいのかな。それとも、その四つの命を託することのできる仲間でもいたのかい。

そうだ、昨日の午後、お前はもう一匹と連れ立って、俺たちの寄場の入り口、手洗いの前の濡れたコンクリートの上を歩いていたじゃないか。忘れていたが、今思い出したんだ。何してたんだ。まさかあんなところで、餌なんか探してたんじゃねえだろうな。あれは誰だ。連れ合いか恋人か、それとも子どもか。いや、子どもというよりも連れ合いだろうな。喜屋武に教えてもらった南の島の歌の続きを教えてやるよ。

「たとえ大海を隔てて別れていても、白雲に乗せて思い知らそう。一人寂び寂びと眺め見る雲も、彼女の姿になって忘れきれない」

どうだい、少し唐突だけれど、俺の気持ちが判るかい。俺の身になって考えてくれるかい。お前も勘がいいから、すぐ理解するだろうけれど、俺の連れ合いはいなくなったよ。「私事都合」で家を出て行ってしまったんだよ。

怒ったら怖いのは、何と言っても山の神だよ。俺は男、しがねえ田の神さ。田の神なんて、昔から泥土の上を這いずり回っているだけだ。山の神は高いところにいるから、どこまでいってもかなわねえ。秋になっても春が来ても交代することができねえ田の神よ。そうだ、ここでうごめいている男の連中は、なったとしても田の神だから、たかが知れてる。

まあ、そんなことはどうでもいいや。俺の聞きたいことを一つ聞かしておくれ。俺はお前のことを「背黒」とか「しっぽ振り」とか「ちょろちょろ歩き」とか「針金脚」とか「鉄砲玉」とか「ちゅんちゅん鳴き」とか呼んだけど、そう言ったのは俺だけかい。実はお前は、もうだいぶ前からだが「葬式鳥」とか「最後の鳥」とか「神様の鳥」とかいわれているんだよ。そういわれていることを知っているかい。それとも、そういわれていることなんか何とも思わねえかい。

犬丸よ、鳥の鳴き声は声ではなく言葉だよと言ったのは、五つになる「天才」か、七十歳の「老人」か、お前は知っているのか、忘れたのか。それとも全く知らないのか犬丸義人。

あっ、飛んだな。飛び上がったな。なんだ、また油倉庫の屋根の上かい。お前が聞いていてくれると思っていろいろしゃべったんだけど、お前は聞いていなかったんだな。その飛び方を見て分かるよ。いや、それとも、俺の話を聞いて考えていたのか。それとも逆に、話なんかに耳を貸さないで考えていたのか。そうならそうでもいいよ。俺の独り言と思って差し支えないよ。俺はお前が大好きだから、黙ってられなくて、口に出してみたくて仕方なかったんだよ。

こうして、少し離れたところからお前を見ると、雲一つない今日の青空にぴったりだよ。お前の飛ぶ姿には惚れ惚れするよ。空に描いた一本の線、一文字だよ。なかなかきれいに見えるよ。俺は、虹のように美しい鳥、という言葉を聞いたことがあるよ。今日はその言葉をお前に贈ることにするよ。はかなく消える朝の虹でなく、また俺が望む時、現れる希望の鳥であることを願って。

今度会った時もまた、喜屋武に教えてもらった南の島の歌を教えるよ。いい歌がたくさんあるから。それから最後に、もう一つ俺の話を聞いてくれないかな。頼むよ。これも受け売りなんだけど「夢」の話なんだ。

ある山に鳶と鳩が棲んでいた。その鳶と鳩が、海と川の見える枯れ木に留まって昼寝をしていた。そうして、しばらくしてから目が覚めた。そうしたら鳩が「とんびさん、とんびさん、わたしは不思議な夢を見た」と言った。すると鳶が「どんな夢を見た。一つ話してみろ。俺が一つ夢を判じてやる」と言った。

鳩は鳶に見た夢を話した。

「初め、しちくやはちくで釣られるのを見た。そしてくろがねを飲んだのを見た。その次に革と牙を見た。それから六畳一間に寝たのを見た。それから上から刃で突かれたのを見た。次に金銀小皿に入れられるのを見た。それから二本の小槍で挟まれるのを見た。それから火事を見た。それから赤い雨を見た。それから細かい障子を越すのを見た。それから広いところにでた」

そうしたら鳶が「夢合わせ」をした。

「その『しちくやはちく』というのは、竹でできているもの、弓矢のことだ。それから『くろがね』というのは鉄のこと、鉄砲の弾のことだ。『革と牙を見た』というのは、犬だ、犬に咥えられたということだ。それから『六畳一間に寝た』というのは、俎板の上にのせられたということだ。そうして『上から刃で突かれた』というのは包丁のことだ。それから『金銀小皿に入れられた』というのは皿に盛られたということだ。それから『二本の小槍で挟まれる』というのは、金串のことだ。それから『火事を見た』というのは焼かれたということだ。それから『赤い雨を見た』というのは味をつけた汁、垂れのことだ。それから『細かい障子を越すのを見た』というのは喉から食道を通ったということである。それから『広いところにでた』というのは、胃袋の中に出たということである」

と夢占いをした。そして鳶は鳩に、

「お前はいやしくていかん。どんなに美味しい餌がついていても、糸のついた針を食べたらいけないよ」

と言った。それから鳩は言った。

「いいことを教えてくれてありがとう。わたしの翼は小さい。とんびさんにはすばらしい翼の風切りが二十枚もある。さすがは風切りが多いほどあって、いいことを教えてくれた。これからはそういう下品な食べ物には食いつかないよ。ありがとう」

と、鳶にお礼を言ったところで俺は目が覚めたんだ。

この話をお前の仲間に伝えてくれないか。鳶と鳩だよ。お前の友だちだろう。鳶と鳩に今日のことを全部伝えてほしいんだ。頼むよ。恩に着るよ。なぜかって、俺はお前を見るだけでうれしくなるし、お前とお前の友だちは大事に思っているし、思うだけで勇気も湧いてくるからな。なあ、頼むよ。ぜひ鳩と鳶に伝えてくれよ。お前には悪いが、鳩と鳶が大好きなんだよ。だから頼むよ。熱延工場の鳩に、岸壁の鳶にも伝えてくれよ。

犬丸は、先のおばさんの話も、鳩のことも、この鳥のことも、殺されるまで忘れることはなかった。

ついでだから、お前が耳を貸すか貸さないか知らないが、俺の話を聞いてくれよ。お前がおならするかしないか知らないけれど、俺の話なんて屁の突っ張りにもなんねえと思うけれど聞いてくれよ。

数日前もこういうことがあったんだ。あれは昼前だった。便所に行ってきた谷田川が寄場に戻ってくるなり、伊藤が怪我をしたと厳しい顔をして言った。どこを怪我したと聞き返すと谷田川は、どこかな、普通に歩いていたし手を洗っていた、と逆に首をかしげていた。

「本当に怪我か」と聞くと、「間違いない。主任が車に乗せていた」と、今度はきっぱり言った。

話をしている眼の前を、安全作業長の小谷が下を向いて、寄場から事務所の方へ歩いて行くところだった。車に乗った伊藤や同乗する主任と言葉を交わし、その指示を出すのだろう。

この日の午後三時過ぎ、頭から離れることのなかった伊藤のことが心配だったので寄場に行ってみると、伊藤がいた。

「どうした、大丈夫か」と言うと、少し恥ずかしそうな顔をしてそばにきた。伊藤は汚れた作業服を着け、ヘルメットをかぶっていたが、額の横、左の眼の上あたりに白いものが見え、テープを貼っていた。

「大したことねえんだ。本当は医者なんかに見せなくてもいいんだが、主任も安全作業長も行け行けというので行ってきた。ハンマーのマクレが飛んできて」と手真似をして、さらに腰を落として中腰になって身振りをして言った。

「クレーンの上で、こうして当て物のパイプを持っていたら、叩いていたハンマーのマクレが飛んできて当たったんだ」

伊藤の顔をよく見ると、テープの貼ってある眼の上から額にかけて、赤くなっている。

「怪我しねえのが不思議だよ。こんな仕事をしてたら、これぐれえの怪我はつきものだもの。避けようと思っても避けられるもんじゃねえ。あとは運、運だよ」と運を強調するので俺は言ってやった。

「働きにきているのに、運、不運で怪我したり、眼をつぶされたり、足を折られたり、腕を切断されたり、命まで取られたんじゃたまんねえな。あとあとのこともあるから、一回だけでなく何回も病院に行ってよく見てもらった方がいいよ」

次の日、現場から上がって昼飯前に行くと、伊藤がいた。「休まなかったのか」と聞くと「休んでもいられねえ」と言った。

伊藤の顔をちらと見ると、左眼の上のテープはついていなかった。しかし、その眼の周りには大きな痣ができて、顔の左半分の上側が腫れていた。この間、この春高校新卒で入った岩手出身の佐々木が、様子伺いに来た母親に、珍しいだろうと思って職場見学に誘った。その母親が熱延工場の騒音と粉塵にびっくりして、お前いつ田舎に帰ってきてもいいよと言ったという中村の話を思い出しながら伊藤に聞いた。

「病院で縫ったのか」

「一針か二針、すぐすんだ。五分ぐらいで終わった」と伊藤は、なんでもないことのように言った。

俺は、縫うほどの怪我が日常茶飯事に出ていることに驚きではなく怒りが込み上げてくるのに、伊藤はそんな思いをこれっぽっちも表さなかったんだ。なんでもなかったよという表情の彼に寂しい思いを抱きながら、俺が何と言おうかなと思案していると、伊藤が口をひらいた。

「病院へ行くこともなかったんだが、作業長が事務所に行ってきたと言うし」と、俺の方を見ないで下を向きながら言った。事務所というのは、現場で動く人間のすべてを握っている勤労課のことである。怪我をしても軽微なら作業長止まりで勤労課までは行かないし、もし作業長から勤労課に報告されても、軽い怪我は課長の判断一つで処理されていた。

顔を縫うほどの怪我をしたのに「病院へ行くこともなかった……」というなら、軽く手洗い場で顔を洗って済むことだろうか。それとも絆創膏でも二、三枚貼って治そうと思ったのだろうか。まさか自宅に帰って、ミシンの上手な「おっかあ」に縫ってもらおうと思ってたんじゃないだろうな。

「これぐらいの怪我をしないのが不思議だよ。たまたま顔に当たったけど、この辺に当たれば」と、眼を上げても俺の方を見ないで、自分の作業服を指差して言った。「何ということもねえんだ」と、昨日と同じようなことを言った。

たまたま顔に当たったけどというけれど、たまたま眼に当たったになったらどうすんだ。眼はつぶれるだろう。たまたま玉に当たったらどうすんだ。使えなくなるぞ。

「いや、病院には何回も行ってよく見てもらった方がいいよ。後遺症なんか出たら運じゃ済まされねえよ」と、俺も昨日と同じことを言った。言ってしまったあと俺は、昨日と同じことを言うつもりはなかったのに、同じことを言ってしまったなと思った。

伊藤は俺と言葉を交わすと、忙しく動きだした。安全帯やヘルメットや合羽を洗ったかと思うと、台車を押していって、道具を運んだりしていた。

正午五分前になった。俺が手を洗って更衣室に戻ってくると、ストーブに伊藤が当たっていた。手を振って水を切りながら近づいていくと「おう」と挨拶を送ってきた。俺がタオルで手を拭こうとロッカーの方に歩いていくと、伊藤はストーブを離れ、ロッカー室に入ってきた。手を拭いている俺の前で伊藤はロッカーの扉を開け、何かを取り出し、素早く口の中に入れた。後ろに人の気配を感じながら俺は伊藤に聞いた。

「薬か、昨夜、痛くなかった？」

「大丈夫だった」と伊藤は答えたあと小声で言った。

「犬丸さん、山口と中村さんは親戚なの？」

「どこの山口、他人治か？」と俺。

「そこの」と伊藤は下請会社の方に首をひねった。それで俺が頷きながら伊藤の顔を見ると、昨日の腫れはひいていたが、赤かった眼の周りが変色していた。

その時、隣の二係の水田がきた。俺と伊藤のやりとりを聞いていたらしい水田は、俺のすぐそばまできて、並んで伊藤を見る恰好になった。

「薬は食前に飲むの？」と、水田が横から口を出した。

「食後じゃねえのか」と俺が言うと、水田は言いなおした。

「薬は食後」と、きっぱり言った。すると伊藤はあっさり白状した。

「いや、さっき、ちょっと行って飯は食ってきたんだ」

それを聞いて水田が一瞬、おやっという顔をすると、その顔を見つめて伊藤が言った。

「みんなが来たら、かっこ悪いからよ」

正午前の喫食は普段禁止されていたし、そのことにも口うるさい管理職が食堂の二階に陣取って、昼前から寄場や作業場の人の動きを監視してさえいたのだった。が、刻、一刻と正午が近づいてくると、誰もが食堂に向かう足の動きを辛うじて堪えていたが、伊藤が一人食事を済ましたことは、なかなかのことだった。水田が怪訝な顔をするのももっともなことだった。食堂のおばさんたちを言いくるめたのか、勤労の「御墨付」を得たかだが、前者とすれば、怪我を武器にした伊藤の情けにおばさんがほだされたのだろう。伊藤は昨日から「大したことないんだ」「運だ」と言ったりしていたが、薄い化けの皮が剥がれたのか。

しかし、俺は山口や中村との関係を誰にも言ったことがないのに、伊藤はなんで知ったのだろう。俺の頭の中には、彼の化けの皮より少し厚い警戒心が湧いてきていた。

「伊藤さんもいろいろ気を使って大変だなあ」と、水田が親しみのこもった言葉を投げたのを潮に、俺は食事に向かっていったのだった。

（十九）

車から右に、海が見えそうだったが見えなかった。いや、きれいな海が見えたさっきの明るい視野を残しながら、なだらかな田園風景がひらけてきた。犬丸はその風景の彼方に、つい三十分足らず前に見た鳥を探そうと、ゆっくり頭を上げて外を見ようとしたが、横に座っている高橋が身を乗り出すようにしているので、そのままの状態では、車外の風景は見えなかった。

犬丸は眼を閉じた。そして静かに眼をひらこうとした時、眼の隅を何かがよぎったような気がして、ぱっと見ひらき窓外に眼をやったが、何事もなかった。ちょうどその時、藤田が座り直したので、横の風景も見えたが、錯覚にすぎなかった。

対向車も途切れていた。犬丸らの乗った車は、前を行く赤い乗用車と間隔を取って、ゆっくり進んで行った。

あと一ヶ月足らずで正月だ、彼の頭に幼い頃の記憶がよみがえってきた。

暮から正月にかけて、どこの家でも「はるさん」が来るのを待っていた。親たちは、今年も来るかなあ、来ないのかなあ、来なかったらどうしようと、けわしい顔をして待っていた。子どもらは子どもらで、親の様子をうかがい、小さくなって耳を澄ましていた。

はるさんは独り者で、川の向こうに眼の見えない母親と二人で住んでいるということだったが、それ以上のことは誰にもわからなかった。「はるさん」という名も、愛称なのか仇名なのかわからなかった。

すると、どこからともなくはるさんがやってきた。坊主頭に手拭いで鉢巻きをして、あまり高くない背中に大きな籠を背負い、左手には木で作ったおもちゃのような鍬を持っていた。

はるさんは、真冬なのに一重の肌着のような半袖を着て、下は股引で、膝までまくっていた。そして裸足の足には藁の草履をひっかけた、「ふっさらった」恰好をしていた。顔はと見れば、寒いのか寒くないのか、今にも泣きだしそうな、何かを我慢しているような顔をしていた。二十歳といっても、三十といっても、四十といってもいい年恰好だった。

はるさんは玄関先で直立不動の姿勢になり、「はるさんです」と、にこっとした。それから、手にした手作りの木製のちっちゃな鍬を、改めて見た。

「やー、おめれとう。おめれとうございます。秋の方から田うない奴がやってまいりました。さあ、どっちのすみからうないましょ。あっちのすみからうないましょ。北のすみからうないましょ。ひとくわさっくりこ。二くわさっくりこ。三くわ目の鍬先で、金銀茶釜ほりだして、おとうさんはそろばんで、読んだり書いたりはじいたり、おかあさんは金かんじょう、子ども衆には福の神。お家ますますご繁盛とおほめもーす」

と言って、はるさんはにっこり笑った。この声を聞いて、親らははるさんの大籠に、心ばかりの餅や米を入れたのだった。

やがてはるさんは、ちょっぴり重くなった籠を背負ってどこかに歩いていったが、来年も来るよというはるさんの声が、その後ろ姿から聞こえてくるような気がした。

どこの家の親父も、はるさんと並んだら、どっちがはるさんかわからないような姿をしていたが、はるさんが来て、どこの家もおだやかな正月を迎えることができたのだった。

正月かあ、と犬丸は独りごちたが、さらに子どもの頃の凧を揚げた記憶がよみがえり、凧の好きな中村は、また去年のように凧を作り出すだろうかと思った。凧も揚げてみてえなあ、もうすぐ正月が来るというのに、この様だ。犬丸は半ば自嘲気味になって、眼をつぶったまま頭を振った。が、その仕草を高橋も藤田も黙認していた。

犬丸は、瞼を閉じたままでいようと思いながらも、ちょっと眼をひらいた。犬丸は前方を注視して、もうすぐ車は国道六号線の下を通るなあと確かめながら、ここまでくればあと十五分ほどで「目的地」に着くだろうと考えた。俎板の上の鯉みてえだと卑下しながらも、逆に居直ったように犬丸は凧のことを考え始めた。

犬丸義人が中村のアパートを訪ねたのは、ちょうど今頃の時期だった。彼が住んでいたのは公営団地の三階で、部屋は三つあった。

彼は居間にしている玄関を入ったところにある六畳間に犬丸を招き入れると、部屋続きの台所に立ち、片手に濡れた雑巾、片手に彼の連れ合いが作ったという饅頭を器に入れて持ってきた。

中村はマッチで蝋燭に火をつけた。それから削った竹を両手に持って反りを付けて火にかざし、曲げた。彼は曲げるとすぐ濡れ雑巾で、ひごの火で炙ったところを拭った。

「蝋燭の火で炙ったあと、こうして素早く冷やすと、曲りは元に戻らないんだ」と言いながら中村は、三本のひごを曲げると、また台所に行ってお茶を入れてきた。

中村は湯飲みを犬丸に差し出すと、本棚の前に束になっているひごに眼をやりながら口をひらいた。

今作っているのはするめ凧、鹿島するめ凧というんだ。凧は好きで、子どもの頃のことが忘れられない。昔はどの村や町にも一人ぐらい凧揚げの好きな人がいて、正月近くになると、大きな角凧を揚げて日がな一日ぶんぶん鳴らし「のんき凧」と呼ばれていたという話だ。

自分の凧の記憶の始まりは、母が一番下の九歳違いの弟を生んだ頃だから、三十年くらい前の八歳か九歳の頃のことである。村里に一軒しかなかった駄菓子屋で、正月、父に二十五円の凧をねだって買ってもらった。その奴凧の骨は細く薄くぐにゃぐにゃで、印刷された絵が今にもはがれそうに貼ってあったが、どんな弱い風でも強い風でも揚がった不思議な凧だった。そして、立派なひげをつけた奴さんは、空の上で怒っているのだった。

奴凧と横の大きさは変わらないが、下広がりの鳶の尾羽の特徴を映した「とんび」は、子どもながらに喉から手が出るほど欲しかったが、百円くらいし、父も手が出せなかった。が、触りもしなかった「とんび」の、和紙に描かれた金太郎の絵の、赤、黄色、緑の染料の色は、今も鮮やかに眼に浮かぶのである。

奴さんには、新聞紙を切り、ご飯粒の糊で尻尾をつけた。母の針箱の糸をもらって、揚げ糸にして揚げた。奴さんが風にのると、槇の垣根の前で北風を避け、日向ぼっこをしてるみたいに揚げ糸を握っていたのであるが、凧だけは空の上でたえず動いていた。しかし、しばらくすると左の尻尾がちぎれ、細い紙が飛んでいくのを見届ける間もなく、凧は右に傾き出す。奴さんの「水汲みが始まった」のである。糸をくれと言っているが、糸を伸ばしても引いてもだめなのだ。あの、両手を広げ、ぐっと睨みを利かして空に突っ立っていた奴さんは、ぐるぐる回り出してしまうのである。

これを正月の間、何回か繰り返し、どうしたらいいのか分からないうち、正月も冬休みも過ぎてしまうのだった。

その記憶の最後は、霜柱のとけた泥んこ道と、薄氷の張った田んぼの隅の枯れた稲の切り株であるが、それとともに指が覚えている垣根の下に生えていた龍の髭の感触と、凧糸を引いた指の痛さが、冬田や凧の色とともによみがえってくるのである。

海があり、川があり、竹が生え、良質の紙と糸が手に入り、季節ごとによい風が吹くこの地方でも凧がなかっただろうかと思った。あっても不思議ではない、あるはずだと思いながら、ある時、親しく付き合っていたあの鯰を飼っていた老人に聞いてみた。すると老人はすかさず言ったのである。少年の頃揚げた四角い凧で、骨が二本、糸目も二本の凧があった。するめ凧、「鹿島するめ凧」と言った。よく揚がったぞう、と言ったのである。

中村にとっていわば〝幻の凧〟であったが、彼は復元を試みたのであった。中村は犬丸に話を続けた。

話せば長くなるが、と中村は「鹿島するめ凧」に描く絵の話を始めた。

凧には「鯰の絵」を描こうと思っている。その前に、七不思議の話をしたい。「末無川、御手洗、要石、根上がり松、松の箸、藤の花、海の音」を、この地方の古人は「鹿島七不思議」といっていた。

末無川というのは湧水で、鹿島の松山の地中から生じて流れ、たまり、海に向かって流れていたが、途中で地面の下に消え「行く末がわからない川」といわれていた。

御手洗というのは、神宮の境内にある湧水である。池の中にこんこんと流れ込む清水は、旱天でも水量に変わりはなく、その湧出量は、一昼夜に二千四百石といわれてきた。澄んだ池の水は「大人でも子どもでも深さは乳のところまで」といわれてきた。

要石というのは、神宮の境内の杜の中にある、見たところ一抱えに満たないほどの丸い石で、半分見え、あとは地中に埋まっているように見える。その石の中心には人が穿ったような、大人の拳大の凹みがある。石の根は深く土中に伸び、「掘っても掘りきれない石」とか「鹿島の地中深くに棲む大鯰の頭を押さえている鯰石」といわれ、そのためにこの地方には大地震がないといわれてきた石である。扇の要。肝心要の要石。辞典を引くと「要石」について「物事の支えになる大切な事柄や人物」と出ている。

要石には、「いつ頃、何のために設えられたのか」「その大きさと根の深さはどのくらいなのか」「なぜ現代まで連綿と、鹿島の山にあり続けてきたのか」という三つの謎が考えられる。

また、地図の上でこの石にぶん回しの片足をのせて円を描くと、この町全体がその円の中に収まり、要石は神宮境内に置かれたというより、町のまん真ん中、扇の要に設えられたということが解る。測量技術の乏しかった大昔、どうして測ったかという謎も残る。

根上がり松というのは、どの切り株からも芽が出て「幾度伐っても枯れない」といわれてきた。しかし松は実際、その切り株からは芽が出ない。それなのに幾度伐っても枯れないといわれてきたのは、裏があるのだろう。この地方の古人は松を大切にしてきたと老人に聞いたことがある。

松の箸は、その松の枝から作った箸で、脂がでないといわれ、その昔正月七日の間の朝夕用いたといわれている。

藤の花は、神宮の境内にあった藤の木のことである。

海の音は、鹿島灘の波の響く音である。この海の音が上（北）の方に聞こえると明日は快晴で、下（南）方に聞こえると明日は雨になるといわれてきた。かつてこの地方の人々は、朝な夕な海の音に耳をかたむけていた。また、風の音を聞いていた。鳥や虫の声や、山の木々のざわめき、草のささやきにも耳をすましていたのだ。

肝心の鹿島するめ凧の絵だけど、と中村は冷えたお茶を一口飲むと話してくれた。その絵は中村しか描かない、鯰の絵だった。凧絵には有名な「ひょうたん鯰」という絵がある。その出自は京都の退蔵院の如拙筆の「瓢鮎図」と思われる。鯰の頭を瓢箪で押さえようとしている絵だが、鯰も瓢箪も明るい黄金色で、太い髭も黄色く、ひらいている大きな口は真っ赤に描かれている。

瓢箪で鯰を押えることはできないから、この絵はままならない喩えとして知られている。否、鯰は地震であり、地震は鯰であるから、瓢箪を人知に準え、地震は人知の及ばないところにあるよ、人間の知恵で地震を押えることはできないと示唆している絵なのかも知れない。

しかし、中村の描いた絵は、それとは全く違っていたのである。まず、凧絵の中心、まん真ん中に赤い丸がある。見ようによっては日の丸にも太陽にも見えるが、赤い円の中心は色がついていない。遠回しに「風穴があいているのか」と聞くと、「何に」と逆に聞いてきたので、「日の丸に」と言うと、「そう思ってくれてもいいんだが、なかなかそういうふうにはならねえが」と言ってから「石だよ、要石の凹みだよ」と言った。

そのあと、こんなことも言った。

「ある人はこの要石を、太古の女性器に起源をもち、豊穣と生産を象徴する意図によって穿たれた盃状穴の一つと見る。要石の中央に穿たれた凹みは、邪気を封ずる呪術的狙いと再生の願望を一つにして穿ったものではないかという」

中村にそういわれてよく見ると、その赤い丸の外側に巻きつくように、一匹の鯰が描かれている。色は、体が緑色、胸びれと尾びれが黄色く、髭は黒く、右側の髭はくるっと一回巻いている。鯰の外側は土色で、一つの円をつくり、その外側の鳯の一番端は紫色になっている。

彼の説明によると、神宮の境内の杜の中にある要石と鯰を描いたという。掘っても掘りきれない石、地面の下の深いところに棲んでいる大鯰の頭を押さえている石、そのためにこの地方には大地震がないといわれてきた肝心要の石「鯰の石」である。

神宮の杜にあるこの石を見た人は、でっかい石でなく、小ぶりの石なのがいいねえという感想を漏らす。これが見上げるような大石だったら、あんまり有難味を感じねえなあという。中村は神社へ行っても、決して頭を下げたり、柏手を打つような真似はしなかったが、物の出自と謂れに関しては調べる男である。

その彼にいわせると、いにしえ「要石」とされたものは、むしろ今あるものよりも大きな石ではなかったかという。「どうして?」と聞くと「昔の絵に描かれている要石は、みんな大きい岩のようだ」と言うので、「それだけの証拠だろう」と言うと「それだけだが……」と黙ったので、犬丸は少し意地悪く言った。

「じゃあ、もし要石が大きかったとしても、今の要石はその昔の石とは似ていない人工物だから、おかしいではないか、話が繋がらねえ」

「繋がらねえ、矛盾してるんだ」と言う。さらに「今ある要石といにしえの要石は違うと思う」とも言った。

「昔は、掘っても掘りきれない石なら掘ってみようという人が何人もいて、何回も掘ったという話がある。掘った人の言では、埋まっている部分は三尺くらい」

中村は話を続けた。神宮の境内の要石は黒雲母花崗岩の人工物であると断定した後、この石は笠間稲田産の花崗岩であるから、その設えた時期は、そんなに大昔ではないとも言った。

現在の要石が設えられたのは江戸時代の初め頃としても、その時代の陸上の物の運搬方法は、せいぜい牛車か馬車しかなかった、とも言った。要石は四百年ほど前、笠間から牛車のようなもので運んできて設えたのではないかと言った。その大きさは直径一尺ほどで長さは三尺、長くても十尺程度と言ったので、犬丸は反論した。

「中さんは、昔の要石は今より大きかった岩のように大きかったと言ったが、今ある小さい要石さえ運ぶのが大変だったというなら、運ぶのも設えるのも、もっと難儀したではないか」

と矛盾をつくと「いや、岩、岩のような石だから笠間でなく銚子が考えられる。舟で運び、滑車と梃子をつかって揚げて設えたのではないか」と言った。

「笠間の石と銚子の石か」と言って犬丸は黙った。

中村は、話がだいぶ脱線したが、と言って再び凧絵の説明を続けた。

中央の赤い円は真っ赤に全体を染めるのではなく、さっき言ったように、その真ん中を染め残す。風穴といってもいいが、穴はあいてないので、要石の凹みを模していると思ってもらった方がいい。その赤色の要石が鯰の頭をがっちり押さえている。緑の鯰は、口、髭、眼、ひれと、単純な線だけれど、鯰の重要な印、要点になるので描くのに苦労した。

鯰の周りの土色の円は、穴といっても土の中といってもよく、鯰が棲んでいるという地中を表現している。一番外側の紫色の部分は、神宮の杜の樹叢を表している。

中村はその絵をまず、墨で輪郭を描き、乾かすと、薄い染料から一色、一色、筆で描いていった。色を染めるというより、色を入れていくといった具合にだった。

犬丸は、中村に教わった凧作りを、死ぬまで記憶していた。そうだよな犬丸。

犬丸は、死ぬ十日ほど前に二度目の奇妙な夢を見た。

雲がないきれいな空を、いや、霞がかかったような空を、一羽の鳥が飛んでいた。それは点ほどの鳥と違って、距離は遠かったが、むくどりやひよどりよりも大きかった。黒い色をしていたが、鳩なのか烏なのか鳶なのかはわからなかった。が彼は、さっき見た鳥を思い出していた。鳶、そうだ、あの胡麻粒のような黒い点に見えたのは、鳶ではないのか。中空に止まったまま、どの方向にも進まず、羽を広げたままでいられるのは鳶だけだろう。が犬丸は、そう軽く考えただけで、夢の記憶を追っていた。

黒い色をした鳥の名前が分からないというより、頭に浮かんでこなかったのだ。おかしいなあ、おかしいなあと自問自答しながら、その黒い鳥のあとを追いかけていくと、何か映画館のようなところに出たが、よく見ると、箱型をした公民館だった。人が多数集まって、行列を作って前に進んで建物の中に入っていく。扉を入り、階段をぐるぐる上がると、扉がいくつもある廊下のようなところに出たが、扉を押して中に入っていくと、真っ暗だった。しかし、暗闇に眼が慣れてくると、全くどこにも明かりがないわけではなかった。どこかから、かすかな光が漏れていて、それは確かめられないが、雰囲気で人のいるのが分かった。一人や二人ではなく、最初、階下の入り口で行列を作っていた倍くらいの人でいっぱいだった。

しかし、俺は扉から入ってきたはずだがと周りを見ると、そこはどう見ても丘の麓か、低い山の裾のように見える。と、不思議な思いで、さらに確かめるつもりでよく見ると、舞台があるのではと思っていたところは、ずうーっと奥にあった。薄暗いけれど、先の方までひらけているように見える。

人が大勢いるのは、その左右のなだらかな坂になっているところで、重なるように立って集まっていた。知っている人はいないのかと探すと、意外にすぐ見つかり、泉川と中村がいた。二人は作業服姿だった。二人はこちらを向いて、半ば笑いかけた顔で何か言おうとしているように見えるが、何の声も発しない。そうかといって、それ以上、顔を崩すわけでもない。が、それを確かめようとしても、二人に近づくことができない。

なんだか離れたところにいて水臭いなあと思いつつ、また周りを見ると、規子がいた。彼女も微笑んでいて、今にも何か言いそうに見える。が、もう一度よく見ると、二人はこちらを見ているのではなく、前の方、山の裾の間を見ていた。

すると、龍のような馬のような生き物がいて、じっとしている。が、その生き物は首から上がない。この生き物は龍でも馬でもない、やっぱり足と胴体と首だけの怪物か、と思っていると、それは一本の太いくねった木。松の大木だった。

と、また驚いていると、その大木は、まるでぬいぐるみ人形のように踊り出す。彼らに近づくでも離れるでもなしに、動いている。規子を見ると、彼女は一心に注目してから、犬丸に話し掛けてくる。来年の祭りに使えないかという。

犬丸が何の返事もできないでいると、人形のように踊っていた大木は、突然、人間の男になって、どこかへ飛んで消える。すると規子は、それを待っていたように犬丸に言う。

「背の高い人だったね。七メートルか八メートルくらいあったね」と、たどたどしく言う。

「そうかなあ」と犬丸が気のない返事をすると、規子の眼が輝く。

「わたしが確かめてくる」と言う。

規子は、消えた男の行方を追うように、薄暗闇のなだらかな丘を走り出す。と、足と胴だけで首から上がない男たちが、遠くに小さく見える。規子は犬丸から離れて、遠くの男たちに近づいていくのに、彼女が近づけば近づくほど、男たちが、だんだん大きく見えるようになる。

規子は、まるで恋人にでも会うように笑顔で男たちに近づくが、相手の反応はない。規子はさらに近づいて、何かを話しかける。しかし、規子の声も男たちの声も聞こえない。すると男たちは、こちらに背中を見せた恰好の彼女に対して、ぱっぱっぱっと小石を投げ付け出す。三回、四回、五回と投げる。

男たちの投げる石は、規子に投げ付けられる。犬丸は大きな声を出して、「早く逃げろ、早く逃げろ、逃げるんだ」と言おうと思っても声が出てこない。

その時、拳大の石が一つ、規子の胸に命中する。が、彼女は何の反応も示さない。ああ、酷いことをする、ちきしょうと地団太を踏む間もなく、男たちの投げ付ける石は大きくなって、大人の頭ほどもある大きさになり、また規子の胸、心臓のあたりに当たる。彼女は声も出さず、前のめりに崩れる。

犬丸は拳大の石が投げつけられてから、石がこっちに当たっても構わない、飛び出そうと機会をうかがっていたが、なかなか飛び出せない。身体が金縛りになっている。それでも力を振り絞り、どうにか飛び出してみると、男たちが規子を半円形に取り囲んで、何かぶつぶつ言っている。何を言っているのかわからないが、お経のようにも聞こえるし、お囃子のようにも聞こえる。が、はっと思って素早く規子の背後に駆け寄って、抱きかかえて起こすと、身体は冷たくなっている。石のように冷たく重くなっている。途方に暮れる思いで、改めて規子を見ると、彼女は石そのものになっている。

己の膝が半ば崩れかけたのを堪えて、周りの男たちはと、眼を上げて、首を回して見ると、男たちも規子のように石になっている。大小様々な石になっている。しかも、あの呪いの声は消えてしまっている。

その時だった。激しい羽音がしたので、びっくりして上を見ると、頭すれすれに大きな黒い鳥が飛んでいくところだったが、その鳥が何の鳥なのかはわからない。どこかで見たことのある鳥かなあと思いめぐらしていると、目が覚めた。

この奇妙な夢は、犬丸の頭の中に最後の最後まで残っていたが、その芯にあるものは、不本意な別れ方をした彼女への思いと、別れる三日前、布団の中で聞いた規子の悲しい声だった。

犬丸はその夜、規子が寝入ったのを見届けてから、そうっと服やズボンを取り、部屋の電気を消した。二人は別々の部屋で寝ていたが、アパートでは何もかもが筒抜けだったから、お互いの様子は手に取るように分かった。

犬丸はまどろむ寸前、誰かの泣くような、小さくむせび泣くような声を聞き、はっとしたのだ。初めは空耳かなと自分の耳を疑ったが、そうではないだろうと思いながらも、うとうとしていた。しかし、再び細く、引っ張るように泣き叫ぶ、少し甲高い声を聞いた。今度は一度でなく、二度三度と声を上げ、続いた。

が、疑いを持つまでもない。隣部屋で寝入っているはずの規子の声だった。犬丸は規子に声をかけるのも忘れて、いたたまれないような気持ちになって身体を小さくした。暗がりの中で規子のいる隣室に目を凝らしたが、何も見えなかった。

犬丸が起きだして隣室に行き、泣いているのは規子だなと、確かめるように身体を近づけようとした時、また叫び声とも泣き声ともつかない悲しい声が二度、三度した。と思うと規子は右手で握り拳をつくり、犬丸を叩いた。が、その動作は長く続かなかった。

犬丸は一時びっくりしたが、声をかけても、規子は真っ暗闇の中で黙っているだけで……と犬丸はその時のことを記憶しているが、実際は犬丸は電気もつけず、胸を押さえながら暗がりの中で眠ってしまったのだった。そのあと見た夢が「規子が男たちに石を投げつけられる」夢だった。

犬丸は翌朝、目を覚ますなり、昨夜の話をして規子に聞いた。しかし彼女は何も言わなかった。しばらく黙っていた規子だったが、犬丸にその顔を近づけてきた。犬丸が眼を合わせるとにっこり笑って、「さあ、起きましょう」と、ほがらかに言った。

犬丸が戸惑っていると、規子はすぐ起き上がって着替えた。それから手洗いに入り、出てくると台所に行き、その窓を開け、しばし眼を注いだあと、食事の支度に取り掛かったのである。そして、実家に帰って父の面倒を見ると、彼女は彼に告げたのだった。規子は、また帰ってくるから、とも言ったのだった。

（二十）

犬丸は今度は規子でなく、幸代のことを思い出していた。

九月のある日、幸代から電話が掛かってきたのだった。その時、犬丸は正直に言って震えた。そのことを規子に話すべきかどうか迷ったけれど、彼女には会社に行くと言って家を出て、幸代を駅に迎えにいったのだ。

微かに微笑んだものの、犬丸と久しぶりに会う彼女は平静だった。装っていたのかも知れない。

車に乗せて、町の要所を一通り回った後、海を見て、国道に戻りさらに横道に入った。

舗装道路から山道に入ると、篠竹と雑草が左右から生い茂り、車の行く手をふさいでいた。

松を主にした雑木の山林といえば聞こえはいいが、ここ数年下草も刈られず、草も雑木も伸び放題だった。地元の人々は、そんな場所を「山」と呼んでいた。

車を木陰に止めて「中に入ろう」と幸代を誘うと、「変な虫なんかいない?」と言うので「大丈夫だ」と答えた。

九月の末だから、蛇の一匹や二匹いないとも限らないが、犬丸は引き返すことはしなかった。自分の住んでいる一間のアパートには規子がいて、さりとてホテルに行く金もなかった。

犬丸は幸代と山に入ろうと考えていた時、眼の前に雑木林に寄り添う形で畑が広がっているのに眼を留めた。大根畑だったが、そこで作業をしていたかあちゃんと眼が合い、半ば照れ隠しのつもりで尋ねた。

「S沼はどこにありますか。粘土が取れるという話ですが」

その昔は、この海でも蛸壺漁が盛んに行われていた、あの沼の粘土で壺を作って……と中村から聞いた「知識」が頭の中にあった。が、野良仕事をしていたかあちゃんは、犬丸が期待した返事をしなかった。

「このあたりの者でも、あそこから粘土を取ったという話は聞きませんよ」と不審がられたが、かあちゃんが指で示した場所に沼があることを、犬丸は知ったのだった。

二人は雑木林の中に足を踏み入れた。鶯の声がひとしきりしたかと思うと、少し甲高い引くような鳥の鳴き声が聞こえた。あれは郭公か筒鳥か不如帰かと犬丸は立ち止まって思いをめぐらしたが、幸代の顔を見ると微笑んでいるので彼もにっこりした。

それを機に犬丸は、幸代の前に行き、後ろを向いて両手を出した。幸代はその手に自分の身を預け、彼は彼女を背負った。

幸代の身体は意外と重かった。犬丸が後ろ手で幸代の身体をスカートの上から抱えた時、彼女の着けているその裏地のため、一瞬手が滑った。が、彼は、さらにぐっと両腕に力を入れて抱えると、茂みの中に入って行ったのだった。

犬丸は、幸子の身体を背負っている恰好から横抱きにして、そうーっと草の上に、寝かせるように下ろした。幸代はそのまま動かなかった。犬丸も幸代の左側に並んで横になると、彼女はつぶっていた眼をひらき、またつぶって言った。

「風が吹いているの、海の音が聞こえるわ」

犬丸も眼をつぶり、耳をすました。が、海の音は聞こえなかった。

「海の音じゃなくて、工場の音じゃないのか」

「海の音よ、海の音が聞こえるの」

「ここでは海の音が上（北）の方で聞こえると明日は晴れる、下（南）の方に聞こえると明日は雨になるといわれてきたらしい」


と言って、犬丸は幸代の言葉を待ったが、彼女の言葉はすぐ返ってこなかった。かすかな不安の念の、黒い小さな影が彼の心をよぎったが、彼も口を閉ざした。しばらくして、幸代は口をひらいた。


「義さん、誰にそんなこと聞いたの、新しい女の人？」

「いや、友だちの中村さんに聞いた」

「わたしに聞こえる海の音は、そんな海の音じゃないの。そう、わたしはすぐ分かったわ、義さんはわたしを捨てるつもりでしょう。若い新しい、素敵な彼女が現れて、わたしなんかいらなくなったのでしょう」

「いや……」

「嘘をついてもだめ」

幸代は犬丸の頭の近くに手を伸ばし、生えている草をむしった。

「だって義さんの顔には、わたしと会った時から描いてあるもの。元気がないもの。以前のあなただったら、もっと元気で、こうしてわたしと枕を並べるか並べないうち、すぐ抱いたりしてきたじゃない」

「いや、俺だって……」と、犬丸は口ごもった。

「あれから半年か、俺だっていろいろ考えているよ。下請会社に入って、工場で毎日真っ黒になって必死に働いているよ」

「そう、みんな一生懸命やっているのよ。だけどそれは、わたしのためにじゃなくて、新しい人のためじゃないの？」

犬丸は、やはり幸代に見透かされているような気がして、元気なく彼女の言葉を聞くよりほかなかった。

「義さん、ここに手を当ててごらん」と幸代は、犬丸の左手を取って、自分の下腹部に誘った。

「分かる？　いえ、男の人には分からないわ。もう動いているのよ。可愛い赤ちゃんがいるのよ。あなたにそっくりの男の赤ちゃんが。義さんどうする、義さんどうするの」

「…………」

犬丸は、すぐ言葉を返すことができなかった。幸代に手を取られた時、幸代に身を任せ、抱きつく恰好になったのに、まるで金縛りにあったように、身動きできなかった。すると幸代は笑いだした。

「嘘、うそよ」

「できてるわけないじゃないの。この前別れたのは半年も前だもの、義さんの子ならもうすぐ生まれるわ」と言った後、声の調子を落として言った。

「わたし、北に帰るの、その前に一度だけ、犬丸義人に会いたかったの」と、彼を呼び捨てにして言葉を切ったのだった。


犬丸義人は幸代の傍らに寝て、空を仰ぎながら考えていた。確かに幸代はあの時言ったのだ、「あなたに一生ついていく」と。

初めて身体を重ねた翌朝、店に出ていくと幸代は、いつもの時間より早く出て来ていて、客席に箒を使っていて、犬丸より先に「おはよう」と言ったが、彼の方に顔を向けづらいように、視線を下に向けていた。

彼が笑顔で近づくと幸代は、その色白の頬をぱーっと赤らめ、そう言ったのだった。

その夜、我慢しきれなくて、閉店と同時に店の中で身体を重ねていると、幸代は言った。

「こうしている時でもいい、車が飛び込んで来て、義人さんの足でも吹っ飛ばしてしまえばいい」

そんなことになったら大変だ、と犬丸が思いめぐらしていると、幸代はさらに言った。

「そうすればわたしは、義人さんの面倒を一生見ることができて、一生そばにいることができるんだわ」

犬丸には幸代ほど突き詰めて考えることはできなかった。なるようになれという自棄の思いが勝っていて、重いものを感じても、怯んでいた。

彼は黙って考えていた。あれから二年の年月が流れたのだ。別れてからでも半年以上経っている。会社に電話が掛かってきた時、幸代はなぜこの場所を知っているのだろうかと訝ったが、一度だけ葉書を出したことを思い出した。

電話で幸代は「できたの」と一言言っただけなのだが、どうしても会ってほしいといわれると、会わないわけにはいかなかったのだ。しかし、半信半疑だった。考えてみれば、幸代と別れる原因になったのも、そのできるできないの話からだった。

一度妊娠したと幸代が喜んだのも束の間、「わたしは子どものできない身体なの、結婚できないのよ」と言って泣き崩れてしまったからだった。「義さんは別な彼女を探したらいいのよ」と、年上の幸代らしく、こちらを思いやる言葉があったからだった。

ホテルに泊まった翌朝別れたが、幸代はその地下鉄の終点で、一時間も犬丸が現れるのを待っていたのだった。確かに犬丸が追いかけるか追いかけないかは紙一重の心情には違いなかったが、幸代はあの時も言ったのだった。

「わたしは賭けてみたの、来れば一緒になる、来なければ諦める」

しかし犬丸は幸代を追いかけていかなかった。運試しでもしなければ自分の気持ちを整理することができない幸代だった。それは理解できた。

そのあとは、一度しか会わなかった。自由が丘の駅で待ち合わせをして、近くの商店街を歩いて、喫茶店で短い話をしただけだった。犬丸にこれといった感情は残っていなかった。

しかし、半年ぶりに突然電話を職場に掛けてきたうえ「できているの」と聞いた時は、正直言って心が震えたのだ。規子にどう伝えていいかも分からなかった。話したら包丁を掴み兼ねない彼女だった。

規子は幸代の二倍も三倍も頭のいい女性だから、どんな復讐をするか分からない。いや、規子はそんな物騒なことはしないだろう。きっとこう言うだろう。

「犬丸義人は馬鹿だねえ。わたしがこんなに義さんを思っていることがわからないの」

俺は「二律背反」というと恰好いいけれど、どうしていいか分からないまま駅に急ぎ、彼女と会ったのだ。俺の頭をかすめたのは「二兎を追う者は一兎をも得ず」だった……。

犬丸は我に返った。横たえた身体を少し動かし、幸代の身体から左手を引くと、天を仰いだ。外は晴れていたが、二人のいるところは日陰になっていた。犬丸が仰いだところには、寝転がっている二人を覆うように両側から松の木の枝が伸び、その枝先、葉と葉の間にわずかな隙間があり、雲のない空が見えた。

犬丸はその葉先と空をじっと見つめた。が、一方で耳をすました。幸代は海の音が聞こえると言ったけれど、本当に海の音が聞こえるだろうか。空耳という言葉があるけれど、幸代には海の音が聞こえるのだろうか。決して嘘をついたり、他人を欺くことをしなかった幸代だから、口から出まかせのことを言うはずはない。風が吹いているの、海の音が聞こえるわ、と言ったあと彼女は、俺の利き腕を誘うように、彼女の身体の一番大事なところに引っ張った。そうか、やっぱり幸代が聞こえると言ったのは、新しい命の音なのか。しかし、俺はだめだ、幸代、もう遅いのだ。どうすることもできねえのだ。幸代も俺も、それぞれ別々に生える一本の木、一本の松のようになってしまったんだ。今、俺が見つめている松の枝は、触れんばかりにその手を差し伸べ合っているけれど、隙間が空いている。幸代は、海の音が聞こえるというが、俺には聞こえない。

犬丸はそう独りごちると、身体を少し動かし、幸代の方に身を寄せた。が、彼女は何の反応も示さない。いや、横になったものの、幸代の態度は初めから同じだった。しかし、彼が手を載せている彼女のスカートの下腹部は、ゆっくり波打っているが、膨らんではいなかった。

犬丸は静かに、幸代から手を引いた。彼女も彼の手にのせていた掌の力を抜いたので、手をすーっと引けた。

「起きようか」

犬丸の言葉に力はなかった。

「やっぱり犬丸さんはおかしいわ」と幸代は静かに言ったあと、仰向いていた身体をくるっと彼の方に回し寄せて、さらに言った。

「抱いて」

しかし、今度は犬丸が反応を示さなかった。言葉を出さなかった犬丸は、だめだ、だめなんだ、これで終わりだと心の中で呟いていた。

「やっぱり、わたしたちはこれで終わりなのね。寂しいわ」

幸代は、犬丸の心を見透かしたように、彼にやっと聞こえる声で言って、ハンカチを取り出し眼を押さえた。

犬丸はその幸代の仕草を切っ掛けに、身体を起こした。幸代の身体に伸ばしていた左手を肘のところから曲げて立ち、手首から先を軽くひねって腕の時計を見た。三時過ぎだ。駅まで十分見て、四十五分発の特急に間に合うだろう。幸代が東京に着き、山手線に乗り換えるのは六時頃になるだろうか。渋谷で東急東横線に乗り換えて、遅くとも七時前には元住吉の家に帰れるだろう。

彼は幸代の帰る道順を想像しながら、一人帰っていく姿を思い浮かべ、少し寂しい気持ちになったが、よし、と呟いて立ち上がった。

駅に行くと、すでに電車は高架の上に停まっていた。犬丸は、改札口の近くで誰かに会うような気がしたので、キップを買う幸代から離れたところで腕組みをしていた。

「じゃあ」と犬丸は挨拶にならない別れの挨拶をした。幸代は何も言わなかった。微笑んで軽くお辞儀をすると彼に背を向け、意外と足早に、ホームに続く階段を上っていった。少し前のめりで、彼が後ろから見た耳のあたりの顔色は白みを帯びて、やはり寂しげに見えたが、反対に犬丸は、瞬間、どこかに去っていく幸代に取り残されたような心持ちだった。

がらんとした車内には、男女の高校生らしい二人がいるだけで、他に人影はなかった。幸代は二人掛けの対面の椅子に、進行方向を向いて窓際に座った。列車は間もなく発車し、北浦の上をゆっくり滑るように走って行く。幸代は眼をつぶって椅子に身体を預けたが、姿勢を正して眼をひらいた。それから窓をいっぱい上げた。今まさに太陽が沈もうとして、眩しいほどの日が差していたが、もうすぐ暮れそうだった。高校生の女性が振り返ってこちらを見たような気がしたが、見えるのはせいぜい顔の上半分くらいだから何も気にすることはなかった。

幸代は、左の座席に置いていた手提げ袋をまさぐると、紙の袋を取りだした。男物の白い下着が三組入っていた。地元の駅前の洋品店を見て、デパートの男性下着売り場を覗き、三度目に入った専門店で買った下着だった。

しかし、幸代はためらわなかった。その紙袋を手にすると、素早く窓の外に放り投げた。沈もうとする陽は、指輪の縁のような輝く光をまだ放っていたが、袋はその陽が沈むより早く弧を描いて水の中に落ちていった。

幸代は一瞬、袋の行方を追おうとしたが、すぐ眼をそらし、下を向き、眼をつぶった。幸代は泣いていた。泣いていたが、涙はこぼしてはいなかった。

この後、犬丸は、幸代とは二度と会うことはなかった。電話も手紙もなかった。幸代が身体のことを言いだしたのは、やはり何かを賭けていたに違いなかった。一度は、もう産めない身体になってしまったと言ったのに。

犬丸は、幸代のことは半ば諦めながらも、諦めきれない気持ちだった。いや、あの最後の夜と朝のことを思うと、断念することなどできなかった。どうすることもできなかったと思う一方、幸代とならどうすることもできたという、彼女を惜しむ気持ちが心の底に潜んでいて、何かというと顔を出してくるのである。そして、浮かんでくる彼女の顔は、いつも静かに微笑んでいるのである。言葉は一言も発しないで、澄んだ眼でこちらを静かに見つめ微笑んでいるのである。その顔は、犬丸に何も求めていないし、責めてもいない様子である。

それだけに犬丸は、幸代に対してどうしていいかわからない気持ちになり、あの過去の日々を大切にできなかった己を責め、そして悔やむのである。

数年前のことだった。六月に幸代と知り合って四か月目だから十月だっただろうか。と犬丸は眼をつぶり考える。

幸代はひょっとしたら、この世にいないのではないかと、ふと思うことがある。

十月の半ばは確か過ぎていたはずだ。運動会が終わった後だったから。義兄の二人の子どもがはつらつと走ったり、玉を投げたりしていた。

身体の変調があったと、あれほど喜んでいた幸代が、がっかりして彼のアパートに入ってきて、犬丸の顔を見るなり泣き崩れた。

「もう身体が硬くなってしまっているから無理だと言うの、流れてしまったわ」

「身体が硬く？」

犬丸は静かにきいた。

「子宮が硬くなってしまって……」と幸代は言い換えたが、それだけ言うと涙をぼろぼろ流し、泣き崩れてしまったのである。

幸代の着けているものは、犬丸がこれまで見たことのない、同じ生地の上下別々になった襟のある洋服で、下はスカートというおしゃれな恰好をしていたが、正座して窮屈そうなのにその姿勢のまま、その薄桃色のスカートの膝のあたりに涙を落としながら泣いていたのである。

犬丸は正座こそしてなかったものの、幸代の眼の前にかしこまっていた。彼女の言う硬くなっているからという意味を考えていた。

それは、彼には手の届かない深いふかいところにある幸代だけのものが、犬丸にはもちろん、幸代自身にもどうすることもできなくなってしまっていることを意味していることが、女体に疎い犬丸にもわかるような気がした。幸代が一途に賭けていたもの、犬丸との出会いで、彼女が命を懸けるように賭けていたものが、一縷の望みもないように、ぷっつり切れて流れていってしまったのだった。

犬丸が幸代と出会ったのは、駅前の小さな飲食店だった。彼がチーフコックで、彼女はパートのウエイトレスだった。

その調理場の東側は、電車が行き来する線路に面していた。駅前に建つ三階建ビルの二階にある調理場の窓から、見下ろすように見える線路は、ずうーっと郊外まで伸びていた。しかし、上から眺めると、鈍い銀色のレールは、百メートル先の小さなビルの谷間に消えていた。

調理場の窓から見える二階建の駅舎や、何棟かの、せいぜい三、四階の建物の向こうは、太陽が顔を出している時でもくすんでいた。

二坪あるかないかの狭い調理場にとって、そのガラス窓が唯一の息抜き個所ともいえた。

窓から電車の走る外の風景を見ることができ、その動きにあおられて外気も入ってきていた。

ガラス窓には、取っ手に太い針金を渡し、調理場で使うタオルをぶら下げていた。ガラス窓の上方には換気扇がうなっていた。その換気口から、コールタールのような脂がたれていた。脂には埃がまじり、窓の上桟で止まって、こびりついてもいた。脂は料理する度に出る油煙だった。その油煙で、換気扇は掃除をしてもすぐに真っ黒になった。忙しい昼時には、調理場の中は窓の外と同じに、靄のような油煙に包まれていた。

犬丸が換気扇を掃除しながら、「早くやめてえなあ、田舎に行きたいなあ」と考えていた頃、幸代と出会ったのである。

彼は、職場のある自由が丘まで綱島から通っていたが、幸代はその途中の元住吉に住んでいた。彼の飲食店でパートで働きだした幸代と、短い間に何回か帰りが一緒になり、二人は親しくなったのだった。

一方で彼は、兄がD県K町のコンビナートで働いているという話を母から聞き、東京生活を清算して兄を頼っていこうと、考えを固めていた。

（二十一）

犬丸は幸代を思う時、若かった頃知り合った一人の女性を思い出すことがある。何かの折に幸代にも話したことがあった。彼女は黙って聞いていた。

半ば放浪生活を送っていたちょうど二十歳の夏だった。なぜか関西の方に行きたくて行きたくて、まるっきり違うところに行けば、何か違うものを得られると勘違いしていたのだ。選んだのは大阪で、天王寺駅近くの阿倍野のビルに入っている食堂にアルバイトとして潜り込んだ。もちろん住み込みだった。その期間は真夏の一か月ほどで、ビルといっても職場は屋根裏部屋のようなところだった。三人の男が身体中汗だらけになって動いていた。

仕事は大概、夕方には終わっていた。すぐ銭湯に行った。それから夜にかけて涼しくなってくる頃、天王寺公園を散歩したり、茶臼山に行ったり、河底池を覗いたり、美術館前の広場で行われている野外コンサートを聞いたりしていた。

ほどなくして、同じ食堂ビルの別の職場で働いていた中川栄美子という一歳年下の女性と知り合い、「栄美ちゃん」と呼ぶようになった。職場の休日に海水浴に誘った。右も左も分からなかったが、新聞に海びらきのニュースが載っていたN浜海水浴場に行った。今はこのK町と同じように工場群ができて、松林も砂浜も消え、海には油が浮かび、空には林立する工場からの白い煙、黒い煙が流れているんだろうけれど、その頃は緑も豊富で、波も静かで水も澄んでいて、湘南と同じような海の光景だった記憶がある。

二人で海に入ってから、一つの出来事があった。俺は泳げるので、身体一つで仰向けに浮かび空を見ていた。彼女は全く泳げず、浮輪に掴まって水遊びをしていた。が、どうした弾みか、彼女の手から浮輪が離れてしまったのだった。危ないと思って泳ぎ寄ると、彼女は手足をばたつかせ、辛うじて海水から顔を出していた。俺は咄嗟に彼女の痩せた身体に手を回すとともに、浮輪にも泳いで近づき、もう一方の手で捕まえ、彼女を抱き上げるようにして浮輪に乗せた。海水に濡れた、その水をはじく胸元を見ると、小ぶりのつつましやかな乳房があった。そして、彼女を後ろから抱いて持ち上げた時に丸い小さなお尻を見て、初めて性欲を感じた。彼女の背の肌は日焼けしたのか赤みを帯びていたが、水をはじいて玉になった水滴が無数についてきらきら光っていた。背後から抱きしめてみたいという欲望が起こった。

しかし、次に眼についたのはあわてた彼女の仕草だった。彼女は被っていた水泳帽をどこかに吹っ飛ばしてしまったのか、浮輪を抱いている恰好なのに、前髪にしきりに手をやっていた。何してんだろうと眼をやると、額の右に親指と人差し指で丸を作ったぐらいの傷の跡があり、それを隠そうとしているのだった。海から上がった時、そのことを聞いてみると、「子どもの頃、作った火傷なの」と、下を向いて小さく呟いた。

火傷という言葉を聞いて俺は、まだ見ぬ彼女の母や兄の姿を想像した。彼女の祖母や祖父の姿も想像した。栄美ちゃんの故郷の海や山や川の風景までが脳裡に浮かんだ。海は凪いでいた。沖合に、わずかばかりのさざ波が立っているところがあった。日の光は、眼が痛くなるくらいに、見えるすべてのものに降り注いでいた。この海の彼方に、俺の思う彼女の世界があるような気がした。それはまた、俺の思う世界も、この海の彼方にあるような気がして、しばらく沈黙していた。その火傷跡は何が原因であるのか栄美ちゃんは明かしてくれなかった。にわかに起こりかけた俺の性欲はしぼんでいた。

その出来事以来、少し親しくなり、ある日の宵、今度は四天王寺の夜店に誘った。アセチレンガスの炎が、朱塗りの柱と石畳を仄かに照らしていた。その光は、彼女の表情を微妙に変化させた。ささやかな明かりの下で金魚すくいをしたり、アイスキャンディーを食べたりした。

それから半月ほどして俺は東京に帰らなければならなくなり、彼女の職場を訪ね話した。するとウエイトレス姿の彼女は涙をぼろぼろ流し、「行かないで」というばかりだった。しかし決心は変わらなかったので、彼女の上司たちにも会い、帰る用意をした。すると今度は彼女が俺の部屋に来て、「職場の許しを得たので、わたしも一緒に帰ります」と言い、大阪駅についてきた。

栄美子と夜行列車に乗った。東京行の電車の中で、ふと彼女の足元を見ると、素足に中学生が履いているような白いズック靴だったが、その爪先のあたりが黒かったのが印象に残っている。誰かに踏みつけられたのか、何かに擦ったのかと思ったが、ただ疑問に思っただけだった。決意を胸に秘めた二人を乗せた列車は、夜の深い闇を切り裂いていった。

東京では友人宅の一室に二人で泊まったものの、海の出来事を思うと俺は、彼女と一つ布団に寝ても求める気がしなかった。疲れていたのか、すぐぐっすり寝込み、何事もなかった。いや、そうではなかった。二人が眠る前に、右に身体をひねり、左手を彼女の下腹部に滑らせそうとしたら、栄美子は強く一言言ったのだった。

「嫌！　わたしの身体に触っちゃ嫌！」

栄美ちゃんの衣類を俺が預かり、翌日からは別れて、それぞれの心当たりを頼って必死に仕事探しをした。俺は運送屋の助手に決まり、栄美ちゃんはまた小さなレストランのウエイトレスになった。二人とも住み込みで、栄美ちゃんは店主の家に住み、俺は運送店の二階の寮に同僚四人と雑魚寝生活だった。

そんな折、喜屋武との出会いがあり、あの「のこぎり事件」といってもいい、俺が二階から飛び降りた「事件」があったのだった。その後しばらく、栄美ちゃんに手紙を出すことも電話連絡もままならず働いていたが、ある夜、寮に電話が掛かってきた。呼び出され階下に行ってみると彼女からだった。預かっていた衣類を返してという用件だったが、男の人が取りに行くからという、つれないものだった。

栄美ちゃんの衣類を取りに来たのは、彼女の新しい彼だったが、おまけがあった。栄美ちゃんの衣類を置いていた押し入れに、封筒に入った履歴書が落ちていた。見てみるとこれまでの名前は偽名で、聞いていた年齢も本籍地も違っていた。年齢は十七歳で、関東に近い東北出身で、母子家庭で、兄が一人いるが、家族はみんな別々に暮らしているという話だったが、全部嘘っぱちだった。辛うじて栄美子という名だけは合っていた。彼女の嘘がばれたのだが、後の祭りで、俺にはどうでもいいことだった。

好きにも嫌いにもなれずに、はかなく別れた青春時代の淡い思い出だよ。細い身体の栄美ちゃんがその夏、アンサンブルよ、と身に着けていた、まるで沖縄の真夏の空のように澄んだ色に白い水玉模様の、帽子のリボンとツーピース姿が、今もこの眼に浮かんでくるから不思議だなあ。

と、犬丸義人が長話をすると、幸代は一言言ったのだった。

「義さんて、純情な時もあったのね」

「だけど、それが何だろう。彼女は俺にとって、それだけの女性にすぎなかったし、俺は彼女にとって、それだけの男にすぎなかったという、ただそれだけのことだよ。初で、世慣れていなかっただけだよ」と言って犬丸は黙った。

「そうね、わたしも中学生の時に、こんなことがあったの」と幸代は話した。

「通学路でよく出会う、一つ年上の男の子がいたの。恋心をいだいて、彼は彼で、わたしをじっと見つめたりするのだけれど、朝の挨拶もできず、お互いに一言も言葉を交わすことなく、離ればなれになってしまったの」

犬丸は、女性もちょぼちょぼだなあと考える。

栄美子は、痩身で頭も小振りで、小さな鋭い眼をしていて、蛇のようなところがあった。が、はぶやまむしではなく、毒のない縞蛇か赤棟蛇だった。食べるつもりならすぐ食べられる蛇だった。

幸代は、何かやわらかい毛で覆われた生き物、猫か愛玩犬を思わせるところがあった。欲望のままに手を入れるところはあたたかく、搗きたての餅よりもやわらかくて、とろけているような感触があったが、どこかに爪を隠しているようなところもあった。

規子は、常に元気が漲っている女だった。大海を休まず泳ぎ続けるペンギンの力強さと固さのある肉体を持っていた。その身体のどこを触っても肉づきがあり、固い弾力があった。決して何事があっても根に持たない女性であり、また、寝物語をしない女性だった。彼女は、大好きだった高田恭子のうたった「みんな夢の中」を今でも聞いているのだろうか。

やさしい言葉で
夢がはじまったのね
いとしい人を
夢でつかまえたのね
身も心も
あげてしまったけど
なんで惜しかろ
どうせ夢だもの

犬丸は考える。喩えはよくないが、と思う。彼女が蛇のようだから好きになったのではない。彼女が猫のようだから好きになったのではない。彼女がペンギンみたいだったから好きになったのではない。三人とそれぞれに出会ったのは、ほんの偶然にすぎない。犬丸よ、お前はいつも思っていたのではないか。明日、誰と会うかわからない。これから何が起こるかわからない。そうだよ犬丸義人よ。いつも何かがお前を待っていたんだよ。

栄美子はぎりぎりのところで嘘をついていた。幸代も嘘をついた。女性の涙はその身体よりも重いというけれど、二人は偽りながら涙を流していた。泥棒が住宅に押し入って、テレビドラマを観ていた住人を殺害したあと、同じ画面のドラマを観て涙を流すように。栄美子にしたって幸代にしたって、今となってはどっちがよいとか悪いとか言えない。嘘をつく女性は好きではないが、どんな女でも男でも嘘をつくし、秘密がある。どっちの彼女と一緒になってもなんの不思議もなかった。

その一つの大きな条件が、二人の間の子どもだったが、栄美子とはその入り口までいかず、幸代は流れてしまったのだ。「子は鎹」とは言い得て妙だが、しかし規子のような女もいるではないか犬丸。彼女に至っては、二人の子どもを作ることなど考えてもいなかったではないか。「西風と夫婦喧嘩は夜に入って収まる」という喩えがあるけれど、わたしはそんなのは大嫌い、そんな喩えは聞きたくないと言っていた。好きな時に好きな人と、好きなことをしたい、嫌いな人と嫌いな時に嫌いなことはしたくない、と規子ははっきり言っていたが、それは理想ないしは幻想というものではないだろうか。しかし、規子は嘘の少ない女性だった。彼女は文字通り鳥のように去っていった。しかし、あの鳥には乳房があった。固い乳房が二つあった。いざという時、武器になる乳房があった。

犬丸が鉄羅規子と知り合ったのは全く偶然だった。明日誰と出会うかわからない、これから何が起こるかわからないと思っていた通りだった。神宮境内で、一人要石を見た帰り、たまたま通り掛かった彼女と眼が合い、言葉をかけて付き合うようになったが、その別れも、いともあっさりしていた。彼女は「父親の介護をするから」と、一言で彼の下を去っていってしまった。ペンギンと思っていたのに、隼だったのではないか。まるで空を飛ぶ鳥のように去っていってしまったのだった。

犬丸にとって彼女たちはまた、すべてを許してくれた女性たちだったが、何事にも限度があった。たとえはよくないが、と犬丸は考える。蛇でも猫でもペンギンでもちょぼちょぼだなあ、と。三人の女性は、三人とも、名はつけられない風のように去って行った。また彼女たちも､俺との出会いと別れを一陣の風のように思っているのだろうと犬丸は思う。

犬丸は彼女たちを憎みたい気持ちもあるけれど、憎めない。否、反対だ。申し訳ない、すまない、許してくれ、という気持ちだった。感謝したいけれど、感謝できない。忘れたいが、忘れられなかった。

(二十二)

女性のことを考えると犬丸は、つまらぬ言い訳などしたくなかった。悔恨の気持ちが強かった。しかし鉄羅規子は、すべてが小作りで小柄な女だったが、大胆なところもあったと彼はさらに思い出す。

警察が嫌いなの、が規子の口癖だった。学生の頃、日比谷公園でデモをしていて機動隊に顔面を殴られた。公園の中の食堂が燃えた日だったと犬丸に打ち明けたことがあった。

「中国の書物で『菜根譚』というのがあるの」と規子は語りだした。

「さい、こん、野菜の本か」

「そう、菜根とはもともと野菜の根であり粗末な食事のことを意味しています。質素な貧乏な生活にたえられるような人であったならば何事も成就することができるという、人がいかに生きていくべきかということを記した人生の指南書のような本です」

「指南書、古いなあ」

「古くないの。言いかえれば一生を教え、導くといってもいいわ」

「うん、それも新しくはないなあ」

彼がさらに思い出すのは、彼女のマッポウ（制服警察官）がらみのことだった。ある日、二人はバスでＭ市に出たが、酒を飲んで帰りが遅くなってしまった。ホテル代もタクシー代もなかった。当てどなくＫ町の方に向かって歩いていると、バス停近くの側道に、テールランプを点けエンジンが掛けっぱなしになっているポンコツ車が彼の眼に留まった。そーっと近づいてみると誰も乗っていない。彼がドアノブに手を掛けてみると、音もなく開いた。振り返って規子を見ると、後ろのナンバープレートあたりを突っつくように指差している。近づいて彼が眼を凝らすと、ナンバープレートには1という数字だけだったが、その右を見ると、粘着テープが貼られていた。

「変だね」と、規子が言った。

犬丸がテープを剥がしてみろというと彼女は器用に取った。現れた数字は1と4だった。

「114、いいよ、か」

犬丸は微笑んだ。彼女も彼の顔を見てにっこりした。それから二人は左右にわかれ同時に車に乗り込んでいた。

ガソリンメーターは半分以下だが、K町までは十分だろうと犬丸は思いながらも、車のスピードを自然に上げていた。規子は出だしに微笑んだきり、ほとんど無言だった。彼は「あったかい車（盗んだ車）かも知れない」と思いながらハンドルを握っていた。

Oバイパスに入り追い越し車線を走っていた。犬丸が左を見たら、大型の白い車が並走していたので、さらにアクセルを踏み、前に出ようとした時だった。白い車の赤い回転灯が回りだしたのだった。覆面だった。悪いことはできねえ。酒を飲んで無免許で訳ありの車に乗りスピード違反だった。犬丸はゆっくり車を左に寄せて止めると「規子悪い、腹が痛い」と言って車から出てガードレールを飛び越え、海に続く細い坂道を駆け下りていった。

彼は波打ち際まで走り、素早くズボンを脱ぎ、下着も取った。便意はなかったが、しゃがみこんでマッポウの方を見上げていた。犬丸は、ここまでは来ないだろうと読んでいた。

もし来たら海に飛び込み、防波堤まで泳ぐつもりだった。

助手席から降りた規子は、マッポウをふさぐように立っていた。

「どうした、急いでいたのか」

若い方のマッポウが聞いた。

「多分下痢です。今日五回目です」と規子。

「でたらめ言うな」とマッポウ。

「本当です。わたしもお腹が痛くなってきました」

「嘘つけ！　お前も下痢か」

「生理です」

「とんでもねえこと言うなあ、大嘘だろう」

「本当です。証拠を見せます」

規子は片手でスカートをたくし上げ、もう一方の手で下着を半分ほど下ろして言った。

「私も女性ですからね」

物見か冷やかしか野次馬か、いつの間にか覆面パトカーの後ろに乗用車が三台止まり、ハザードランプを点滅させていた。

手で掴んでいる規子の薄桃色の下着は太腿より下がり、膝小僧のあたりにあった。点滅する回転灯と乗用車のテールランプの中に、それが浮かび上がっていた。その時、黙っていた年かさのマッポウが、規子とやりとりしていた男の制服を引っ張った。それから後ろをちらっと見やってから言った。

「今回は見逃すが、速度超過は厳罰だと、あのけつ出してる男に言ってくれ」

覆面パトカーが消えると、犬丸が規子の前に現れた。

「よく追っ払ったな、何と言った」

「義さんは下痢で、私は生理だと言った。血だらけの下着を頭から被せてやろうと思った」

「そうか。規ちゃんのおひなまつり（生理）は二週間前だったんじゃ」

「そうよ。だけど、生理と言って下着を取って見せてやろうと思った」

「外してみせたのか」

「半分ぐらい脱いだ」

「生理はどうするつもりだった」

「一週間前でも十日前でも、下着を丸めて突きつければ、回転灯の赤い光で、男には昨日の生理にも今日の生理にも見えるよ」

「そうか、規ちゃんはすごいなあ」

「あんな馬鹿どもには負けないよ」

「そうか、首から上の中味が違うもんな」

「義さんはどうだったの」

「俺か、逃げた。がめた（盗んだ）車だからな。そのうえ、酒飲んで、無免許でスピード違反で、挙句の果て、ワッパ（手錠）だかプラチナが飛び出してきたんでは眼も当てられねえ。『逃げる者道を選ばず』『負けるが勝ち』というだろう。泳ぐつもりでズボンも下着も取ってしゃがみ込んでいたが、あたりは暗かったからマッポウは下りて来ないだろうと踏んでいた。向こうは二人でも、一人はパトカーのそばにいるだろうし、一人では追いかけてこないだろうと思っていた。一人では何にもできないのが警察だろ。来たとしても、海に飛び込み防波堤の外側まで泳いでどこまでも逃げようと考えていた」

「泳ぐと言ってもふりちんだね。鮫でも出てきたらどうするの」

「馬鹿」

「でも私は義さんのそういうところが大好き。だけど、私を置いて逃げて行っちゃだめ」

と規子は笑顔をみせた。

「二人ともお尻を丸出しにして、みっともないったらありゃしない。まあいいや、尻と尻でしりあいの仲か」と犬丸が冗談を言って、二人は苦笑いをしたが、最後に規子が言った。

「いくら抜作でも、ナンバーくらいはメモしたかも知れない」

その翌日だった。アパートで犬丸と規子がテレビを観ていると、マッポウが来た。部屋の隅には、規子の腕ほどの太さのある長さ三尺くらいの牛殺しの丸太が立てかけてあった。何かの用心になればと犬丸が持ってきたものだが、それを見て規子は笑ったことがあった。

「義さん、この棒、下ろしておいた方がいいよ。反対に先に奪われて殴られるよ。思っていることと逆のことが起きるんだから」と言った。しかし犬丸は、その棒を見つめていた。

窓外に眼をやっていた規子がいち早くマッポウを見つけ、ドアをノックされる前に下に行こうと、彼女は咄嗟に思った。規子はTシャツを脱ぎ捨て、部屋の隅に足で蹴飛ばした。さらに真っ赤なブラジャーの紐の片方を外した。彼女の二の腕の上方の左右にある、お椀をふせたような形のよい小ぶりでしまりのある乳房の片方があらわれた。彼女はドアを開け、足音を立てて鉄の階段を下りていった……。

マッポウを追い出した規子は、上がってくると、外したブラジャーの片方を着けなおし、胸もとをととのえた。今さっき蹴飛ばしたTシャツをたたんで整理かごに入れた。それから規子はブラジャーを、今度は片方でなく、そっくり外した。ブラジャーを丁寧にたたんで、Tシャツの上にのせた。そして規子は静かにほほえんで、犬丸のそばに座った。

犬丸は厳しい顔をして言った。

「規ちゃんはいろんな武器を持ってるな。どうした?」

「巡回連絡だって。アパートの住人の確認」と、規子は胸をぽんと叩いて見せたが、窓の外の車を指差し、首を振った。

「何が巡回連絡だ。馬鹿ども、いい気になって勝手なことばかりしてる」と犬丸は咥えていた楊枝を捨てた。

こんなこともあるだろうと昨夜犬丸は、アパートの住人に気づかれないように、車を駐車場の外れに止めておいたのだが、マッポウは臭いをかいでいったかも知れなかった。何よりもがめた（盗んだ）車が一番やばかった。

「車見てたか？」と犬丸は規子に聞いた。

「分からない」

「あらゆるところに二人の指紋がついているだろう」と犬丸。

「処分するしかないの？」と規子。

「テンプラ（偽造ナンバー）にすることもできるが、真夜中に捨てよう」と犬丸。

規子は犬丸の言葉に頷くと横になった。

その夜二人は、アパートの住人が寝静まった頃、車を動かした。平津海岸の波打ち際まで乗り付けると、犬丸はナンバーを外し、海に投げ捨てた。さらに流木を二本拾うと、手分けしてフロントとリアのガラスを叩き割った。それから犬丸が運転席に戻り、引き波に向かって突っ込んだのだった。


だがそれから三日後、鉄羅規子は親のいる故郷に帰ってしまった。きっかけは姉からの一本の電話だった。機を見るに敏なる彼女は、ある日目覚め、意を決したのだった。脳梗塞で倒れた父親の介護をすると言った。彼女の母親はすでに数年前に他界していた。姉というよりも父親が彼女を呼びつけたといった方が当たっていたかも知れない。姉は父親の近くに嫁いでいたが、小四、小二、幼稚園児と三人の子どもを抱え、四人目を出産予定だった。

子どももいず、これといった仕事についていなかった規子に、お鉢が回ってきたのだ。彼女はもちろん、犬丸の籍に入ってなかったし、別れると言っても分ける財産も金もなかったから、身軽だった。それを見抜き父に進言していた姉も父も、頼みやすかったのだろう。

皮肉にも、私を置いて逃げて行っちゃだめ、と犬丸に言っていた彼女が、彼の下を去って行った。栄美子や幸代との経験をみても、犬丸には予測できないわけではなかったが、これは嘘なのではないかという思いもあった。一方では嘘の少ない女性だっただけに、信じられない思いもあった。また犬丸には鉄羅規子の生家を訪ねて確認したい気持ちもあったが、また帰ってくるからねという彼女の言葉を信用したのだった。思っていても言葉が出なかった。

それからほどなくして、犬丸はシャブ（覚醒剤）を始めた。鉄羅規子が出て行ってしまって意気消沈していたところに、長距離トラックの運転をしている友だちの鹿山から誘われ、深みにはまってしまった。彼女を巻き添えにしなかったことだけは、不幸中の幸いだったが……。

だが犬丸義人よ。なぜシャブなんかに手を出したんだ。覚醒剤というが巷では「スピード」とか「ネオン」といわれているもんだよ。もう少し考えてほしかったな犬丸。シャブなんかで、これまで三十年余り築いてきたものをすべて失ってしまったんだよ。鉄羅規子を失ってもいいと思ったのか。お前はそれほど何も考えない男だったのか。そうではないだろう。今なら間に合ったんだよ。前向きに考えればどうにでもなったんだよ。後悔先に立たずだが犬丸よ。何も考えずにシャブを打ってしまったんではないと思っているが、愚かなことだったよ。

お前は馬鹿といわれてもよかったのか。規子のことを全く考えなかったのか。鉄羅規子を愛してなかったのか。馬鹿、馬鹿、犬丸の大馬鹿。マッポウに「恨み」があるとはいえ、汚れた下着や乳房を武器にしなければならないような規子を不憫に思わなかったのか。犬丸よお前は、規子は誰より大嘘をついているかも知れないと思ったことは思った。しかし、マッポウと同じ考えはとりたくなかったんだよな。規子は、ある日ひょっこり帰ってくるかも知れないし、わたしの田舎に来てみない、という便りさえくれるかも知れないと思ったこともあったんだな犬丸。いや、お前は考えただろう。規子は帰ってくるだろうか。帰ってきてほしい。規子に会いたい。いや、会えるだろうか、と逡巡したはずだ。それなのになぜ、なぜ覚醒剤に手を出したのだ。犬丸義人よ、短気は損気、急いては事を仕損じるという言葉を忘れていたのか。どんなに絡んでる糸でも、その糸口さえ掴むことができれば、二人の生活はなりたったんだよ。中村との凧揚げで、それを学ばなかったのか。三太郎。

（二十三）

中村はベランダに片肘をつき、缶ビールを片手に外を眺めていた。土曜日の正午前だった。中村は洗濯をしていた。二回目の濯ぎに入った洗濯物を順々に脱水にかけようと、缶ビールを置いて洗濯物を掴みながら、ふと、何気なく三階のベランダから下を見た時だった。自転車に乗った男が、この五階建ての団地の入り口の、少し坂になったコンクリート道を、鉤の手になった右手から、こちらに曲がってきたところだった。

三日前、中村は、年に一回、いや数年に一回あるかわからない電話が職場にかかってきたので、びっくりしたことがあった。入門証を提示してS構内にいったん入ると、早退でもしない限り定時まで出られないのだ。現場作業に出てしまうと、電話連絡もままならない。現場の機械に手を着けたら最後、仕事が終わるまで帰れないのだ。

同僚の池田は連れ合いに、毎日、何時に帰るか分からないから、早く帰らなかったら遅くなると思って、こっちは当てにしないで過ごしてくれ、心配しないで寝っちゃえばいいと半ばやけくそ気味に言っていると言っていた。新卒の小野は、職制に定時で帰りたいと言ったら、「帰る？　帰るなら帰っていい、だけどもう来なくていいから」と脅されていた。中村も、池田や他の仲間同様、よほどの緊急の用以外は会社へは電話するな、こっちからもかけないからと知子に言っていた。

が、三日前、冷延工場の作業に取り掛かって間もなく、バイクで乗り付けた主任の中島が、

「中村さん、何か急用らしい。家の方にすぐ電話をかけてくれ、奥さんから電話があったと事務所から連絡があったから」

と言ったのだった。

中村はいろいろと想像したが、どうすることもできないもどかしさと、どうにでもなれというひらき直った気持ちを抑え、何だろう、何だろうという不安感を持ちながら事務所の電話に向かったのだった。

彼の身体は、その着けている作業服のように汗と油と粉塵まみれだった。彼は、家族に何があっても急には駆けつけられない寂しさと、そのようなところで働いている己のちっぽけさを同時に感じ、余計、侘しい気持ちになった。

大径管工場の薄暗い建屋から、北側に面した扉を出ると、やっと中空に昇ってきた太陽が弱弱しく光っていて、それがまた彼の心に動揺を与えるのだった。

中村が自宅に電話すると、知子はすぐ出た。

「警察の手帳を拾ったの」と知子は、小声で言った。

中村が住んでいるのは五階建の公営住宅の三階だが、階下の二階の踊り場に男物のズボンが脱ぎ捨ててあったという。そのポケットを見たら警察手帳が入っていた、と言った。

中村はその朝も、ぎりぎりに家を出た。彼はいつものことだが、職場へは一分でも遅く行きたい。始業時間前のラジオ体操もしたくないし、そのあとの「ひとつかみ運動」（現場で出たゴミを一人ひと掴み拾う）も真っ平だった。そうかといって神島のように、時間前に出勤し、時間を計りながら便所で用を足しているということもしたくなかった。また大場のように、ラジオ体操を逃れるために、休憩室で作業服のボタンをつけているというような芸当もしたくなかった。

しかし中村は、今朝、出勤を急ぎながらも、眼を留めたものがあった。三階から二階へ、コの字型に階段、踊り場、階段と駆け足気味に下りて行った時、二階の踊り場というより、ドアの前にだった。黒っぽい薄汚れたズボンと、丸めた鼠色の靴下と黒い革靴が脱ぎ捨ててあるのを眼にしたのだった。彼はその時、何だろうと思う気持ちよりも、職場に向かおうという気持ちの方が勝っていて、さほど気にも留めないで、車に飛び乗るようにして職場に向かったのだった。

知子の電話は短かった。それは中村がそれとなく声で指図しなくても、知子が理解していることだった。会社からの電話だから誰かが聞いているかも知れない、という配慮以上に、「盗聴」ということが彼女の頭の中にあったのかも知れない。話の内容が内容だけに、当然真っ先に警察の盗聴が考えられたのだ。が、あとになって考えてみれば、まだ何も分からない、発見して十分も経たないうちだから、その盗聴が簡単にできるとしても、特定するまでの時間に間があり、心配には及ばなかったが、会社の盗聴や通報の方が心配だった。大企業はどこでも警察とつうかあと言ってもおかしくなかったから。

中村はすぐ、カメラを持っている友人の正ちゃんと連絡をとって証拠写真を撮っておくように言った。警察では、目星をつけた人をお客扱いしてお茶を出し、客が帰ったあと、その茶わんを丁寧に運び指紋を採取するということをしていた。そのことが頭にある中村は、知子に証拠を撮っておくよう重ねて言って電話を切った。

中村の住む公営住宅は、一階に四世帯ずつの五階建で、東西に長い建物は南に面し、北を背にして、二十世帯の人々が暮らしていた。

中村は一番西側寄りの三階に住んでいた。同じ西寄りの二階には、中村より若い細川という夫婦が住んでいた。二人とも眼鏡をかけていたが、その夫婦の子どもである、色白でくるっとした愛らしい眼の三歳の男の子を見るたび中村は、この眼はどっちに似ているのかなと思ったりしていた。

その子の父親である彼は、まだ三十歳にもならなかったが、階段や建物の出入り口近くで会うと、素早く先に挨拶し、道も率先して前に譲る男だった。痩身で一見優形に見える彼の挨拶の声は小さかったが、欠かしたことはなかった。酒もたばこもたしなまない彼は、町内の喫茶店に自転車で通って働いていた。

細川の妻は彼より上背があって、子どもを産んだとは思えない若々しさと均整のとれた身体をしていた。好んで穿くショートパンツ姿が美しく、本人もそれを意識しているようなところがあった。

彼らの夢は、A県だかC県だかの地方の小さな町で、アルコールを置かない小さな喫茶店をひらくことだった。二人のつつましい生活を見ていると、それは一年で実現できそうに中村には思えた。

中村は帰宅して、知子に改めて聞いてみた。二階の踊り場というよりも細川宅の玄関のドア近くに脱ぎ捨ててあったズボンは、間違いなく中村が朝出勤する時、軽く眼をやったものだった。警察手帳が入っていたのはズボンの後ろポケット、と知子は言って、細川から聞いた一部始終を中村に話した。

二階の細川が物音を聞いたのは、真夜中の二時頃だったという。住宅はコンクリートモルタル作りで、通路、階段、踊り場に通じている出入り口は各世帯に一か所で、その玄関口の扉は鉄でできている。

細川夫妻は、激しくドアを叩いたり、取っ手を掴んで何度もドアを動かしている物音を聞いたが、彼も彼女もただ恐ろしくて、ドアに近づくことも、ドアの覗き窓を見ることもできなかった。二人とも、外の誰かが今にもドアを破って中に入ってくるような気がした。分厚い鉄の扉だから大丈夫だろうと思いながらも、金縛りにあったようになっていた。踊り場には明かりがついているので、恐らくドアの内側から外を見れば、手に取るように見えたはずなのに、彼らはそれも怖くて頭が回らなかったのだ。

酔っ払いがいたずらしてるのかな、他の階の人が間違えてるのかしらと思うだけで、警察に電話しようかとか誰かに連絡してきてもらおうなどとは思い及ばず、二人はただ小さくなっていたのだった。

知子は「現場」をそのままにして、すぐ中村と連絡を取ったのだった。そして知子は中村の指示通り、正ちゃんに電話したのだった。彼は十一時からの歯医者の予約をとっていたが、キャンセルして駆けつけてくれた。すぐ現場のズボンの写真を撮った。手帳の方はひらいてページ毎に撮った。そのあと、知子と正ちゃんの間で、拾得物をどうするかで二、三の案が出たが、再度中村に電話はせず、二人で決め、結局、正ちゃんが警察に電話を入れたのだった。

正ちゃんの連絡で、中年の体格のいい男が自転車に乗ってやって来たのだった。無帽で白いワイシャツに目立たない鼠色のズボンに黒い靴を履いていたという。その男が知子に渡していった名刺を見ると「交通課長　警部補　井口清三」とあった。

中村は洗濯物をいじりながら、三階のベランダから見ていた。あの男が自分の部屋を訪ねてくるに違いないと考えて、すぐ玄関に行き、扉のドアチェーンを掛けた。

男は男で、自転車のペダルを踏みながら三階の西側の部屋に眼を注ぎ、ベランダに男の人がいるのを確認した。さらに、駐車場にかねて目星をつけている中村の車があるので、間違いなく部屋にいると信じて、男は中村宅の玄関扉の前に立ったのだった。

中村はドアチェーンをしたものの、もちろん居留守などを使うつもりはなかった。ベランダで洗濯している時、中村が見ていた限りでは、三階を見た様子はなかった。ドアのチャイムを鳴らそうがドアを叩こうが、だんまりを決め込んでいればそれもできないことではないと一瞬考えたが、いや「敵はさる者、引っ掻く者」それは得策ではない「煮え湯にしよう」とすぐ頭を切り替えた。

知子が、「B警察署に連絡を入れた時、相当あわてていた様子だったから、あとで何らかの形で来そうな気がするわ」と言った通りだった。

なぜ中村がその男を警察の人と分かったかは、ベランダから一瞬間見やっただけだが、こんな男が来たという知子の「身体ががっちりして、色黒の四角い顔」という話と一致したし、どんな犬でも犬らしく見えるように、長い間「教育訓練」に明け暮れ、職務についている彼らには、一般の男たちにはない堅さと線が、その身体に現れていた。服装もそれらしい地味な恰好をしていたが、上着をつければ警察官そのものだった。

ドアのチャイムが鳴ったので、中村は玄関の三和土になっているところに行き、扉の鍵を外した。が、ドアチェーンはそのままだった。

中村が十センチほど開けたドアの間から外を見ると、予想通りの男がいた。男は片手でドアを押さえ、片手には大きな菓子折を下げていた。

中村はしばらく黙っていた。すると男の眼と眼があった。

「いやぁ、どうも……」と男は照れ笑いを見せた。

「どなたですか」

中村は聞いてみた。

「先日はどうも、奥さんに名刺を渡した者で」と、言葉の語尾がやっと聞き取れるくらいの小さな声だった。

「いや、まだ連れ合いには聞いていません」と中村はとぼけてみせた。

「そんなはずは……」と男は少し口ごもったが、すぐ、がらりと言葉の調子を変えた。

「B警察署のものです」と言った。その変わった言葉つきに中村は威圧的なものを感じたが、わざとそれを無視するように言った。

「それなら、所属と名前を教えてください」

「今言った通り、名刺を渡したでしょ」

男は表情を硬くして、ぶっきら棒に言った。

「私はそんなもの知りません。何か用事があるなら所属と名前を言ってください」と中村は同じことをもう一度言って、一息ついた。それから中村は、男がすぐ口をひらこうとしないのを見て取って、さらに言った。

「最近は偽者も多いから、何か証拠になるものを見せてください」

中村は、こっちは住所も棟も部屋の番号も名前も家族の人数まで教えているのに、なぜ名前も言えないんだ、と腹を立てた。この野郎、胸章ぐれえ着けてこいと思いながら中村は、知子たちが拾って見たという手帳とやらを俺もしみじみ見てみたいものだと、逆に誘導尋問するつもりだった。

男の表情が見る見る間に硬くなり、顔に赤みが差してきているのが中村には手に取るように分かった。が男は、その感情を抑えて、ことさら落ち着き払っているような態度で言った。

「中村さん、開けてください。お願いしますよ」と、ドアの隙間に持ってきた菓子折を押し付けながら言った。

中村は、男の方に負い目があり、へりくだっている割には、その菓子折の扱い方に凶暴な爪の臭いを嗅ぎ取らないわけにはいかなかった。彼はむらむらと沸き上がってきた気持ちを抑えながら、意地悪く言った。

「入りたかったら入ってくださいよ」と中村は言いながらも、ドアチェーンを外す気など毛頭なかったので、重ねて言った。

「ただし、チェーンを切らなければ入れませんよ」と言ったあと、彼はさらに一言付け加えた。

「もちろん、チェーンに手を掛けたら一一〇番しますよ」と皮肉っぽく言って、にやりと笑った。

男はもう、無駄な抵抗はしなかった。ドアの隙間に押し付けていた菓子折を引くと、そそくさと階段を下りていった。男が姿を消すと中村は、玄関の扉の鍵を閉めた。が、チェーンは外さず、ベランダに通じる部屋に戻った。彼はベランダに出ず、レースのカーテン越しに外に眼をやった。

男は公営住宅の前の広場から通りに出ようとしているところだった。左に出れば小学校があるが、B警察署に帰るなら右に曲がるはずだった。中村は、あの菓子折はと下を見つめた。一瞬、自分の眼を疑ったが、後ろの荷台に風呂敷で不細工にくるまれてゴム紐でぐるぐる巻きにされている物を見た。それとほぼ同時だった。男は三階の中村の方を、ちょこっと振り返ったのだった。

住宅の出口は少し坂がつき、通りは未舗装で、車がやっとすれ違えるくらいの道幅だった。男はその条件の悪いところでよそ見をしていたものだから、通りに出る時、自転車がふらついた。その時だった。首都高をぶっ飛んできた竹槍・出っ歯（改造車）が未舗装の凸凹道を、やっぱり歯を剥き出しにして這うように小学校の方を目指してやってきたのだった。男はあわてた。ブレーキをかけるのも忘れて、ふらふらと通りの黒い車の前に出ていく恰好になった。そうして車を避けるように急ハンドルを切ったものだから、両足が自転車のペダルから離れ、両手でハンドルは握っているものの泳ぐような恰好になった。

その時だった。一発、中村の耳に鮮烈なクラクションが響いてきたのだった。神宮橋もぶっ飛んだ黒い怪鳥と同じ改造車の警告音だった。知らぬが仏、彼は江戸の敵を長崎で討ったのだった。駄目押しだ、ありがとう。竹槍・出っ歯は、土煙をあげて飛ぶように左に消えていった。

中村の住む公営住宅とB警察署は一キロくらい離れているが、公営住宅の周りには警察関係の建物が三棟あった。百メートルと離れていない北側に、鉄筋コンクリートの二階建があった。逆方向の南側の二百メートルくらい離れたところに、外勤関係の所帯持ちの集合住宅一棟と、公安関係の所帯持ちが入る集合住宅が道路を挟んで建っていた。

その独身寮と公営住宅の中間あたりに、小さなスナックがあった。そこへ飲みに行ったら、若い警察官が手帳をちらつかせて粋がっていたという話を、中村は犬丸から聞いたことがあった。犬丸はそれが誰なのか言わなかったが、今日訪ねてきた男が、その若い警察官の上司であるような気がした。

それからしばらくして、あのことがあってからしばらく夜眠れなかったと言っていた二階の若い夫婦は引っ越した。さらにしばらく経ってから中村は、彼らはA県のある町で、酒類を置かないこぢんまりした喫茶店をひらいたという話を風の便りに聞いた。

(二十四)

俺は女を知りたい、というより女の身体に興味があった。興味があるというより、セックスをしたかった。誰でも同じだから、機会さえあれば誰と寝てもいいと考えていた。太った女、痩せている女、肌の白い女、黒い女、足の太い女、細い女、顔の大きい女、小さい女、乳房の大きい女、小さい女、その真ん中にあるものを愛撫し、食べたかった。そんなことは問題じゃない、その肉体の奥の奥にあるもの、それが俺は知りたかった。深く深くて男の俺には分からないもの、でも俺が彼女を心底思うことによって彼女が出してくれる最大のものが欲しかった。彼女を触り彼女の言葉を聞き、彼女の望みに応え、自分でできる精一杯のことをして彼女に応え、自分をさらけだしたかった。が俺は、酒に逃避し、シャブにまで手を出してしまったんだ。そんな俺に規子は、愛想を尽かしてしまったんだ。

俺は酒を飲んで自棄を起こし、ささいなことで彼女と大喧嘩をしたのだった。その時、彼女を救う神のように一本の電話が掛かってきたのだった。規子の実家の父が倒れたという姉からの知らせだった。

思っていても、最後と思ってもろくな言葉を掛けられなかったというが、それは本当か犬丸。言葉は出してみるもんだ。言葉は出すもんだ。言葉を出してみろ。言いたいことがあるなら言ってみろ。言いたいことがあったんだろう。言え、言え、言ってみろ。彼女はそんな時にも、先のことを考え、家族のことを思い、身体にいいもの、家族の好きなものを考え買っていたというのに。もっとも家族といっても、彼女とお前だけだったが。

俺は覚醒剤に手を出し、溺れ、新しい彼女と一日中セックスをしていた。飯も食わねえで、朝から晩までセックスしていても平気だった。もちろん新しい彼女も俺と同じようにシャブを打っていたが。シャブに手を出したのは、長距離運送のトラックを運転している、小中学時代の同級生の鹿山の斡旋だった。彼に言われた通り、パチンコ屋で外国人に声をかけ入手した。その後、受け渡し場所はスーパーの駐車場になったが、同じ場所ではなく、ところ変わった。

初めのシャブは、やはり鹿山に教わった「あぶり」だった。氷砂糖のような小さな粒のシャブをライターの火で熱し、その煙をストローで吸うという方法だった。器は台所のアルミホイルで作った。

しばらくして鹿山は「注射」を教えてくれた。まず注射器で水をとり、皿の粉に注射器の水を入れて吸い上げ、腕にその針で打つ。量にもよるが、薬が薄い場合、効いているかどうか分からない。打って効くと、一瞬、眩暈がする。その状態が十分から二十分くらい続く。それは身体がふうっと浮く感じであり、気持ちがよくて、これまで味わったことのない世界だった。髪の毛が逆立つような快感があった。面倒臭い気持ちが全部吹っ飛んで、いい気分になった。そのいい気持ちは二日間持った。昔、ヒロポン中毒患者は三時間に一回打っていたらしいが、俺の頻度はそれほどでもなかった。

しかし、売人のやり方は上手かった。百パーセント近い純度の高いものはなく、七十パーセントくらいで、しかもだんだん質が悪くなるので打ってからの持続時間もだんだん短くなり、逆に薬に対する欲求は徐々に高くなり、一か月足らずの間に陥穽が待ち受けていた。

最初は、打つとぞっと冷気を感じたが、四、五回目になると、がーんと熱くなったのだった。

覚醒剤を打つと、自分の意志を通そうとした。自分が絶対であると、自分だけの意志を通そうとする。しかし、強迫観念が出て、威張っていても、気が小さくて思い切ったことができない。必ず自分を武装していた。拳銃はともかく、ナイフを持っていないと落ち着かなかった。

俺が逮捕された日も、そのような状態の時だった。目覚めた時から日暮れまでくっ付いていた新しい彼女がいない夜のことだった。

ビールでも飲もうと車に乗ったのだった。アパートの角を左に出て、小学校の横のクランク道を抜けたことまでは覚えているが、その後は何が何だか分からなかったのだ。車のスピードメーターの中に人の顔が見えた。幻覚症状だった。次にスピーカーから声が聞こえ指示された。それは絶えず聞こえ、右に曲がれ、真っ直ぐ走れ、左に曲がれ、スピードを出せ、止まれと忙しかった。幻聴であり、強迫観念だった。そして、防犯用のブザーが鳴りだした。いつの間にか俺の車はガードレールを壊し、神宮の森の中に突っ込み、榊の大木を倒して止まった。

俺は必死になってトイレを探していた。証拠隠滅を図ろうとしていた。持っていた注射器とナイフだけは捨てたかった。頭の芯だけで行動していた。ナイフは木立の中に投げ捨て、注射器はトイレに捨てようと思っていた。

そして最後に、神宮の楼門の中で、人が殴り合う音を聞いたのだった。

いや、そうではないだろう犬丸。あれはお前が勘違いしていただけだよ。鳩だよ、人に追われた鳩だったんだよ。あの鳩は山鳩でも伝書鳩でもなかった。もともと人が飼っていたものが野生化したものに違いないけれど、人に慣れやすい一面があるにはあるけれど、一羽一羽の鳩によってその性質も違う。帰巣本能が強いので、一度巣作りすると、その後も同じところで巣作りすることが多く、鳩を撃退するには、初めの親鳥の段階でやらないと鼠算式に増える。鳩は卵を二個産んで抱卵し、雛が孵ると一か月くらいで巣立つが、その巣を取り払ってしまうのも一つの方法だろうか。

鳩を撃退する商品もいろいろある。大きな目玉模様のついたビニールの風船のようなものがある。鳩の来そうなところにぶら下げたりして、大きな動物の目玉と錯覚させる威嚇戦法だ。また、大きな鳥の形をした目の部分などが鏡になっているものもある。また、烏や鳩などの死骸そのものに似せたものもある。また、鳩の嫌がる臭いで撃退する方法もある。

鳩の居場所全体に霞網のような網を張る方法もあるが、製鉄所のような広いところには不向きだ。捕獲用の箱や籠を置いて、中に鳩の好む餌を入れて誘い込んで捕獲する方法もあるけれど、これだけ鳩の数が多いと、面倒臭く容易ではない。

しかも、これらの鳩の撃退商品は、どれも一週間から十日くらいで鳩の方で見抜いて慣れてしまい、屁とも思わなくなる。

お前は車を乗り捨てて、走るように歩いたが、歩けば歩くほど暗くなる神宮の杜、注射器などは歩きながら捨てたが、後ろから誰かが追いかけてくるように思っていたのではないのか。犬丸、お前はすでに混乱していたのだ。記憶の底で思い出すことがあったはずだが、そんなことすらできなくなっていたのだよ。

彼奴らは真剣な表情で、大径管工場の建屋の梁に、薬を塗っていったではないか。年中暖かく、夜間は比較的静かな場所で、鳩が雨と風を凌いで寝座にしていた鉄の上に、丁寧に丁寧に、馬鹿丁寧に薬を塗っていたんだ。それを知らない鳩が、その梁に留まって眠っているうと、薬は脚から静かに体内に入っていった。鳩が寝入っている間に薬は脳まで及び、中枢神経を侵されてしまっていた。

翌朝、鉄の梁を飛び立った鳩には薬が効いていて、方向感覚も帰巣本能も失っていた。再び同じ場所に飛んで戻ることはできなかった。それでも必死にはばたいて、やっと仲間らしい鳩のいるところにたどり着いたが、全く見たこともない群れの中だった。違った群れの鳩どもから滅多突きにされ、身体を喰いちぎられ、のたうち回っていたんだよ。

犬丸よ、お前が真夜中の神宮で見たのはそんな一羽の鳩だったのだ。しかしお前はなぜか、いつまでも臥せっていることができなかった。周りをマッポウに囲まれていて絶体絶命だと思ってしまったのか、何も考えていなかったのか、どっちもだったか。頭の隅の隅で考えていたが、身体が動かなかったのか。季節外れの飛んで火に入る夏の虫だった。サイレンの音やマッポウの声に替わって、はっきりした小さな音が聞こえてきたのだな犬丸。お前はその音を聞いた時、一匹の虫か一羽の小鳥のように身を竦めたが、関心は膨れたんだよな。

音は確かに楼門の方でする。その明るい方に行ってみたい気が募ったんだよな。その門の正面には「扁額」がかかっていた。何十年も前の昔、額には文字を揮毫した人の名前が記されていたというが、この神宮が「戦の神様」と言われていたことと、揮毫人が戦争が好きな男だったことなどから、削られたのだということを、お前は中村から聞いていたよな。その時、お前は確かに言ったはずだ。

「事あればあの文字が復活するかも知れない。その時は中村さんがあそこに登って、削って消すんですか」と。

その言葉が規子からの受け売りだとしても、中村は真剣に思ったよ。削るよ消すよ、と。中村は今も変わりなく考えているはずだ。

四本の朱塗りの円柱の囲みの中でする音は、この門を作り上げた人々の力強い声のようではないかと思っただろう。何人もの男たちの声がする。女たちの声もする。子どもたちの声もする。その声は、大きくなったり小さくなったりして、お前の耳の中をいっぱいにする。しばらくすると声はやみ、殴りあう音に替わったんだな。

しかし犬丸、それも束の間だったなあ。お前ははその逞しい精力を失って、小鳥のように震えていたのではないのか。犬丸よ、お前は鳩の無様な姿に、シャブをやめられなかった自分を重ね合わせることすらできなかったのか。規子に申し訳ないと爪の先ほども思わなかったのか。その記憶の底の底でお前は、「鳩はまるっきり『ガイシャ』だが、俺は『ぱー・・ぷー・・』だ」と頭を振り絞って思えば思えたのに、針の頂のような中で考えられることは一つもなかったのか。二人の「アヒル」に抱えられたお前の身体は宙に浮き、足をばたつかせることもできなかったなあ。覚えていることを切れ切れに思い出していたが、それもきれぎれでまとまらなかったなあ。馬鹿な主任が「早く仕事をやれ」と怒鳴っていたことを思い出すには思い出したが、あとは尻切れとんぼみたいだった。

お前は小さな鳥を、人間より怖いと思った時があった。工場の隅にいた鳩を捕まえようとして、思わず後ずさりしたことがあった。鳩が、鉄板を斜めに立てた間に入り込み、こちらの身体が入らないので手を伸ばしたら、嘴を動かし、何度も何度も挑みかかってきたのだった。素手だったので、初めから怯んでいたのか。いやいや、お前の聞いた声は、工場で毒を盛られて飛んできた鳩に過ぎなかったのだよ。お前が過去にその仲間（葬式鳥）に声をかけたのに、伝わらなかった一羽の鳥だったのだよ犬丸。

（二十五）

犬丸は、身動きできない車の中で、自分を確認するように、留置場生活を「反芻」していた。

「マッポウ」とか「おやじさん」とか「看守さん」と言って、その場その場で使い分けていた。陰では「たんとう」とか「糞マッポウ」とも言っていた。同房には上目線でしゃべる男がいた。「チャカ、チャカ」というから何のことかと思ったら拳銃のことだった。自分のしたことを棚に上げて、「こうしていたら道具が錆びちゃうなあ」とか「道具に油さしてきたか」と仲間と話していた。「道具」というのも拳銃のことだった。男に聞かれた。

「あんちゃん、どこのもんだ」

「K町です」

「ああ、そうか。今回どうしたんだ、なんでかまれた（捕まった）。ちょんぼ（窃盗）でもしたのか」

「シャブです」

「おう、スピードか」

「お兄さんは今回、どうしたんですか」と反対に聞いた。

「関係ないだろ」ときた。関係ないならこっちのことも聞くなと呟いたが、声は出さなかった。こういう輩が結構いた。

手錠のことを「ワッパ」とか「プラチナ」と言っていた。ご飯は麦が入っていれば「麦シャリ」白飯なら「銀シャリ」と言っていたが、弁当だった。たばこは一日二本、順番に吸うことができた。また、二階に日向ぼっこができる場所があり、三人ぐらいずつ日に当たることができた。

冬だったので起床は午前七時半と遅かったが、起きると布団をたたむことから始まった。一番の部屋から順番に布団倉庫に入れる。看守は数人いたが、留置されている人より必ず一人多くいた。

布団を片付けると、ほうきを持ち、ちりとりを使ってごみを取る。一人ひとりがやらされた。次に洗面だった。看守の眼の前に水道の蛇口が四つほどあり、三、四人ずつ顔を洗った。

ご飯の用意は二人の看守の仕事だった。一人が弁当とお茶を各部屋に入れていく。一人がみそ汁をよそってくる。弁当は木製の弁当箱だったが、朝は決まってのりか納豆と、「銀シャリ」といっている普通のめしだった。食べ終わると、鉄格子の下の食器口から出した。食事の後十五分くらい部屋でゆっくりしていた。すると看守が入ってきて身体検査になる。「点検！」と大声で言った。看守は必ず、捕まっている人よりやっぱり一人多かった。まず目視で部屋の検査をし、次は身体検査だった。衣服の上から身体に触れて検査した。この毎朝の検査には「偉い人」が一人ついた。彼らの制服の星や線の数で判った。

その後「もくりの時間」だった。「もくりやで」という関西弁から始まった言葉を真似て「もくりだぞ」と言って、この部屋に入った古い順に、二階に行って吸う。たばこを吸わない人は「日に当たりたい」と言って部屋を出た。たばこを吸う時、「運動」と看守は言っていた。

もくりの時間が過ぎると、看守室のベルが鳴った。看守はロッカーから手錠を取り出し、「犬丸、調べだぜ、出ろや」と言った。また身体検査をして両手に手錠を掛けた。その両手は腰紐に繋がり、看守は腰に回した紐を持っていた。看守はインターホンを通して取り調べ官に連絡する。取り調べ官に身柄を引き渡す時、看守は手錠の鍵を手渡す。鍵をどこに持っていたのか分からなかったから、万一のことを考えて巧みに隠しているに違いなかった。

取調室では担当官が、メモ帳や事情聴取の紙を用意した。前回分も手元に用意していて「今日はここから……」と始めた。取り調べられる時、たばこは自由に吸えた。調べ終わると手錠を外した。が、人によっては手錠を外さない場合があった。

調べが終わると急に優しくなり、「何か飲むか」と言ってきて、コーヒーやコーラなどを飲めた。それも束の間で、また両手錠を掛けられ、留置場に帰される。看守はブザーを鳴らし「犬丸、調べ終わりました」と知らせていた。

留置場の部屋は二畳ほどだった。鉄格子の嵌まっている入り口の反対側に便所と手洗いがあった。足で踏むと水が出るようになっていた。部屋には二人ずつ入っていた。同室の相手は町内の飲食店を襲った人だった。刑期の話が主だったが、「今度出てきたらちゃんとやる」と言っていたから初犯ではなさそうだった。

昼飯も朝とさほど変わりない弁当だったが、「旅役者」といっていた大根の煮付けが出ることもあった。食べ終わると「休憩」だった。マンガ本を読んでごろごろしていたが、手紙を書いている人もいた。人によっては「取り調べ」になっていた。晩ご飯は早く、四時半だった。その後は比較的自由な時間があった。

夜、七時半から八時半までが洗面、洗濯の時間だった。歯磨と顔洗いは順番でした。洗濯といっても主に下着だった。風呂に入っている間に看守が水洗いしたが、こっそり何かを調べているような気がした。風呂は夏場は週三回、冬場は週二回と決まっていたが、風呂から出ると、「風呂に入っている時に洗濯終わったから干せや」と看守が言った。洗濯物は、通路の両端の釘に長い紐を張った「洗濯干し」に干した。

週二回「買い物の紙」が配られた。紙には主要な品目が書かれていて、しるしを付ければ購入でき、一人三千円くらい使えた。七、八千円使う猛者もいた。近くのスーパーマーケットで買うらしいが、紙に「その他」という項目があり、紙に書かれてない自分の食べたいものも書けた。

購入品はダンボールで来て、個人ごとにビニール袋に小分けされた。看守から指示されて一番の部屋から順に出て行って取るが、ロッカーか自分の部屋に入れるかは自由だった。ただし、ロッカーに入れた場合は、看守に頼んで取ってもらう必要があった。

買った食べ物などは、同じ部屋の人や他の部屋の人にあげるのは自由だった。たばこを吸う時間に親しくなった人にあげたこともあった。面会人が来て差し入れをもらったが、下着やマンガ本だった。自分の好きな差し入れは桃の缶詰だった。夜中に中トロを食っている珍しい人もいたが、何らかのルートがあって差し入れられていたのだった。

あの部屋で食いたいものは、やっぱりアンパンやクリームパンと桃の缶詰などだったが、コーヒーも飲みたかったので缶コーヒーを記したが入らず、パックにした。しかし何と言っても「自由」のシンボルはたばこだった。なぜならば、たばこの煙をくゆらしながら、頭の中で想像をめぐらし、何でも考えることができるからだった。

消灯は午後九時だった。八時半頃、同房の彼とべたくっていると看守が音もなく部屋の入り口に来て、「寝れや」と言った。

夜中の十二時、一時頃、パクられてくる奴がいた。

「うるせえ！」

留置場の部屋の中から怒鳴った。

簡単な取り調べが終わり、空いている留置場に「新人」は入れられたが、そこで言い合いが始まった。

「何時だと思ってんだ」

「何、この野郎」

「この野郎はねえだろう、馬鹿、三太郎」

「うるせえ、お前こそ三太郎だ」

「うるせえ、うるせえのはお前だ。郷に入ったら郷に従えという言葉を知っているか。今日だよ、今日の今、お前の一日が始まったんだよ。お前はなんで自分をそんなに粗末にするんだ。馬鹿は多いけれど、お前を馬鹿なんてこの中にいる人は誰も思っちゃいないんだよ」

先に入っている人たちに小さな「連帯意識」が生まれ、先輩のその言葉に同調するようにみんな黙っていた。新入りをへこましたというよりも、新しい仲間を迎え入れたのだった。

留置場での取り調べは、十日、二十日と勾留されている間に行われていたが、八日目で自供しない人は延期された。逮捕された翌日に検察庁に送られることになっていたが、それは朝ご飯を食べてすぐに行われた。犬丸は十日勾留され、朝食のあと検査されて、手錠を掛けられて、裏階段からM市に送られたのだった。

（二十六）

犬丸が少し身体を動かしたので、左側に座っている藤田がいち早く気づいた。

「犬丸、何考えてる！」

藤田が突然怒鳴り、反対側の高橋と、車を運転している山倉が一瞬こちらを振り向いたような気がして、犬丸はつぶっていた眼をゆっくりひらいた。

「どこを見てんだ。真っ直ぐ前を見ろ」

藤田の大きな声は淀んで、明らかに犬丸を見下している声だった。その一言は、犬丸の内部の火に油を注いだ。

「うーっ」

犬丸は声にならない声を発した。怒りが爆発した声ではなく、心の底からのうめき声だったが、怒りを我慢するように身体を震わしていた。

「犬丸、身体を動かすんじゃねえ」

今度は犬丸の右側の高橋が言った。

犬丸はかすかに身体をふるわしながら、全身に力を入れていた。右側を見ていた眼を少しずつ動かし、前方を見て、左側へと回した。

ツードアのライトバンは、車外に出られる前方に行くには座席を倒さなければならない。前の座席は運転席と助手席しかないが、三つある後部座席の真ん中に座らされている犬丸は、まるで缶詰状態なのだ。助手席のドアは、B署を出て以来ロックされたままだし、運転席は運転手の山倉が座っているかぎり、ふさがっている。いや、それよりも、両手の手錠から腰に繋がれた捕縄は腰に二巻きもされ、二十センチメートルくらいたるんではいるけれど、高橋の馬鹿が、手が紫になるほどきつく握っていた。さらにこの奴らは、予備のロープなどを車の後部に積んで、必要に応じ、俺の上半身や足に使おうとしているのだろう、と犬丸はまだ考えることができた。そして犬丸は黙っていた。

「山倉、親父さんもお祖父ちゃんもがちゃ（巡査）だったよな、親子三代」と藤田は突然、前の席の山倉に問いかけた。

「いや、初代はお祖母さんの姉妹の夫」と山倉は答えるが、後ろをむくことができない。

「すると二代半か、半端だな。山倉、どうしてマッポウになった」

「親父を尊敬してたから」

「親父さんは巡査部長で定年、裏金づくりに手を貸さなかったことで有名だった」と言ってしばらく黙ったあと、藤田は口をひらいて話題を変えた。

「忘年会、面白かったな」

「おもしろかった」と高橋。

「あれが面白かったよ。瓶、ビール瓶」と山倉。

「宴会の終わり頃、空のビール瓶が壁に逆さに立てかけてあるから、変だと思ったんだよ」

「瓶の口にティッシュを詰めて」

「その次、女がそれを部屋の真ん中の畳の上に持っていった」

「そん時は、テーブルなんかも片付けられていたな」

「だけどどこで脱いだんだろう。もう部屋に来た時から脱いでいたのか？」

「知らなかったのかお前さんは」と藤田は、前でハンドルを握っている山倉に眼を注いだが、すぐ話を続けた。

「あの彼女、初めっからつけてなかったんだわ」

その時、藤田の反対側の高橋が犬丸越しに目配せをしたが、藤田は話を続けた。

「あの外勤の小林が、宴会の時、あの彼女と踊った時、ぐっと身体をくっつけてきたんだって。そして『わたしを買ってくれる』と誘われたんだって。その時、女は『わたし何も着けていないのよ。触ってみてもいいよ』と、彼の手を取って案内したんだって」

「すると、すっぽんぽんで酒を飲んだり、料理を食ったり、踊ったりしてたんだな」と高橋。

「そういうことだわな」と藤田。

その時、犬丸が笑った。が彼は黙っていた。静かに耳を傾けていた。それを見て高橋が言った。

「おう、ちょっと黙ってろ」と、捕縄の紐をぐっと引いた。

「舌でも噛み切ったらどうすんです、そんなにかまって」と前の席の山倉が言った。

「高橋さん、ちょっと」

前の席の山倉は、後ろも見ないでさらに言ったが、高橋は耳を貸さなかった。また藤田が口をひらいた。

「鼻くそ（万引き）だから、そんな勇気もあんめえ」

「鼻くそ、そうは見えねえな。まめドロ（強姦）ではねえのか」と山倉。

「いや、宇宙食（覚醒剤）よ。ネオンちかちか（幻覚状態）しちゃって、はしっていた（覚醒剤をかなり打っていた）」と高橋が本当のことを言った。

犬丸はまた口をひらこうとしたが、この野郎どもの話を聞いてやろうという気持ちが勝り、両手錠の手を上げ、まるでいやいやでもするように頭を左右に振った。すると高橋は、また右手に力を入れ、巻いた捕縄を引っ張った。

藤田も身体を動かし、高橋と挟んでいる犬丸の身体を締め付けるように、ぐっと寄った。その時、藤田の革帯が座席に当たり、拳銃が持ち上がった。藤田はそれにお構いなく話を続けた。犬丸は黙って聞いていた。

「ビール瓶は一本だっけえか、二本だっけえか」と藤田。

「一本だよ」と高橋。

「だけど逆さにしていたのは二本だったよな」

「二本だったかも知んねえ、用意したのは」

「おでこにビール瓶を立てられても、小沼はやる気満々だったなあ」

「あれが本当のおまんか」と藤田は声をひそめて言ったが、話しかけているのは犬丸の右隣の高橋だったので、犬丸にははっきり聞こえた。藤田はそんなことにはお構いなく話を続けた。

「おでこにビール瓶を立てて、百円玉、何枚積んだ」

「十枚」

「何枚ずつ落とした」

「一枚、三枚、二枚、三枚」

「計算が合わねえなあ、一枚足んねえ」と藤田。

「一枚は食べちゃった」

「馬鹿」と藤田。

「ビールの大瓶、中味が入ったまま持ち上げられっかな」

「持ち上げられねえことはねえんじゃない。バナナを咥えて切ったり、やかんに水をいっぱい入れて持ち上げたというんだから」と高橋。

「見たのか」と藤田。

「見てない、聞いた」

「馬鹿」とまた藤田。

「やかんをどうやって咥えたんだろう。だけど、いっぱい入ったビール瓶は無理だと思うよ」と高橋。

「どうして」

「王冠がついてるから怪我しちゃう」

「馬鹿、瓶の口金くれえは取るよ」と藤田は笑いながら言った。

「あんまり馬鹿、馬鹿言うなよ」と高橋。

「そうか、悪かった」と言って藤田は笑い続けた。

「やかんをぶら下げるくらいなら俺にもできるかも」と高橋。

「できっこねえ、ふにゃちんには無理だろう、急須ぐらいならできるかも知れねえ。それもアルミの急須な」と藤田。

「それは酷い」と高橋。

「H温泉のきれいどころが、あれだけ雁首を揃えていても、あの姐さんにしかできねえ」と藤田。

「姐さんと、さん付けで出ましたねえ」と高橋。

「難しい技だよ。姐さんが努めて励んで、励んで努めて、相当な努力をしねえとできめえ」と藤田。

「そうそう、努力の努の字は女の又の力と書くからな」と高橋。

「またはまたでも字が違うんじゃねえの、女の股は。そんなこと言ってるから、いつまで経っても平なんだなあ、高橋くん」と藤田。

「藤さんは？」

「部長といっても巡査部長では、主任、主任といわれても、本庁では平だ。『キャンリヤ』という、あの糞大学出て国家公務員の試験をたった一回合格しただけの若造が、試験なしですすい飛んでいくんだ。こちとらは昇進試験に四苦八苦しながら、たかだか警部補。あのうんこ野郎がたった一年で飛び越していった警部補で定年だ。悔しくねえのか」

「悔しいけれど、どうしようもねえ」

「オマ公だのクリ公だのはり公だのチャリだの、がちゃだアヒルだって、仇名ばかり多くて、このままいってもせいぜい課長代理か係長だ。巡査部長の主任なんて、鳥の羽より軽いのよ」

「だから、飛ぶんですか」

「茶茶入れるんじゃねえ。飛ぶんではなく、飛ばされるんだ。お前も俺も平で鳥の羽よ。水戸、取手、日立、下館、土浦と、こっちの空からあっちの空へ、あっちの空からそっちの空へ、ひらひら、ひらひら、どこまでも飛ばされていく鳥の羽よ」

「鷲ですか鷹ですか、それとも白鳥ですか」と運転席の山倉。

「白鳥？　白鳥はむりだよ」

黙っていた犬丸が呟いたが、誰の耳にも届かなかった。

「馬鹿、そんな高級な鳥ではねえよ。鳥の羽と言っただろ」

「と、言いますと……」

「鳥といってもせいぜいみそさざい」

「みそさざい！」

「そんなにびっくりするなよ、鳴き声だけはいい」

「おやひげ（署長）クラスが鷲か鷹ですか」

「いや、野郎らは鳥ではねえ、鳥にはなれねえ」

「どうしてですか」

「あの連中は欲張りで、いろんなものを身体につけていて、重くて、飛ぶどころではねえ」

「では、何ですか」

「ま、せいぜい穴熊かいたちかもぐらだろうな。そのもぐらやいたちに胡麻をするしかねえ」

「俺は欲のないのが取柄です」と前の席から声が出て、後ろの席に届いた。

「そうか、自分で欲のないという奴は半分しか信用できねえなあ。親父さんは定年まで平だったからなあ。裏金づくりに手を貸さないということでは偉かったよ」

「巡査部長で定年だったけど、俺は父親を尊敬してる」

「だから、ニセ領収書づくりには手助けしないというのか」

「俺は親父の言うことを守って……」と山倉は、運転しているので後ろを向くことができないまま口ごもった。

「まあ、ことここに及んで、お前みたいにそう考えるのは甘いなあ」と藤田は山倉の首筋を睨んでから、ちらっと外を見て話を続けた。

「このあいだ手帳を紛失した時も、井口が口止めして、みんな血眼になって探したっぺ。幸い外部からの電話が入り、たまたま高橋が受けて、ぶけほ（警部補）が先方に行き事なきを得たけれど、すれすれだったなあ。内規にある本部長への報告もしなかった。バレたらおやひげ（署長）の首つりもんだ」と言って息をつぎ、さらに続けた。

「裏金づくりにかかわっている仲間が『不祥事』を起こしても、辞めさせることができねえことを証明したんだ。山倉、高橋、考えたことがあるのか。アカ（女性警察官）が『公衆便所』といわれ、制服巡査が『アヒル』といわれているところだ。自分で書きたくねえのに『お願いします』と退職届を書かされる。この世界に勘違いして入った者は、チャカ

〈拳銃〉で自分の頭をぶち抜くしかねえんだ。できるかな高橋。俺はそのどっちにもなりたくねえんだよ」

山倉は相変わらず後ろを向くことができないので言葉はすくなかった。高橋も大した言葉はなくほとんど黙っていた。

「俺も高橋も、それほどきれいごとは言えねえだろう。拳銃とワッパをぶら下げて、高橋は手に縄をからげている始末だ。俺はあのことがあったし、山倉と同じ〈交通〉だ。高橋は〈地域〉だから、明日にもニセ領収書を書かされるよ」

と藤田は一人でしゃべったが、山倉の耳は後ろにひらいていなかった。高橋は高橋で、軽く相槌をうつものの黙っていたので、また藤田が口をひらいた。

「あのぶけほだけは気を付けろよ。一生台無しにされる。向こうはむこうでこっちを注目してると思うが、山倉の親父さんとは真逆だからな」

藤田が話に区切りをつけると、高橋は犬丸越しに手を少し出し、藤田を軽く制するようにしたが、その動作は山倉はもちろん、藤田の眼にはうつらなかった。そして高橋は、藤田の話を聞きながら、何かを我慢するみたいに下唇をかんでいたが、堪えきれないで言葉を出した。

「あの金は、どうしてるのかな」

「毎日、その金をプールし、使い道はトップが決めている。ニセ領収書の裏金は課長級以上の幹部の飲み食いのために使われているというが、われわれ鳥の羽には藪の中だ。が、それはおやひげどころかおもや（警察本部）の幹部すら認知してるんだ。まあ、山倉のおやじさんみてえな人ばかりだったら、この組織も少しはよくなるのだが、そうは問屋が卸さねえ、絶望的だよ」

「主任、辞めるんですか」と山倉が後ろ向きで声を出した。

「ああ、いつ辞めてもいいと思っている。今辞めたら退職金も何も出ねえが、詰腹を切らされる〈依願退職〉よりはましだろう。やり直しがきくのも今だからなあ」

と藤田は話すのをやめた。

少し間があった。犬丸はマッポウの話も面白かったが、どちらかかというとH温泉の話に耳を傾けていた。

思い出したように犬丸が笑いだした。腹を抱えて笑った。

「やる気まんまんか」と言いながら、犬丸は一人笑っていた。

それは自分が体験したのと同じ話だった。犬丸は、警察というからどんな奴らかと思っていたけれど、呆れて物も言えなかった。こっちが最低と思っていたけれど、もっと低いや、下には下があるもんだと思わずにはいられなかった。柄が悪いとはこのことかと思った。

犬丸は笑った。おかしくておかしくて堪えきれないように笑った。大声を出し、終いには涙を流し笑っていた。

「なんだこの野郎、大人しくしてると思ったら」と藤田は言うなり、右手を犬丸の首に回した。

「馬鹿にしやがって、この鼻くそ野郎」

藤田は、犬丸に馬乗りになる恰好になって、首を締めつけた。

「巡査部長、巡査部長！」

高橋が藤田の身体に手を触れて声を出したが、藤田はやめようとしなかった。

その時だった。追い越し車線を近づいてきた男の運転する乗用車が、スピードを落とし、並走しだした。山倉が首を回して後ろを見ると、こちらは中年の女性がハンドルを握った乗用車がぴったりくっついていた。横に座っているいい年の男は彼女の連れ合いだろうか。

「藤田巡査部長、藤田巡査部長！」

高橋は今度は、犬丸に被さるように乗って猛烈な勢いで首を締めている藤田の肩を叩いた。藤田が力をゆるめ身体を起こしたので、高橋は親指を使って後ろと右側を指差した。「車？」と、藤田は周りに眼を注いだ。その顔は赤く、制服が乱れていた。拳銃を吊っていた紐も動き、ホルスターの位置もずれていた。

それを機に、藤田が犬丸の首から手を放した。犬丸はゆっくり身体を上げ、元のように座り直したが、息が乱れていた。が、犬丸より藤田の息の方が荒かった。二人はその息を収めるように、しばらく黙っていた。

犬丸は右の耳の付け根あたりに軽い痛みを感じたが、これくらいのことは我慢すればすぐ収まるだろうと思いながらも、自分の顔を見てみたいともちらっと思ったが、黙って眼をつぶった。が、彼の思い出し笑いはやまなかった。犬丸は心の中では笑っていた。臍で茶を沸かすほどおかしくて笑い続けていたのだった。

（二十七）

車は、もうすぐ県庁所在地のM市に入ろうとしていた。すでに朝のラッシュは過ぎているものの、まだその余韻は残っていて、十数台の車が連なり、隙があれば前に出ようとしているぴりぴりした空気が流れていた。山倉はその流れに車を合わせるでもなく、無理をしないハンドルさばきをしていた。犬丸は、俺がハンドルを握っていたらもう少し荒っぽい運転をするか、後ろの車がクラクションを鳴らしたくなるようなスピードにするか、どっちかにするだろうなあ、と思った。

犬丸は手錠の手を重ねるように合わせ、じっとしていた。三人の雰囲気、そして外の風景から、目的地に着くのも間もなくかなと犬丸は思いながら、しかし一方では、まだ余裕はあるぞとも考えていた。

今自分に残されている唯一の武器は、己の意志のもっとも近くにあるものであることを思った。犬丸はしばし黙考したあと、少し口を歪めて微笑んだが、一抹の侘しさのこもったこの仕草は、両脇の二人には分からなかった。

犬丸は短い間にそう考えて、つい今し方まで次々とこみ上げ溜まっていた怒りを抑えることができたので、眼を上げた。車は、大きく開けた空と海の風景を飛ばして、数分前、猥雑だなあと彼が思った丈の低い松と雑木の生える山の間に入るところだった。

その時、犬丸は、空にある黒い点のようなものを見つけた。それは彼が勘を働かせるまでもなく、一羽の鳥であることが理解できた。が、車はその黒い点を置き去るように、逃げるように動いていた。

犬丸は首を少しよじりながら、その黒い点の鳥を見定めるように眼をすえていた。

「ああ、飛んでる、鳥だ、鳥だな」と、彼は心の中で一人納得していた。そうして、犬丸の頭の中には次々と鳥の姿が浮かんできた。鳩、葬式鳥、鷹、白鳥、鳶、どの鳥も瞬く間に彼の頭から消えたが、最後に頭の芯に残った鳥は、鳥でなく鳥の形をした凧だった。中村の家で見た、真っ赤な大とんび凧だった。

だが、空の一点に眼を留めようとしていた犬丸のその思いまでも彼から引き離すように、車は空と海とその一羽の鳥を捨て去り、今度は住宅を引き寄せ、進んで行った。

何の鳥か判別できないほど小さな、空の黒い一点に注目していた犬丸だったが、その鳥が消えたのは不当だといわんばかりに、身を乗り出そうとした。いやそれは、鳥を見たというよりも、それもこれも含めて彼の頭の中で膨れてきた意志というものだった。

いや実際、彼の身体は両手錠で腰に捕縄がつき、両側から屈強そうな二人の男が挟んでいて、身体の自由などきかなかったが、頭の中こそ自由だった。犬丸の考えたことは、ほとんど妄想に過ぎなかったが、己に残されている唯一の武器を発見したことも、鳥を見たということも、中村のことを思ったということも事実だった。

だから犬丸の身体に力が湧き、何かしてやろうという、男たちに立ち向かってやろうという気力が漲ってきたことも本当だったが、頭の中はともかく、身体はどうすることもできなかった。身を乗り出そうとしても、その動きは、腰をちょっと浮かすか浮かさないかの動きにすぎなかった。そうだろう犬丸。

さほど高くないビルと濠跡の登り坂の道を走った車は、左折して三階建のビルの庭先に着いた。

「犬丸、年貢の納め時だな。まあ、縄でぐるぐる巻きにされて追い払われても文句は言えめえ」

高橋はその言葉の内容に比べて、静かな声を出した。が、そう言ったあと、なんでそんなことを言ってしまったのかなと悔やんだ。

山倉は高橋の言葉を耳に入れると、右手でキーをひねって車のエンジンを切った。サイドブレーキを引き、さらにギヤをバックに入れると、藤田と高橋に「行ってきます」と一言言って車を離れた。

「おめえなんか、しばらく御無沙汰してんじゃねえか」

何を考えていたのか藤田はそういうと、右手で犬丸の太股をぽんと叩いたのだった。

「うーっ」

犬丸は呻き声を発した。二度目だったが、今度の方が大きかった。

頭の中では造作もなく自由になれることを一時思った犬丸だったが、缶詰状態であることに変わりなかった。前の運転席と助手席への距離は四十、五十センチメートルしかないが、やっぱりどうすることもできない。

飛び出すどころか、飛び上がることも腰をひねることもできないのだから、立つことも前に進むこともできない。隙間だって通り抜けられる隙間ではない。

「不可能を可能にする」「逆もまた真なり、逆こそ真なり」

あれは誰が言った言葉だったのか。犬丸は震える胸のうちで、一瞬間だがそう思った。

「犬丸、当分お預けだ、犬みてえに」と藤田が手真似をして、思わせぶりに言った。

「主任、犬の方がもっとましですよ。さっきの話をよだれを流して聞いていたっぺ」と高橋が調子を合わせ、藤田の言葉に輪をかけたようなことを言った。

「犬なら好きな時につい・マ・ン（一対一のセックス）だ……」と、藤田が言い終わらないうち、犬丸が平然と言った。

「笑っちゃうよ。本当にお臍がお茶を沸かすよ。お前らも偉そうな恰好していても、他人に笑われたらお終いだよ。最低だよ。犬ころよ。その犬っころは柄が悪くて最低ということが分かったよ。『誠実』とか『奉仕』とか『明朗』とか言ってるから、もう少しましなところかと思っていたが、勘違いしていたよ。そんな言葉をわざわざ掲げなければならねえほど腐っているのか。俺が最低と思っていたけれど、もっと低い奴がいる、下には下があるもんだ」

「なにー」

藤田は犬丸の両手錠の先についた紐を引き寄せた。

「犬っころと鳥とはだいぶ違うな」

「鳥?」

「手前らじゃねえのか、犬は。人間なんかじゃねえ、犬なんだろう」と犬丸は問いかけるように言ったが、その声は意外と落ち着いていた。

「なんだとーこの野郎、同じ犬でも俺らは吠える犬だ」

「吠える犬か、ふん、弱い犬ほどよく吠えるからな」と犬丸は鼻で笑って、さらに言おうとした。吠える犬だと、馬鹿か。吠えない犬は危険だというが、吠える犬は安全だとでもいうのか。お前らに必要なものは食い物であり、餌だろう。

「犬、……」

犬丸は、犬とはっきり言って口ごもった。

「犬？　犬がどうした、いぬまる」

藤田が少し挑発的な声を出したが、犬丸は取り合わず調子を外して言った。

「犬っころよ」と冷静に言って続けた。

「いぬまるなんて言わねえでくれ」と犬丸は藤田の方に顔を向けて、静かに言った。

「どうして」と藤田は、犬丸の話にのってきた。

犬丸は話を続けた。

「俺は正真正銘の犬だから、むしろ犬と言われた方がすっきりするよ」

「ほう、珍しいなあ」と藤田は犬丸をからかうように言ったが、言葉と裏腹に顔色が変わった。その顔を犬丸に近づけた。

「俺は犬だけれど、お前らは犬っころにされているのよ」と犬丸は、きっぱり言った。

「なにーこの野郎」

藤田は語気を荒げ、手を振り上げた。

「藤田主任」

犬丸の右側に座っている高橋が藤田を制するように左手を出したので、藤田は手を下ろした。が、犬丸は口をひらいた。

「俺は犬、お前らも犬、いや犬っころよ。だけど違うんだよ。その違いは天と地、月とすっぽんくらいの違いなのよ。吠える犬、笑っちゃうよ。同じ犬でも何が違うか判るかな。俺は俺自身が主人だが、お前らは主人がいるっていうことよ。その主人にほめられたくて主人のいう通りにして、主人にほめられ餌をもらうことを生き甲斐にしている吠える犬だよ」

「なにー、もう一回言ってみろ、この野郎」と藤田。

「吠えても吠えなくても、鎖に繋がれている犬、それも犬っころということよ」

と犬丸は平静に答えた。工場内で餌を与えた瘡蓋だらけの大柄な犬と、溝鼠に喉笛を喰いちぎられている小犬が彼の頭の中に浮かんで消えた。

（二十八）

犬丸の言葉を聞くと藤田は、向き直った。そして犬丸の首を抱くと、今度は本気になって力を入れて締めた。

「主任、主任」

高橋が血相を変えて、左手で藤田の腕をふりほどこうとするが、利き手でないので力が入らなかった。藤田は腕の力を弱めなかった。

「ふざけやがって、この野郎！」と藤田は、猛烈な力で犬丸の首を締め続けた。捕縄を持った高橋は、藤田の動きが普通ではないと思いながら、さっき出した左手を引っ込め、その右手に力を入れていた。

身長一七〇センチ、体重七十五キロの藤田が全身に力を入れて、のしかかるように犬丸にかぶさった。痩身の犬丸の上背は藤田と同じぐらいだったが、体重は六十二キロなので、藤田の身体の下に隠れる感じだった。

藤田の動きに加えて右側の高橋も、右手と身体に力を入れて、ぐっと犬丸を押し付けるようにしてきた。しかし犬丸は渾身の力を振り絞って、被さるように首を締め押さえつけていた藤田の分厚い身体をはねのけるように全身を動かした。

「えおーっ」と、犬丸は声にならない声を発した。同時に上半身を動かしながら、両足をばたばた動かした。それは何かを蹴飛ばすというよりも、両手錠と捕縄で自由が利かないうえに、藤田が被さり首を締めのしかかっているので、犬丸が力を入れて動かせるのは両足以外になかったからだった。

藤田は犬丸の足の動作を見て、この野郎は車から出てしまうんではないかと思い、押さえていた片方の右手を離し、前に伸ばすと、車を運転していた山倉が降りて行ってそのままになっていた運転席のドアをあわててロックした。藤田は、高橋が右手で捕縄をがっちり引いていることは先刻から承知していた。藤田は犬丸が車から出てしまうことを危惧したのではなく、その思いも行為も彼の恐怖心から出たものだった。どこまでも刃向かってくる犬丸に本当の怖さを感じた。

犬丸は一瞬間、首を締められ押さえられていた力が弱まったので、身体に力を入れていた反動で、立ち上がれそうになった。すでにだめだと半ば諦めていたのに、前の座席に出ようとさえ思った。しかし、仮に身体が前の座席に出たとしても、両手錠の手でドアのロックを外すことは、足で蹴って外すことと同じに難しかった。いや、そんな車は売ってなかった。いやいや、腰からの捕縄は高橋巡査が右手に二巻きもして握っていたので、犬丸が立ち上がれそうになったのは、その縄が少し緩んだからに過ぎなかった。犬丸には全く逃げ場がなかった。

犬丸は興奮していた。だが、いくら顔面が紅潮するほど激昂しているとはいえ、前後の見境がつかなくなるほど激していたのではなかった。両手錠ではドアのロックは外せないことは分かっていたし、両足を使って何かを蹴飛ばす体勢をとれば、上半身は定まらないだろう。足そのものが前の座席の下なので、どうすることもできないことはわかっていた。手錠から腰に繋がれている捕縄の先は、相変わらず高橋の右手に二巻きされていた。

「いぬー！　いぬー！」

藤田は犬丸以上に興奮していた。少し前の犬丸との言葉のやりとりさえ忘れ、顔面を紅潮させた。むきになって声を張り上げた。ドアをロックする時、離した身体をまたもとに戻し、犬丸に被さり右腕を回して首を締め押さえつけた。

瞬く間に藤田の小さな耳は真っ赤になり、眼は血走った。反対に犬丸の眼は、藤田と比べると澄んで、獲物を狙う鷹のようだった。が、耳の付け根は藤田に負けず劣らず、赤くなっていた。

「この野郎、そんなに暴れてどうすんだ。ふざけんな、ちんころやろう」

藤田は犬丸に全体重をかけるように被さり、激しい憎悪の眼を向けながら悪罵を投げた。

「うーっ」

犬丸はうなり声をあげたかと思うと、首を左に回すや否や、藤田の右耳に噛みついたのだった。

「うぅーっ」

声にならない声を、今度は藤田があげる番だった。

藤田は、犬丸の左の肩と手首を押さえていた片手を外したが、身体はのしかかりながら怒鳴った。

「この野郎、何すんだ、眠らして（殺して）やる！」

犬丸はその大声には答えず、のしかかっている藤田を跳ね除けるように、満身の力を込めて身体を揺すった。もちろん藤田の耳を咥えたままだった。

「痛え、いてえ、この犬っころ、犬っころ野郎」

藤田は顔を動かさず、外した右手で、力一杯犬丸の顔を払った。犬丸の顔の赤みがいっそうまし、眼は真っ赤に血走っていた。藤田の顔も同じだった。二人の顔色は甲乙つけがたかった。

藤田の一撃で犬丸はその耳から口をはなしたが、藤田はまた犬丸にのしかかり、空いていた左腕を首の上から回し、首を締めた。藤田が覆い被さった犬丸の身体は、隣の高橋巡査の方に寄り、高橋の身体は右側の窓ガラスに押し付けられる恰好になった。が高橋は、藤田と反対に一言も発しないで、顔を歪めながら捕縄を引いていた。高橋は訳の分からない危険を感じて、皮膚が変色するほど巻いていた捕縄の手にさらに力を込めていた。

藤田は犬丸の首を締めていた左腕にもっと力を入れた。曲がった肘は腕相撲をした時のようになり、手先は犬丸の顔面近くに伸びていた。その途端、犬丸はまた渾身の力を振り絞り、素早く顔を動かし藤田の手に噛みついた。

「痛え、痛え、なんだなんだこの野郎!」

それは怒鳴り声というより叫び声に近い藤田の声だったが、舌がもつれて奇声に近かった。

藤田は噛みつかれた手の力を抜くような恰好をして、犬丸に馬乗りになった。狭い車内で二人はもつれたようになっていたが、藤田の身体だけは興奮の度をこしてぶるぶる震えていた。

「この野郎、眠らすぞ、撃つぞ!」と藤田は、犬丸の顔の上で叫んだ。さらに同僚に同意を求めるように言った。

「高橋、撃つぞ」と、藤田は眼をむいて高橋を見たが、彼は黙っていた。高橋は捕縄を力一杯握っていたが、撃ってもいい、撃たなくてもいい、どうでもいいという顔だった。

その刹那、藤田は自分の左手がかるくなってたような気がして反射的にその手を引いたが、指先がしびれたみたいに感覚がなくなっていることに気づいてあわてた。その原因が何であるか分からないまま己の手先を見た。指先が真っ赤に染まり、血が滴っていた。

犬丸は、藤田が一瞬間、手ものしかかっていた身体も離したので、身を起こしたが、その口は血だらけになって不自然に赤かった。

藤田は思わず、車の中にいることを忘れて立ち上がろうとした。腰の左には振り出し式の特殊警棒があったが、藤田はためらわず同じ腰の右の拳銃に手を当て、引き抜いていた。拳銃を撃つには、まず空いている方の手で撃鉄を起こし、それから引き金を引く二段構えになっている。撃鉄を起こすと引き金が軽くなり撃ちやすくなるが、撃鉄を起こさなくても撃つことができる。ダブルアクションといわれるこの方法は、引き金が重くなる。

藤田が左手も右手も離し、身体の力も抜いたので犬丸の身は少し楽になり、動かせる状態になった。しかしそれは気持ちだけで、相変わらず身体の自由が利かないことにはかわりなかった。

犬丸が身体を寄せていた高橋は、右手に捕縄を巻きつけてしっかり持っていたけれど、縄は最初の長さよりも伸びていた。そのため、また立ち上がりかけた犬丸の身体は前にのめる恰好になった。藤田は拳銃をホルスターから抜くと、左の肘を座席につけた不安定な姿のまま怒鳴った。

「撃つぞ！　撃つぞ！」と、正気を失ったような怒鳴り声をあげながら、藤田は車の床に向けて重い引き金を引いた。興奮している藤田には、拳銃の重みも軽みも感じられなくなっていたし、空き手の指はしびれたままだった。

拳銃の発射音は、狭い車内でくぐもった感じの意外と小さな音だった。

「この野郎！　ゆび、指もぎっちゃって！」と藤田は左手をふりながら、拳銃の音よりも大きな声で叫びながら、右手の、下に向けていた拳銃を上に構えた。

半ば立ち上がりかけた藤田は、不安定な体勢ながら、拳銃を持った右手の肘は自分の脇腹にぴったりつけていた。今、弾を発射したばかりの銃口から、かすかな湯気のような煙が出て、流れて消えた。その銃口のすぐ前に、犬丸の身体があった。皺だらけの色あせた黄土色の作業ズボンが、犬丸の肉体を包んで動いていた。

藤田は立ち上がるでなしに、両の足に力を入れ、車の床を蹴るような仕草をすると、右手に力を集中し、人差し指に力をこめた。一瞬、高橋は何かを感じて捕縄の手をゆるめ、眼をつぶった。が、藤田はしかし、血走った眼をかっと見ひらいた。彼は、血のような肉の破片のような赤いものが、くぐもった音とともに飛び散り、犬丸のズボンの腿が大きくちぎれているのを見た。瞬く間に犬丸は身体を弓なりにしたが、すぐ助手席の方に前のめりになった。それを見た藤田は間髪を容れなかった。大量の血が滴っている自分の指もかえりみなかった。犬丸の太腿を狙ってまた引き金を引いた。三発目のダブルアクションだった。

犬丸の担当検事である佐藤は、犬丸らがB署を出た直後、電話で連絡を受けていた。犬丸は「宇宙食」をやってるから、もしかしたら暴れ出す危険があるかも知れないという連絡を聞いていた。それは、よく受ける紋切り型の電話連絡に過ぎないと思いながらも、彼には「覚醒剤」が多いなあという普通の思いだけは湧いていた。

送検手続きの間、護送車の中で待機するということは、佐藤も山倉ら三人も事前に確認済だった。山倉は車を降りる時、後ろを振り返らず平静な顔をしていたし、犬丸にのしかかるように押さえている藤田の顔が紅潮していることも承知していた。後部座席の藤田と高橋に「行ってきます」と一言言ったが、車の中のことには何の懸念も抱いていなかった。

高橋の姿勢は少しみだれているように見えたが、それは一瞥した山倉の歩幅をわずかにひろくしたに過ぎなかった。

佐藤は二階にいたが、全く別の事件のことを考えていた。部屋の時計に眼をやると、短い針は十の上で長い針は九の近くにあり、長い秒針が震えるように時を刻んでいた。時計の音は耳をすますと聞こえたが、他に何の音も聞こえなかった。

佐藤は机の上で買ったばかりの黒い万年筆をいじりながら、かねてからの予定通り、二階の自室で調べものを始めようと三階の上司に電話連絡をした。その受話器を戻そうとした時だった。窓の外からぱたぱたと小刻みな乾いた音が聞こえて、音はすぐ遠ざかった。

その時、護送車が到着し、運転手の山倉が入ってきて挙手をした。が、佐藤は心ここに在らずだった。と、間違いなく複数の鳩の飛び立った音だな、と思う間もなく、ぱーんという、小さいこもった音がして、佐藤は耳をすました。さらに人のもみあうようなかすかな怒鳴り声を聞いて首をかしげた瞬間、もう一回、ぱーんというこもった小さな音を聞いた。佐藤は、今聞いた音や声は空耳ではないかと、いじっていた万年筆を娘のお手製の筆立てに戻したが、頭の重い万年筆は手を放すと同時に筆立てごと倒れた。と同時に、山倉は部屋のドアはそのままであわてて後戻りしていった。声をかける間もなかった。

途端に佐藤は、頭の中に何か訳のわからない恐怖心と複数の異形なものが浮かんでくるのを感じた。その刹那、椅子から飛び上がるほど驚き、再び耳をすましても何の音も声も聞こえなかったので、恐怖心を振り払おうと思ったが、完全に振り払うことはできなかった。

佐藤は勢いよく部屋を出て、階下へ下りていった。外に出た瞬間、反射的に空を見たが鳩の姿はなかった。あるはずがなかった。彼の眼に一番初めに映ったものは、蘇鉄の木だった。大きな羽状の葉先が、建物の間を抜けてきた風に震えるように小刻みに動いていたが、朝、出勤した時と変わりないように思えた。佐藤は蘇鉄の幹を見つめて己の気を静めようとしたが、山倉と高橋の姿はどこにもなかった。

二番目に佐藤の眼に入ってきたものは、蘇鉄の木の前に、不自然な形で止まっている車だった。庁内の常識では建物に対して直角並行の駐車だったが、本来後ろから入るべきところに前から突っ込み、斜めに止まっていた。

彼が、空の車と思えた中で何かが動いているのに気づいて近づいてみると、運転席の後ろ側は血に染まって真っ赤だった。助手席の背にも血があふれ、それを撫でるように動いている男がいた。身体を海老のように曲げた男は虫の息だった。佐藤がその光景に息をのむと、左側の座席のドアが勢いよくひらいて、制服を着けた身体の大きな男が飛び出してきた。佐藤はその男の、血の滴った手と、紅潮している顔と、真っ赤に血で染まっている腰のあたりを見たが、二人以外、人の気配はなかった。

「けびいしもすていしも逃げたな。石に花が咲いたか」と佐藤は一人呟いた。

しかし、気の動転した佐藤に気づかないことがあった。車の運転席の窓ガラスだった。筆で描いたような赤い印だった。狭い車内で太腿に銃弾を二発撃ち込まれた犬丸が、海老のように身体を丸く固くして座席に倒れる時、触れた場所だった。もがき苦しんで息絶える寸前の犬丸を象徴しているような赤い文字だった。藤田の人差し指を喰いちぎり、藤田の銃弾を浴びた犬丸が、最期にその指を咥えて描いた文字は、読めば「く」と読める血の文字だった。

（二十九）

犬丸が警察に殺されてから数か月経ったある日、鉄羅規子からの手紙が中村次郎に届いた。

中村さん、その後お変わりありませんか。知子さんもお元気ですか。二、三日前、うぐいすの声を聞きました。初鳴きですね。小鳥たちも春の準備を始めたようです。義人のことにつきましては、その後もご丁寧なお手紙をいただき感謝にたえません。すぐご返事をと思いながら、日々身辺の雑事に追われていて、手紙を落ち着いて書く暇もなく、大変なご無礼をいたしております。山はまだ雪をかぶっておりますが、そこかしこに春の気配が漂ってきました。わたしも動きださなければと思っています。少しずつ、一歩ずつ歩んでいこうと考えています。

突然ですが、妹は中村さんと同じ県のS町に住んでいます。ある折、二人で近くを散策しました。鯰と要石の大好きな中村さんに、わたしの『なまず情報』をお伝えします。同じ県内のことなので、あるいはご存じかと思いますが、その時は許してください。

国道50号線を水戸、笠間を通り益子に行く道を入るとほどなく、奥まった丘の上に磯部稲村神社という小さな社があります。すぐ近くに国指定の史跡名勝天然記念物の『桜川の桜』があり、その桜は神社の参道と斜面に大小数百本植えられています。桜川は神社北東方の笠間市との境に近い鏡ヶ池に源を発し、神社の丘の麓を西に流れ、筑波山の裾で筑波山を水源とする男女川と合流し、霞ヶ浦に注いでいる川です。「みなの川」といえば、平安時代初期に陽成院に詠まれた「つくばねの峰よりおつるみなの川恋ぞつもりて淵となりぬる」という歌がありますね。

謡曲に『桜川』という話があります。あらすじを孫引きすれば次のような物語です。九州日向国（宮崎）の桜の馬場の桜子は、東国の方の人商人にわが身を売り、その身代金と手紙を母に渡してくれと頼み国を発ちます。母が人商人《ひとあきびと》から手紙を受け取り読んでみると、「母の貧しさを悲しむあまり身を売りました。名残惜しいが、母上もこれを縁に御出家ください」とあります。驚いてあたりを見ると、もう人商人はいません。母は嘆き悲しみ氏神様にわが子の無事を祈り、その行方を尋ねて旅に出ます。それから三年が経ち、常陸国桜川はちょうど桜の季節です。桜子は磯部寺に弟子入りしており、今日は師僧にともなわれて、近くの桜川という花の名所にやってきました。里人は桜川に流れる花をすくって狂う女がいるから、この稚児に見せればよいとすすめます。呼び出された狂女は、九州からはるばるこの東国までわが子を求めてやってきたことを語り、失った子の名は桜子、この川の名も桜川、何か因縁があるだろうが、春なのにどうしてわが子の桜子は咲き出でぬのかと嘆きます。さらに桜を信仰するいわれ、わが子の名前の由来、桜を詠じた歌などを語り、散る花をすくい上げ興じ狂います。僧は、これこそ稚児の母であると悟り、母子を引き合わせます。二人はうれし涙にくれ、連れ立って国に帰ります。

長々と引用いたしましたが、謡曲『桜川』はほかでもありません。磯部稲村神社に伝わる花見噺『桜児物語』なのです。前置きが長くなりましたが、この神社に要石があります。

神社の裏手に道祖神のようにつつましくあります。磯部稲村神社縁起によれば「要石此地元鹿島と云ふ」とし「鹿島神宮の要石は凹型なり、磯部の要石は凸型なり、陰、陽にして互いに連なり、鹿島は鯰の頭を押さえ、磯部は尾を押さえると伝えらる」とあります。鹿島の要石は笠間産の花崗岩の人工物と聞いておりますし、何度も見ておりますが、磯部の要石はそれと全く異なる、川原にある石のような形をしています。見える形はつるりとした烏帽子形で、確かに凸型をしています。すぐ近くの山で採れる岩石を加工するのではなく、川原の自然な感じの石、鹿島神宮とは正反対の石を設え、先のような意味づけをしたところに、この地域にはよほどの知恵者がいたことを表しているのではないでしょうか。神社縁起を読むと、その摂社に鹿島社、香取社、息栖社、諏訪社、浅間社、稲荷社、天神社などの他、末社三十四社をまつっています。盆地であり、江戸時代には、ほぼ桜川を境に笠間藩と結城藩の所領が隣り合い旗本領に入り込んでいたことを考えると、内陸部にあるこの神社がいかに他の地域と交流が深かったかがうかがえますね。

こちらに来てから早三か月、鳥に詳しかった義人の影響なのか、わたしも小鳥たちに興味をもつようになりました。実家は田園地帯ともいえる畑や田んぼに囲まれたところにあるので、彼から教わったつぐみ、ほおじろ、ひよどり、むくどりなどを見ることができます。が、義人が大好きだっためじろやしじゅうからの姿は見かけません。それから彼がもっとも興味を持っていた十一の姿も見かけません。「慈悲心」「慈悲心」と鳴く鳥の言葉を聞いてみたいと思っています。

また、大空に輪を描くように飛ぶとんびを見ることができますが、その仲間で彼の好きだったのすりとかちょうげんぼうという鳥も見てみたいと思っておりますが、どんな鳥なのか全然わかりません。ああ、そうそう、近くの桑畑に散歩にいった折、もずのはやにえを見つけました。百舌鳥は蛙や蜥蜴や飛蝗などを捕らえて、木の枝やとがった物の先に刺しておきます。それは獲物が不足する時のために前もってとっておき、あとで食べるということでしょうか。はやにえは秋に多く見られるので、食べ物にとぼしい冬にそなえて蓄えるということでしょうか。一方では百舌鳥の巣に托卵する鳥がいるそうです。これでは百舌鳥は割に合わないのではないかと思います。しかし自然はわたしが考えるほど単純ではなく、どこかで調和、均衡が取れているのでしょうか。

桑の小枝に突き刺されていた蛙の死は、さながら義人の惨死とだぶるものがありました。

しかし、百舌鳥は一羽で仕事をしますが、義人のことは、一人では何もできない人たちが、集団で彼を殺したとしか思えません。犬丸義人はどんな悔しい思いで死んでいったのか、残念でなりません。蛙でさえ、どんな死に方をしても他の生き物の役に立っているのですから。

中村さんの手紙を読んで自分を慰めています。義人は、わたしの帰りを待つことにしたが、悪友の誘惑に負けてしまい薬に手を出してしまったのです。実家に帰らなければよかったと悔やんでも、家族の事情ですからどうしようもありませんでした。彼が女好きで手の早いことは承知していました。

蛙で思い出しますが、犬丸義人と暮らしていた時、こういうことがありました。彼が蝦蟇を見に行こうというのでK町のあるところに三回、一緒に行ったことがありました。さほど大きくない、畑のそばにある六畳ほどの水溜りでしたが、池の水面全体にゼリー状の紐みたいなものが浮かんでいました。紐の中には胡麻粒よりは少し大きい黒い粒のようなものが点々と無数に入っていました。次に行った時はおたまじゃくしになっていて、千匹も二千匹もいると思われる小さな黒い生き物が池の岸でうごめいていました。それから半月ほどして行くとおたまじゃくしは蛙になっていました。その後、池には行きませんでしたが、義人に蛙の様子を尋ねると、池の蝦蟇の子は一匹残らず旅に出ていってしまったと言いました。旅？　と聞くと、そうだよ子蛙たちは池から這い出てどこかに行ってしまったんだよ、それは毎年のことだが……と、わたしに話してくれました。あの蝦蟇の子が二、三千匹いたとしても生き残るのは十匹ぐらいかなと言いました。大きく育っていく間に、ある子は蛇に飲まれ、ある子は鳥、鷹や鳶の餌食になり、ある子は野良犬や野良猫に殺され、ある子は車に轢き殺され、ある子は飢えや寒さで死に、年を越せる蝦蟇は百匹足らずになってしまう。さらにそのうちの何匹かが親蝦蟇になって、再び池に戻ってきて交尾し産卵するということを繰り返しているのだと教えてくれました。

蝦蟇たちは辛抱強く一日一日を耐え、この年月、どこに潜んでいたのでしょうか。その姿は醜く見えるけれど立派です。何百年も前から斑点だらけの毒のある穢らしい蝦蟇といわれてきましたが、蝦蟇にも蝦蟇の命があります。わたしはみにくく見えるものほど美があると思っています。美がなければ蝦蟇も生き残ってはこれなかったでしょう。たとえば、恐竜が絶滅したのも美が乏しかったからではないでしょうか。しかし、それも自然が順調な時でしょう。自然はどんな異変が起こるか分かりませんから、その時はあの蝦蟇たちも絶滅の道をたどるのでしょうか。

この春もあの池に蝦蟇は来て蛙合戦をするのでしょうか。まだ早いでしょうか。春一番が吹いてあたたかくなった雨の降る夜に蝦蟇たちが這って池にくるという話も聞いたことがあります。啓蟄を過ぎた頃なのか、奈良の東大寺のお水取りが終わった頃なのか分かりませんが、もうそろそろですね。あんないい話をした犬丸義人が死んでしまうなんて皮肉なめぐり合わせですね。残念、無念、残念至極です。彼はひたすら生き抜こうとしていたのに、息の根をとめられてしまいました。返す返すも残念でたまりません。

わたしも知子さんと同じで、若い時から、何もない人と一緒になろうと考えていました。学歴も肩書きも財産もない人がいいと思っていました。犬丸義人はぴったりの男でした。その点は知子さんとたまたま一致していたのです。

次郎さん。最後に、少し恥ずかしいのですが、わたしの打ち明け話をあと二つ聞いてください。ありのまま記します。一つは今、妊娠六か月ということです。犬丸義人の子です。昨年の十一月頃から生理がなく、彼が殺されたこともあり、そのショックからと思っていましたが、気づいたのは正月になってからでした。婦人科に行って診てもらったら三か月でした。産みます。

次郎さん、知子さん抜きには、わたしのこれからは考えられません。知子さんにはどれだけお世話になったかわかりません。肉親以上です。ご恩は忘れません。本当にありがとうございます。父の病状（脳梗塞）も一進一退、小康状態を保っています。家の近所を散歩できるぐらいに回復するとよいのですが。姉も妹もわたしに気配りし、姉妹三人が輪番で父を看ることにしました。

知子さんが子どものたまり場を始めることに、わたしは大賛成です。きっと成功するでしょう。新築のご自宅を子育ての場にするなんて、何とすばらしいことでしょう。また、園の名前を中国の本から選んだとのこと、これもうれしく思っています。わたしも中国の書物では心あたりがあります。それはもう一つの打ち明け話に関係する話ですが、少し長くなりますが聞いてください。これも義人に話したことです。

昔、デモに参加して、機動隊に顔を殴られたことがあります。犬丸に話したと言ってもほんの一言でしたが、中村さんにはもう少し詳しく話さなければならないと考えています。

ぜひ知子さんにも伝えていただきたいと思っています。

わたしは警察が大嫌いと犬丸にも言ったことがあります。ちょうど十年前の十一月十九日、日比谷のあるデモに参加しました。公園内の食堂が燃えた日です。白いヘルメットの学生たちの隊列の後について進んでいたら、機動隊によってあっという間に公園内の一角に押し込められてしまいました。気づいた時は前後左右を固められ、袋の鼠でした。隊列はばらばらになり、わたしは出口を求めて右往左往するうち何かにつまずき、植え込みに尻もちをついてしまいました。今思えばそれが不幸中の幸いだったのか、いや不幸だったのかわかりませんが、転んだわたしを見透かすように、機動隊の一人がわたしの顔面を殴ってきたのです。一打ちだけでしたが、起き上がろうとしていたわたしは、つつじだかさつきだかの植え込みの上に倒れて、しばらく起き上がれませんでした。やっと立ち上がった時には、彼ら機動隊によって検問所のようなゲートがつくられ、その前に一列に並ばされ、一人一人を首実検するみたいに選別し逮捕していきました。しかし、わたしは覚悟していたものの、なぜかそのゲートを通され「解放」されました。

それからわたしは国電の有楽町駅に出て電車に乗り、東京駅で山手線に乗り換え渋谷に行き、さらに東横線に乗り換え九品仏の駅まで帰ってきましたが、さらに悲しいことがありました。お手洗いの鏡を見て初めて気づいたのですが、鼻の下が真っ赤でした。鼻血でした。鼻血は口の周りまで広がって乾いていました。わたしはすぐ、機動隊に顔を殴られた時に出血したことに思い至りましたが、電車を乗り継いで最寄りの駅まで帰ってくるまで気づかなかったことが、情けなく惨めでした。また、行き交った誰一人としてわたしの「異常」を見て注意してくれなかったことをとても寂しく思いましたが、それはその時だけで、都会の日常風景を考えればそういうことばかりかなと思って自分で自分を慰めました。

同時にわたしは機動隊に殴られた直後の混乱の中で、一人の男性がいたことを思い出していました。彼がとっさに後ろポケットからハンカチを取り出してわたしに近づいてきたことまで覚えているのですが、一撃で一瞬、前後不覚に陥り、双方が入り乱れ怒号と叫びの中で何をしたのかされたのかよく覚えておりません。勢いよく燃え盛る食堂を尻目に、公園から追い出されるように無我夢中で駅に逃げ帰ったことを記憶しています。

わたしの友人の友人にSさんという人がいました。ある党派に入り「自己批判」しろといわれ「総括」されました。彼女は頭もよく学力も優秀でした。わたしは馬鹿だったから機動隊に顔を殴られても何もできませんでした。しかしわたしも紙一重で彼女たちの党派に入り一緒にやるところでした。わたしだって、自分の誤りに気づかないで、自分が一番正しくて人の話を聞かないというところがありましたもの。ひたすら世直しを夢みていた人たちは平凡な人たちで、どこにでもいそうな人たちと言っていいかも知れません。わたしも彼女たちの仲間になり、明日にでもともに闘うところでした。何度も誘われたのですが、いろいろな都合で断っていました。結果的にわたしは馬鹿にも利口にもなれず、中途半端なところでうろうろしていました。わたしは臆病だったから、あの列車に乗ることができなかったの。

彼女や彼らは引き返すことのできない遠い彼方に行ってしまいました。短期間に十二名の男女が、関係者も入れると十六名の若者が、「殺害」されたり、厳寒の戸外で凍死していきました。しかし、どう考えても彼女ら彼らには一言では言い尽くせない辛くて長くて暗い思い出とともに、熱く輝く情熱があったと思い返しています。でもまた、考え出すとわたしの思考は遅疑逡巡してしまってまとまりませんが、彼女ら彼らと同様、真剣に、一所懸命理解しようと思っています。考えて、考えて、考えて行動するほかないという結論に達したりしますが、自分の不甲斐ない生き方に、彼女らの行動を重ね合わせる時が度々あります。どんな過酷な状況の下でも、十二人の誰一人として弱音を吐かなかったということです。泣きごとも言わなかったし、命乞いもしなかった。悲惨で壮絶な死を受け入れて逝ったことを、羨ましく誇りにさえ思っています。そうして、彼女、彼らの指導者といわれるわたしと同年齢の女性は今獄中ですが、恐らく「死刑」を求刑されるでしょう。

わたしは彼女に中国の書物を一冊差し入れようと考えています。とりわけ次の三言に眼をとめていただきたいと思っています。

「人の過誤は宜しく恕すべきも、而も己に在りては則ち恕すべからず。己の困辱は当に忍ぶべきも、而も人にありては則ち忍ぶべからず」

「人の恩を受けては、深しと雖も報いず、怨は則ち浅きもまたこれを報ゆ。人の悪を聞いては、隠れたりと雖も疑わず、善は則ち顕わるるもまたこれを疑う。此れ刻の極、薄の尤なり、宜しく切にこれを戒むべし」

「讒夫毀士は、寸雲の日を蔽うが如く、久しからずして自から明らかなり。媢子阿人は、隙風の肌を侵すに似て、其の損を覚えず」

この本を受け取ってもらえるかどうか分かりませんが、K町に行く前に、彼女の囚われている拘置所を訪ねようと思っています。しかしこれも、わたしより先に中の男性が同じ本を差し入れてしまうような気がします。中村さんには申し訳ありませんが、すくなくとも仲間の男性たちは娑婆にいる人たちより頭がいいですから。

子育ては母親だけががんばるのではなく、いろいろな人がかかわり、みんなで育てるのがよいと私も考えています。次郎さんと知子さん抜きには、わたしのこれからの人生は考えられません。いつかそちらで暮らすことになるでしょう。K町で子どもを産み育てるつもりです。

犬丸義人を撃ったあの警官にも、妻があり子どもがあるのですね。わたしは警察官個人をうらんではいませんが、このことについては別の機会を作ってお話ししましょう。わたしの決心を中村知子さんにお伝えください。どうかよろしくお願いいたします。

昨年の冬の初めの実家に帰った翌日、父の畑に蒔いた菜の花、いんげんがそだっています。菜の花の方は梅の開花と歩調をあわせるように咲きだしました。本当に春はそこかしこに顔を出してきました。中村次郎さんもお身体には十分留意なされて、ご家族ともども良き春をお迎えください。お会いできる日がくることを心待ちいたしております。

（三十）

弔い扇がそうであるように、弔い凧も白地か白地に黒一色で文字を描くが、中村は犬丸の弔い凧を白地のするめ凧でなく、赤いとんび凧にした。凧好きの間では、凧を所望されたら揚げるのが暗黙の了解事項になっている。「物をあげる」が「凧を揚げる」に通じる隠語なのである。

中村は、初めて家を訪ねてきた犬丸が、するめ凧でなくとんび凧に興味を示し、欲しそうだったのを記憶していた。中村は赤、黒、黄色、とび色と大とんび凧を四枚持っていたが、犬丸の弔い凧は赤色こそふさわしいと考えた。犬丸の眼の前で作った一枚が、その赤色の大とんび凧だった。

中村は軽トラックのハンドルを握りながら、右足を半ば浮かし気味にして、ゆっくり海に向かった。その荷台にはとんび凧が載っていた。彼は運転しながら、後ろを振り返ろうと首をひねったが、凧を見ないで助手席に手を伸ばした。手提げ袋があった。袋の中には三種類の凧糸と、のり、はさみ、ナイフ、紙片などの凧の道具一式が入っていた。

片手でハンドルを握り、空いている左手で袋の中味を確認するように引き寄せたが、中村はそれ以上手を動かさず、前を見つめながら、軽トラに乗る前考えたことを頭の中で反芻していた。

家の周りの雑木林の間を抜けてくるゆるやかな風を凧にあてながら、軽トラの荷台に収めた。海に向かって車を走らせるので、風に飛ばされないよう、凧の上に分厚い板切れを置き押さえた。荷台で仰向けになったとんび凧は、風あれば飛び立つ勢いで、両翼の風切を震わし、金色の双眼をらんらんと光らせていた。縦四尺、横六尺の真っ赤な大とんび凧だった。

その時、中村は、凧に向けていた眼を上げた。彼の視線は家の前にある杜の大木に移った。大人が数人手を繋いでも届かないほど太い樅の木だったが、中村はこの大木が灯台の役目を果たしてきたという話を聞いたことがあった。老人は、この地域で手漕ぎの舟ながら、蛸壺漁、はまぐり漁、地引網漁が行われていたと言った。

欅の立つ杜は、その昔、潮宮と呼ばれ、この浜の漁師たちが信仰していた。漁師たちは舟の上から、欅の大木の天辺と南の岬の突端を目印にして、その延長線を十字にむすんだところを基点にして、自分たちの乗っている舟の位置と漁場を確かめていた。

「よし、山を占めよう」と言葉にださずに言っていた。

中村は、吹く風に梢の葉を動かしている大木の天辺を見つめた。

「大とんびが揚がる風がある」と思った。

「海からこの欅の木の天辺を見た人たちは、大木の頂上まで登って、逆に海の方を見てみてえなあと思ったはずだ」と中村は考えた。

末無川のあたりまで来ると海が見えた。末無川は川というものの湧水で、松山の地中から生じて流れ、溜まって池をつくり、さらに流れ地中に消えていたので「行く末がわからない川」といわれていたが、何百年も前から文字通り末でなくなるほど利用され生活用水になっていた。中村はここまで来ると、杜の大木の天辺を見上げた時よりもよい風が吹いているのが分かった。道路の左右に張り出している雑木の木の葉の動きよりも、右手彼方の住宅の屋根の向こうに突き出ている製鉄所の焼結工場の煙が、三十度くらいの角度で海の方に流れていたからだった。

中村はコンビナートに通じる交差点を横切り、ゆるやかに上下にくねった道を抜け海岸に出た。彼は、左手の防砂林の植え込みの中で動いた小さな鳥を見つけた。すでに眼の前に海がひらけ、磯の香りはもちろん、海鳴りも聞こえていたが、彼の眼は一羽の小鳥に吸い付いていた。何という鳥だろう、何をしているのだろう。彼の小鳥に対する好奇心は、犬丸にも勝るとも劣らなかった。そしてその思いは、これから揚げようという凧に、大とんび凧に繋がっていた。そうだ、犬丸は死んだのだ、いや、殺されたのだ。中村は植え込みから眼を放し、振り返って真っ赤な大とんび凧を確かめるように、また見つめた。犬丸の大好きだった大とんび。

中村は、鉄羅規子からの手紙を読んで九日目、平井海岸の砂浜に立っていた。海岸に寄せる波は、いつ行っても海から岸に寄せては返し、寄せては返ししていたけれど、沖の白波は風に従順だった。岸寄りから海へと動いていた。この冬の時期、風は北から南に向かって吹くことが多いが、時たま北寄りの西風が吹くことがある。今日がそうだった。この風が吹くと夜中は決まって冷えるが、「西風と夫婦喧嘩は夜に入って治まる」という諺がある。規子はそんなのわたしは嫌よと、一緒になった時から言っていたと犬丸は話していた。しかし、西風は西風だった。その風が吹いていた。どんな強い西風も夕方にはやむと言うが、今日はまだ止んでいなかった。

外に止めておいた車のフロントガラスが凍って、会社に行く前にエンジンをかけ、温めのお湯か水をぶっかけなければならない日が毎冬四、五回あるが、それはこの北寄りの西風が吹いた翌朝だ。

中村は、海に対して尻を向ける恰好で止めた車のそばから、陸側の松林に向かって揚げ糸を伸ばしていった。十メートル、二十メートル、三十メートルくらい伸ばすと、糸巻を砂地の上に置いて、車に戻ってきた。軽トラに戻ると中村は、とんび凧の糸目糸と揚げ糸の結び目を掴んだ。束になった九本の糸目は、太い一本の糸になり、しっかりと結ばれていた。糸目糸と揚げ糸の結び目は固く結ばれ、凧を揚げて引けば引くほど強く結ばれるが、外す時は結んだ揚げ糸の端を引っ張れば、すっと、いとも簡単にほどくことができるように結んであった。

軽トラの荷台に仰向けの状態で押さえておいた凧に、中村は手を伸ばした。凧の紙と骨を一緒に持つようにして大とんび凧を手にして立てると、とんびの羽切は風に細かく震え、羽の端の袖は膨らんだ。凧の骨もしなって、早くも飛び立つ勢いだ。

その時、子どもが一人、軽トラのそばに来た。中村が揚げ糸を伸ばしている時、遠くから彼の様子をうかがっていた十歳くらいの小学生だった。子どもは中村がいじっている物がなんなのか初めは分からなかった。が、大きな鳥が羽を広げているような真っ赤な凧を見ると、鳥と理解したらしく、眼を丸くして聞いた。

「うわーっすごい、でかい、鳥だね、鳥でしょう」

「とんび、大とんび」

「おじさん、飛ぶ？」

「飛ぶよ」

中村は答えた。

いつもの彼なら、満面笑みをたたえて応じるのに、今日の様子は違っていた。素っ気なくはなかったが、やや厳しい顔をして、声も沈んでいた。子どもは咄嗟にその中村のありさまを感じとったが、凧に対する興味の方が勝っていた。

「飛ぶ?」と子どもはまた聞いて、中村にぶつかるくらいに近づいてきた。

「飛ぶよ」

中村は前と同様に答えた。彼は、自分の発した言葉に後ろめたさを感じながら、思い返すように相手に逆に聞いた。

「家はどこだ」

「むこう」

子どもは、風の吹いてくる砂山の彼方を振り向いて見て、指を差しながら言った。

「向こうって、どこだよ」

「はんべえ」

「半兵衛、珍しいなあ、今時、屋号なんか」

彼は言葉とは裏腹に、口元をゆるめながら言った。

K町は、開発前の人口一万六千、世帯数三千が、四万五千余の人口、一万四千余世帯になっているということを、町の広報で見たばかりだ。その六十年代以降にこの町に住みだした人たちが七割を占めている現在、自分の家を屋号で言うなんて稀なことだった。中村は、その屋号を聞いた途端、ぴーんときたが、子どもだって理解してもらえる大人だと思って言ったに違いなかった。

中村の口元はかすかにゆるんだ。うーん、と彼は言葉に出さず、首を静かに回して子どもの指差した彼方を見たが、眼を海に戻した。

彼は、そうだ、と海を見た。この海だって昔の海ではないのだ。この海の音が上（北）の方に聞こえる時は晴れで、下（南）の方に聞こえる時は雨になるといわれ、「七不思議」の一つに数えられてきた。かつてこの地に住む人々は、朝な夕な、この海の音に耳を傾け、また風の音を聞いていた。小さな虫や鳥や、草や木々のざわめきにも耳を澄まし、日々の安寧を願っていた。しかし今は、工場群の騒音が取って代わった。

「半兵衛か」と中村は我に返った。

「本当に稀だなあ。何を言っているのか伝兵衛、知らぬ顔の半兵衛。市兵衛、二兵衛、勘三郎、新左エ門、権兵衛、六兵衛、七右衛門、八兵衛、九太郎。権兵衛が種まきゃ、そろりそろりと新左エ門、それを見ていた烏勘三郎がほじくって、腹がへったと九太郎が、ふんどし一丁でお出ましか」

と中村はぶつぶつ語呂合わせをして言ったが、ふと子どもと眼が合った。

「ぼく、母ちゃんいる?」

「いるよ」

「父ちゃんは、何してる?」

「工場で働いてる」

「そうか」

「おじさん何よ」と子どもは中村を胡散臭そうに見たが、すぐ表情を変えて眼を丸くして言った。

「おじさん、おじさん、飛ぶ?」

子どもはさっきと同じことを聞いた。三度目だった。

「飛ぶよ」

中村も先ほどと同じように静かに答えた。

「じゃあ、手をはなして、はなしてみて」

「うん」

中村は子どもの顔を見て、にやっと笑った。彼は微笑みながら、軽トラの荷台にとんび凧を立て、糸目糸をゆっくりほぐしだした。

昨日は激しい雨だった。が、今日は快晴、朝から雲一つない青空だった。恐らく午前中は昨日の名残の湿気があったが、太陽が傾く前に湿度もほどよくなり、澄み切った空と相まってすがすがしい天気だった。

飛び立たないとんびにしびれを切らしたのか、中村が凧を飛ばす用意をしている間に子どもはいなくなり、海岸には人っ子一人見当たらなかった。凧の中に子どもたちに伝えたいことがたくさん詰まっているのに、と中村は思った。

（三十一）

中村は海を見ながら、人差し指の内側に唾をつけた。その指を頭上にかざし、風向きを見た。彼は指をかざしながら、身体を半分ほど回し、風の向きを見るとともに周りにも眼を配った。海の正反対の方向にある、丈の低い雑木の葉の揺れ具合を見つめた。雑木の手前の防砂柵の竹のすのこを留めている丸太に引っ掛かっている布きれが、横に流れ、はためいていた。

さらに中村は、遠くにも眼をやった。工場群の赤白だんだら模様の煙突を見た。煙突と同じくらいの太さで、灰色の煙がたなびき、海に向かって流れていた。風は陸から海に向かって吹いていた。

中村は軽トラに戻ると、ふたたびとんび凧の糸目糸と揚げ糸の結び目を掴んだ。束になった九本の糸目糸は、太い一本の糸になり、しっかりと結ばれていた。糸目糸と揚げ糸の結び目は固く結ばれ、凧を揚げて引けば引くほど強く結ばれるが、外す時は、結んだ揚げ糸の端を引っ張れば、すっと、いともたやすくほどくことができるように結んであった。

海は凪いでいなかった。海が凪いでいては凧は揚がらないが、凪いだ海もいいものだ。波頭一つ立たず、平らで、しかも円く、どこまでも真っ青で、自分のすべてである海。いや、鳥のように、今眼にしている水平線のさらに彼方に飛んで行くことができるならば、海は決して波立ってはいないだろう。荒れていない凪いだ海も、どこかにあるだろう。自分の全部であり、一部である海。海の鏡である凧。

糸目糸と揚げ糸、合わせて五十メートルほどが凧の風上に弓なりに伸びて、風を呼びだした凧の先に、くねって揺れている。彼は二歩、三歩、四歩と後ずさりし、くねって揺れていたたるみを取った。大とんび凧は、風を呼んで風をはらみ、彼の頭上でぶるぶると震え、砂を蹴って飛び立つ大鳥の如く、その胴にも翼にも尾にも嘴にも力が漲り、ぶるぶると震えだした。彼はその力を受けて、持っているのが耐え切れなくなる前に、慎重に凧を頭上で手放した。

すると大とんび凧は、待っていたように浮かんだ。翼の外側の十八枚の羽切が風に震え出し、それと繋がる翼と胸の羽根もぴーんと張り、動きだした。まさしく凧は、竹と紙と糸の大鳥になって、あっという間もなく飛び上がった。

大とんびに眼をやりながら、中村は揚げ糸を結わえた杭のところに小走りしていった。彼は、思ったより強い風だと思いながら、解いた揚げ糸を素手で掴み、一巻き、二巻きし、身体を風上に反らして、ぐっと引っ張っていた。彼の手先に伸びる数十メートルの揚げ糸と糸目糸は、大とんびを飛ばす力となって、弓なりの角度をせばめ、凧と彼を引っ張っている。

空に飛び上がった大とんびは、さらに揚がろうというのか、彼が両手で持っている揚げ糸を、もっとくれと催促するように力を伝えてくる。その尾から胴から羽から流した風を両翼の風袋に入れるだけ入れて、後ろに流しているものの、彼が堪えるのにやっとの強い引きだ。中村はその強さに堪えるように、いや思い切るようにさらに、揚げ糸を一メートル、二メートル、三メートル、五メートル、十メートルと、大とんびの求めに応じて繰り出していった。

彼は慎重に腕を動かし、手を動かし、揚げ糸を伸ばした。凧が風に乗ると思いきや、手の力をゆるめ、素早く糸を伸ばした。揚げ糸を次々小出しにしてさらに糸を伸ばすと、翼を広げた大とんびは、安定した形で空に飛んでいく。大とんびは「糸をくれ」と中村に催促するかのように、揚げ糸を強く引いた。中村はそれに応じ、促された力の分だけ糸をくれてやった。

大とんびが、もっと揚がりたい、もっと揚がりたい、糸をくれ、糸をくれと言うので、中村はどんどん糸を出していった。大とんびは波打ち際を飛び越し、海に向かって揚がっていく。

中村が揚げ糸を繰り出していた手を止めると、大とんびは風をいっぱい受けて、素手になっている手が痛くなるくらいに、引っ張り凧になった。今度は逆に揚げ糸を二ひろ、三ひろ、ぐいぐい引いてみた。それからまた、揚げ糸を伸ばした。

そういう動作を何回か繰り返しながら中村は、だんだんと大とんび凧を高く揚げていった。幅七尺、高さ五尺の大とんび凧が、ちょうど本当の鳶くらいの大きさになった。

とんび凧は順風を受けて、中空の一点に留まっているように見えても、右に左に、上に下に小さく動いて、様々な風の変化に応じていた。

中村は砂の上に立っている杭を見つけると、素早く揚げ糸を二回、三回と巻きつけた。するると揚げ糸がぴーんと張り、とんび凧はより高さを増し、動きも安定しだした。

中村は凧を見て、海を見た。盛り上がった波しぶきを避けて、海上すれすれに数羽のかもめが、南から北へ飛んでいくところだった。彼はその鳥を眼で追った。鳥は風に逆らうでなく、流されるでもなく、陸に寄るでもなく、沖に向かうでもなく、波打ち際近くを北に向かって飛んで行った。

彼が眼を戻すと、大とんびは陸側を向いているが、沖に飛んでいくでなく、北にも南にも飛んで行こうとはしていなかった。西寄りの風に向かい合って飛翔し、眼だけはらんらんと輝かしていた。

中村はいつの間にか、切りだし小刀を手にしていた。そうだ、犬丸。銃弾で撃ち抜かれた犬丸よ、神野無量院の赤童子を知っているか。この地には、己の指を噛み切って、その血で描いたという絵があるではないか。

犬丸、猪熊入道を知っているか。昔、丹波の国大江山に、猪熊入道雷雲という大盗賊が住んでいた。京の都より征伐に向かったある大将に討ち取られたが、猪熊入道は、首を切られながら凄まじい一念で討手の大将の鎧の袖を咥えて、血煙を上げて空中高く首が飛び上がったという。

犬丸よ、お前は赤童子か猪熊入道か。いや、犬丸よ、赤童子になれ。猪熊入道になれ。お前も凧よ。凮のように逝ってしまって、噛み切って咥えた指で、何を記そうとしていたのか。犬丸よ、あの最期に印した「く」と読めた血文字の意味は何なのか。お前の苦しみの証なのか。食いちぎった「く」なのか。苦しいの「く」なのか。悔しいの「く」なのか。糞くらえの「く」なのか。それとも、悔い改めるの「く」や、苦界の「く」ではないだろうな。鳥の好きだったお前らしく、鳩夷羅の「く」と書いたのではないだろうな。いや、雲の「く」ではないだろうな。

犬丸よ、お前は雲となり雨となるのか。文字通り雲煙となってしまったのか。お前は無量院の赤童子のように絵を、何の絵を描こうとしていたのだ。描こうとしても、屏風も襖もなかった。それともお前は撃たれてもなお、猪熊入道のように飛ぼうとしていたのか。飛ぼうとしても車の狭い箱の中で、両手錠の上、腰縄を付けられていたではないか。凧になろうとしても、なれなかったではないか。しかし、お前の最期に吹いた風は、あっという間だったが、惨い仕打ちだったなあ。あの輩らは、三発も撃ち、二発も生身に撃ち込んで、「それは天気のせいだろう」とでもいうのか。死人に口なし、何も認めようとしないのか。

犬丸よ、なぜあんな森の中にとびこんだのだ。鳩が手招きしたとでもいうのか。この地に十年住んでいる中村知子が一度もお参りに行かなかったところだよ。この神宮の楼門の扁額の揮毫者はTというが、左下よりに書かれていたその直筆名は敗戦後消されたというのだ。

この町には「T元帥書ノ大額ヲ楼門上ニ掲グ。之ガ為元帥ノ署名ヲ塗布シ、遠見消滅ニ帰セシム。亦止ムヲ得ザルナリ」という書が残っているよ。なぜなら、戦争ばかりしてきたその男を崇め尊んでいる人がいるからだよ。中国、台湾、朝鮮、一番親しく付き合わなければならない隣国と戦争をしてきた男だよTは。この神宮が武神として信仰され、戦の神様といわれてきたことと無縁ではないのだよ犬丸。戦の神様ということは戦争の神様ということであり、戦いは勝ち続けることはあり得ない。戦争は勝つか負けるかだから、少なくとも勝利の神様であり敗北の神様であるけれども、平和の神様ではないのだよ。そうではないのか犬丸。この町で「戦争の親玉」のTの名前が話題に上るだけで警戒しなければいけないよ。暗い時代の始まりだよ。そこを見すえて、お前は中村に聞いたのだろう。その消されたはずの揮毫者名が万が一、復活したら削ろうと彼と約束したはずではないのか犬丸。過去に眼を閉じないでそこを見つめて今を考える、現在の勝利を祈るのではなく過去の敗北を考えなければならないのだ。犬丸よ、過去を見なければ未来は見えないぞ。

犬丸よ、お前はどんな風が好きだったのだ。微風か疾風か烈風か。それとも空っ風か。春の貝寄せ風か、夏の山背か、秋の野分か、冬の神渡しか。お前の友は、大とんび凧に「烈風鳶眼」と紙に記して貼ったけれども、それでいいかい。だけど「好きな風に命を奪われる」ということがあるのか。

西からの風は強い。空にはちぎれたような小さな雲がとんでいた。できそこないの綿あめみたいな雲が、次々とんでくる。しかしその雲は太陽の光をさえぎることはできない。蒸発しながら消えていくものの終わりのかたちか。

中村は、眼を上げて大とんび凧を見つめた。真っ赤なとんびは空にあったが、その青と海の青さが、一つになって広がっていた。ぴーんとそこまで張った揚げ糸が、彼の眼前にもう一つの波の軌跡のように弓なりに伸び、糸目糸の九本の糸に繋がり、大とんびを飛ばしていた。凧は、空に飛ぶ鳥であり、海に飛ぶ鳥だ。

その時、西日が差し、一瞬間、大とんびの眼が光った。同時に、彼の握った切りだし小刀にも光が当たり、跳ね返して光った。

今、揚げ糸を切ったら、大とんび凧はどうなるのか。いや、糸を切るのだ。中村は半ば迷いながらも、打ち寄せる波に砂浜が洗われるように、その気持ちを抑えていた。

凧はますます風を孕んでいた。和紙と女竹と糸だけの大とんび凧は、一羽の大鳥になり、風を溜め、あるいは風を逃がし、どこまでも高く遠くに飛ぼうとしていた。大とんび凧の揚げ糸を切ったら、この弓なりの波は消え、大きな空も海も小さくなり、大空を飛翔し、大海原を泳ぐ大鳥は消えるというのか。

いや、この真っ赤な大鳥は、どこまでも大空を飛翔し、さらに風を呼び、風に乗り、風そのものとなって、遥か彼方に飛んでいくのだ。いやいや、この大とんびは、故郷に帰るのだ。帰りたい、帰りたいと言っていた犬丸になって、故郷に帰るのだ。大とんびは、空を飛ぶ鳥であり、海を泳ぐ魚にもなるのだ。今日の海は穏やかではないが、どんな風が吹こうが、荒れようが、最後にはお前を受け入れてくれる海へ行くのだ。

中村は、今度は海をじっと見つめ、それから凧に眼を注いだ。一瞬間、中村の脳裡に、出刃包丁でくじらの腹を切り裂く犬丸の姿が浮かんだが、あっという間に消え犬丸の笑顔が浮かんだ。「くじら事件」の最後に笑ったなあ犬丸。しかし笑いでは学生たちの方が優っていたぞ。それはくじらをばらそうと思っていたお前と、逆にくじらの命を救おうとしていた者の違いではないのか犬丸。

「犬丸、犬丸切るぞー」

中村は声を出した。切りだし小刀を握り直すと、天に向かって弓なりに張った揚げ糸に近づいた。が、彼はなぜか土壇場で、刃物で凧の揚げ糸を切りたくないと思った。彼は、目印をつけた砂山の傍らに切りだし小刀を放った。

彼の父は、縄を切る時、その縄を二つに折り、合わせて縄を綯うような真似をし、それを両手で強く引っ張って切った。瞬時に彼は、そのことを思い出していた。

中村は父に倣った。両手で凧糸を引き寄せると左手で支えてたるみを作り、右手で二つに折り、膝の上にのせて繕った。それを瞬く間にすると左手を放した。

揚げ糸は彼が信じた通りに切れ、眼にも留まらない速さで飛んで行った。が、大とんび凧は、一時「糸の切れた凧」ではなかった。空に浮かんでいるように見えた。

中村は叫んだ。風に向かって叫んだ。海に向かって叫んだ。凧に向かって叫んだ。凧を見つめて、犬丸の名を呼んだ。「犬丸」「いぬまるー！」「いぬまるー！」と、三回叫んだのだった。また彼の脳裡を、犬丸をめぐる数々の挿話が去来していった。

お前の見た夢は本当だったのか犬丸。としこは初恋の人か。正夢という言葉もあるし、夢は現実であり、現実は夢でないのか。犬丸、中川栄美子との関係はどうだったのだ。彼女が離れていくのを許したのか、諦めたのか。まさか逃げられたなんて言わないでくれ犬丸義人。あの夜、喜屋武は「かいさーれ」をうたった。

「彼のそばに枕を並べて寝ている夢を見ている、どうぞその夢をさまさせないようにしてください恋の嵐。情ある露が花の上におりて花をひらかすように真実の思いが仇になることはあるまい」

犬丸、彼女との関係はよい時もあったのか、口づけぐらいはしたのか、答えてくれ。幸代はどうだった。

「磁場事件」は本気だったのか犬丸。仲間を欺こうとしたのか、そうではないよな義人。仲間の一人は、あの頃からお前がおかしくなったと言っているよ。しかし、爪先上がりの道だったから車も前上がりになり、お前も傾いていれば三者は水平で後ろに引っ張られるという理屈も成り立たないことはないけれど、山口のビー玉が正解なのかなあ。それにしてもお前は終始真剣な顔をしていたなあ犬丸。「薩摩編み」や「南京縛り」はどこで覚えたのかと、リーダーの谷田川が舌を巻いていたよ。頭でなく身体で覚えているぐらいは知っているけれど、一斗缶からペンキをあけたように、ああ鮮やかにやられてしまうと感心するほかないよ。犬丸、見事だったよ。

犬丸よ、お前に一言聞いてみたかった。このK町に来て幸せだったのかと。別の道はなかったのかと。

そしてお前は最期に叫び声をあげたはずだ。しかしその声は誰にも聞こえなかった。「俺は犬だ、口のない耳のない犬だ」と叫んだのか。いや犬丸、お前は食い切った指を咥えていたから、その声はお前にも誰にも聞こえない声だった。犬丸よ、お前は観念した犬にならなかったから立派だったよ。堂々としていたよ。

揚げ糸の端が、濡れた砂浜を走り、打ち寄せる波頭の同じ白い色の中に消えるか消えないうち、一時、空に留まっていたかに見えた大とんびは、まさに獲物を見つけた一羽の大鳥のように身を翻して、海に向かって飛んで行った。

風よ吹け、もっと吹け、もっと吹け。犬丸、鳥になれ、風になれ、どこまでも飛んで行け、と中村は願った。が、次の瞬間、大とんびは急降下し、海の中に入っていった。

それは、鳥とかとんびとかいえる代物ではなかった。赤い一枚の小さなぼろだった。犬丸、海になれ、と彼が次に願う間もなく、波打つ海の一点が小さく赤く染まった。しかし、それも瞬く間だった。海はその印を跡形もなく掻き消し、風を連れて青く大きく広がり、何事もなかったように、三十年前と同じように波立ちうねっていた。

空のちぎれ雲はついに流れ去り、一面の青空になりつつあったけれど、彼方の西空からあらたな雲が近づいていた。

本書の内容は、実在する個人、団体等とは一切関係ありません。

参考資料

マーラー「交響曲第1番」『巨人』ブルーノ・ワルター指揮／コロンビア交響楽団
ソニー・ミュージックエンタテインメント　二〇〇八年
「風狂歌人　ザ・ベスト・オブ嘉手苅林昌」ビクターエンタテインメント　二〇〇八年
「浜口庫之助メモリアルコレクション１００」キングレコード　二〇〇七年
『菜根譚』洪自誠（著）今井宇三郎（訳注）岩波文庫　一九七五年

著者プロフィール

関沢 紀（せきざわ かなめ）

1944年生まれ
幼年期を潮来町延方（現潮来市）、少年期を鹿島町三笠（現鹿嶋市）で送る
1959年上京、主に零細企業に従事
1974年帰郷後、鹿島町（現鹿嶋市）に住み、地域の根っこにこだわりながら、ルポルタージュ、小説、童話などを書き続けている
2018年現在、福祉団体役員、日本爪の会会員

〔主な著書〕
ルポルタージュ『鹿島からの報告』（新日本文学賞・新泉社　1975年）
長編小説『鉄を喰う男たち』（新泉社　1988年）
絵本『なまずの石』（新泉社　1994年）
ルポルタージュ・エッセイ『なまず日和』（新泉社　2004年）

犬の末裔

2018年10月15日　初版第1刷発行

著　者　関沢 紀
発行者　瓜谷 綱延
発行所　株式会社文芸社
〒160-0022　東京都新宿区新宿1－10－1
電話　03-5369-3060（代表）
03-5369-2299（販売）

印刷所　株式会社フクイン

ISBN978-4-286-19809-5　JASRAC 出 1809029－801